i No. 82 Fiction

驚悚小說天王

SEBASTIAN 費策克

FITZEK

病人

Der Insasse

Sebastian Fitzek

瑟巴斯提昂．費策克——著　許家瑋——譯

我曾經很幸福，即使僅在夢中；
但我是幸福的。
——愛倫·坡〈夢〉

1

這裡為什麼這麼冷？

對於才剛踏進地獄的米利暗來說，地窖實在太冷了。沒有半扇窗子的地窖隔間和潮濕的磚牆，黑色的黴斑攀附其上，彷彿附著在老菸槍支氣管裡的癌細胞。

「小心一點。」身旁的警察指著她的頭部提醒。她壓低身子，避免在進入暖氣設備室時撞到頭上的廢水管線。米利暗身高只有一百六十五公分，和一旁的崔尼茲完全不同。他肩膀寬闊，額頭高聳，身材偉岸厚實，相較於眼前的駭人場景，顯得太引人遐思了。要是德國警方也出版《柏林警曆》之類的商品，他可以去當扉頁的男主角；但是在地窖裡，他的腦袋頂著天花板，一頭宛若在抱怨說「我昨晚失眠了」的造型金髮沾滿了蜘蛛絲和灰塵。這幢小屋建於一九二〇年左右，佇立於柏林格魯內瓦爾德區邊緣，當時住在屋子裡的人顯然個頭要嬌小多了。

而且他們一定沒有屋子最後一個主人那麼惡劣，或者其實相去無幾？

米利暗吞了吞口水，試著回想眼前警察的名字——這位把她從家中帶出，接到此地的友善公僕。他叫什麼名字其實並不重要，她只是藉此轉移自己的注意力。但在這座瀰漫著血液、尿液和恐懼氣息的地窖裡，她實在想不出什麼能夠讓自己分心的念頭。

還有死亡的氣息。

崔尼茲扯下鑑識小組貼在門框內側的紅白色X形封鎖線，上頭印滿了「刑案現場禁止進入」的黑色印刷字體，但米利暗在心裡讀到的卻是：**「不要進去！不要往裡頭看！」**

「聽著，」警官緊張地搓著他的短髮。地窖燈泡上積滿灰塵，燈光照在他臉上，令他看起來像是得了黃疸症一般。「我們本來是不許進來的。」

米利暗又想點頭又想搖頭（**沒錯**，我們不可以進來；但是**不行**，我非得這麼做不可），她的上半身因而古怪地晃動著。

「我知道，可是我想要看**那個**。」她說。

她說**那個**，彷彿在講一件物品。她始終不敢說出**她**的名字。

「這裡不是我的轄區。犯罪現場還沒有開放，而且那裡的情景……」

「不會比我腦海裡的畫面更恐怖，」米利暗的聲音幾不可聞：「拜託，我必須親眼確認。」

「好吧，但要小心！」崔尼茲再次提醒。這次他指著兩人面前的樓梯，狹窄的木階在他們的運動鞋下嘎嘎作響。崔尼茲像在拉浴簾似的，把乳白色的塑膠遮簾扯到一旁。簾後是個小隔間，屋主可能把這裡當作衣帽間或更衣室。再走幾步，穿過虛掩的防火門，就踏進人間煉獄。

一套郵差制服整整齊齊掛在銅質水管旁，旁邊則停著一台雙輪手推車，上頭堆放若干包裹。

「原來如此……」米利暗脫口而出。

崔尼茲點點頭，眨了眨眼，好像有什麼東西從滿是灰塵的窒息空氣裡落入了他的眼中。

「這證實了妳的推測。」

我的老天爺啊。

米利暗輕撫著自己的喉嚨，感到口乾舌燥，難以吞嚥。

警方查訪了好幾個星期，仍找不出蛛絲馬跡，於是米利暗開始獨力尋找女兒蘿拉的下落。她向附近鄰居打聽，最後追蹤到位於瑞士區的遊樂場，詢問周遭商家的所有員工。因為根據訪查，她的女兒最後曾出現這座遊樂場中。

一個有點失智的女房客的證詞，並沒有受到警方關注或持續追蹤。這也情有可原，因為她說話時往往會沒頭沒腦地掉進自己的回憶裡。但無論如何，這位女士表示，她在綁架案當天留意到一名郵差曾在現場出沒。她很同情那位郵差，因為他扛著許多包裹，卻沒人幫忙；又因為收件者不在家，所以他必須走很長一段路，才能把包裹從阿爾特道夫街的住宅區搬回DHL的貨車上。但是她緊接著又說，那郵差令她想起了自己的姪子，因而使她的證詞可信度大打折扣。

但她提供了最重要的一條線索！

「嫌犯確實偽裝成郵差。」崔尼茲證實了這點。他用腳虛踢了高約一公尺半的包裹堆，雖然沒碰到那堆包裹，紙箱堆卻應聲傾倒。

「這是混凝紙漿做的，」崔尼茲解釋，「中空的。」

那是一個內部挖空的假箱子，高約一百五十公分，

空間足夠裝下一個七歲小孩。

「蘿拉，」米利暗哽咽說：「我的寶貝，他對妳做了些什麼？」

「他把她迷昏，藏入假箱中，然後若無其事地把她扛到貨車上。請跟我來。」崔尼茲用強壯的手臂推開防火門，門外貼了一張 Sound & Drumland 的老舊標籤。這個人可能是怪獸電音的愛好者？

就跟蘿拉一樣？

米利暗想起上個夏天買的那架兒童鋼琴，過去數週一聲不響地佇立在客廳中，寂靜得讓人難以忍受；相較之下，地窖裡嘈雜得令人難以忍受。在踏入這座正方形地窖時，她彷彿聽見了女兒的哭喊聲。記憶的聲響迴盪在死灰色的磚牆和設有排水口的瓷磚地板之間。一顆沒有燈罩、濺滿白漆的燈泡在上方微微晃動，昏暗的燈光在地板上灑下斑駁的陰影。

「那是什麼？」米利暗指著面前那只倚牆而立的箱子嘶啞地問。

崔尼茲搔了搔後頸俐落的髮線，端詳那稜角分明的木箱。箱子放在一張鐵桌上，那桌子令人想起法醫使用的解剖檯。箱子是用棕色夾板做的，高約一點五公尺，寬約三十公分。面向他們的側面隔板上，有兩個沖壓成型的孔洞，間隔約一個手掌寬，孔洞面積比乒乓球拍略

大，和箱子正面一樣覆蓋著不透明的封膜，米利暗無法窺見裡面到底裝了什麼。

「這是保溫箱，」崔尼茲說。

這座人間煉獄彷彿更加寒冷了。當米利暗理解這些孔洞代表著歹徒侵犯的意圖，透過孔洞，那人可以觸摸藏在「保溫箱」裡的事物時，便感到不寒而慄。

「他是怎麼虐待她的？他到底怎麼虐待我的寶貝？」她問崔尼茲，眼神卻未看著對方。

「嫌犯曾在醫院的早產兒部門工作多年，直到違反醫療道德而被開除。他一直沒有走出內心的陰影，於是在地窖裡建立了自己的育嬰中心。」

「他的目的是什麼？」

米利暗向前走近一步，伸出拚命打顫的手。她想撕開箱子上的封膜，無奈力不從心。「保溫箱」周圍彷彿有一道磁場，她越是接近它，指尖的斥力就越強。

崔尼茲從背後走上前來，輕觸她的雙肩，清了清嗓子說：「妳真的想這麼做嗎？」

米利暗並沒驚聲逃開，而是點了點頭。

崔尼茲撕開「保溫箱」上的塑膠膜。米利暗來不及閉上眼，看見了那殘忍的畫面，它深深烙印在她的腦海裡，猶如烙鐵留在動物皮上的印記。

「蘿拉……」她氣喘吁吁地說。毫無疑問，那就是她的女兒。雖然身上覆滿了除臭貓砂，圓瞪著的雙眼上已經有蛆蟲在蠕動，但米利暗還是認出了她：兩頰的酒窩、右眼眉角的痣，以及用來夾住她狂放的馬尾、印有卡通人物莉莉妃公主圖案的髮夾。

「他曾細心呵護這個女孩。」

「什麼？」

米利暗的靈魂彷彿與現實徹底脫節，迷失在由痛楚和心靈折磨所構成的海洋裡。警察的話語有如是其他次元溢出的水滴，滴在她的意識裡，但毫無意義。

「他給了她食物、藥品、溫暖，還有愛。」

「愛？」

米利暗懷疑自己是否失去了理智。

她轉向崔尼茲，抬頭望著對方。滿是淚水的眼中映著他有如藏身雨雲之後，迷人而對稱的模糊臉龐。

崔尼茲對著驚慌失措的她咯咯笑，「哦，妳臉上的表情比我期望看到的更好！」

就在這個瞬間，米利暗確信這世界沒有神，這裡只有她、女兒的屍體，以及眼前的惡魔。

「你根本就不是警察！」她想放聲大喊，**「是你綁架了我的女兒，折磨她，最後還殺了她！」**但是米利暗還來不及說出這些話，一把斧頭就迎面劈入她的雙眼之間。

她此生最後聽見的，是充滿疼痛的碎裂聲，像枯乾的樹枝在耳中斷裂。還有古伊多．崔尼茲劈砍她時那令人作嘔的獰笑聲，一而再，再而三。

他倆周身瀰漫開一陣血霧。劇痛傳來，接著她什麼也感覺不到。

甚至看不見眼前的一片漆黑。

2

提爾．貝克霍夫

有個嬰兒窒息了，但眼前的光頭男子卻渾不在意。

像索爾揮舞雷神之鎚一般，他在提爾的引擎蓋上掄了一拳，大街上一聲轟然巨響。「這是單行道！把你的破車開走！」

「請繼續按壓，連按三次，跟剛才說的一樣，妳做得到的。」提爾從救護車下來時說。

這句話不是對著前方那個穿著比正常尺寸小三號的訓練服、以便展示自身肌肉的壯漢說的；而是隔著電話和一個驚慌失措到有些換氣過度的嬰兒母親在交談。

她在五分鐘前打了求救電話。從那時起，提爾就一直嘗試透過電話提供協助。「然後進行口對口人工呼吸，我們就快到了。」

前提是這位「拳擊靴」先生肯讓我們過去。

他們和求救母親的直線距離大約有四百公尺。為了避開艾希肯普街的交通事故，他們抄近路走艾希卡茨巷。但因為眼前這個開休旅車的白癡不肯讓路，以至於救護車無法通過狹窄的單行道。小巷裡沒有人行道可以避車，而這沒教養的壯漢顯然想用拳頭逼退他們的救護車。

「我再說一次，再來我就拍下去了，但不是為你鼓掌。」這頭暴躁的公牛往身後的車裡瞥了一眼，裡頭坐著一個骨瘦如柴的紅髮女郎，正為她的豐脣上妝。「我在趕時間，而你擋到我的路。」

提爾深深吸了一口氣，放下手機問道：「聽著，你覺得這看起來像什麼？」

他指著剛剛被眼前白癡砸了一拳的救護車，車上的警示燈仍自顧自地無聲轉動。

「我必須去道爾瓦德街，因此我不會在這條跟針孔一樣狹窄的巷子裡倒車退讓，只為了讓你準時抵達健身房。」

路人抱怨勤務車輛並排停車並非罕見，柏林人對於這種情況有著不同的評判標準。就在昨天，一張貼在他們擋風玻璃上的紙條寫著：雖然你忙著救人，但不代表你有權用廢氣汙染我們的空氣。下次把病患從屋裡拖出來前，請先將引擎熄火。

引擎一旦熄火，便會一併關閉中風患者的生命維持器，那名憂心又憤怒的市民顯然沒有這方面的知識；或者那市民對於這事毫不在意，就如同眼前的肌肉男不在乎窒息嬰兒的死活一樣。

「喂，你還在嗎？」光頭肌肉男靠近時，提爾聽見嬰兒母親驚懼的叫喊聲。

「是、是的，我還在，請繼續做口對口人工呼吸。」他將手機緊貼在耳旁。

「她開始發紫了。我的天啊，我覺得她……她……」

「算了吧！」亞拉姆在他身後叫道，拿著急救箱趕緊下車。「你先倒車，我一個人跑過去。」

「是啊，聽你的移工朋友的話吧！」光頭壯漢大笑出聲。「去，去，快去倒車！」

又是這種令人手指發麻的感覺。每次要犯大錯之前，提爾的大腦總會閃現同樣的警告訊號。他不知道是因為眼前這沒教養的傢伙侮辱了他的庫德族隊友，還是其實不需要任何理由，畢竟有個六個月大的嬰兒正因這個傢伙而性命垂危。上回感覺到這種指尖針扎的痛楚，是三個星期前的一場救火行動，一場幾乎使他遭到懲戒的救援行動。

提爾原本是緊急救護教育小隊的隊長，隸屬於消防隊。他本來不該在柏林的最西端當救護員，而是在第一線背著氧氣瓶、戴著氧氣面罩，手持消防斧，直衝進起火的建築物裡。

本應如此。

導致他調職的那份心理評估單上，寫著「行事過於衝動，對同僚形成潛在威脅」的評語。接著他就被降級，調到柏林西南邊的救護單位。

這一切都是因為一隻該死的貓，但他又能怎麼辦？那位哭聲淒厲的老太太告訴他，那隻貓是她僅剩的家人。提爾只好爬上她住的那層樓，闖入火場，害得隊上必須另派一批人上去把他救出來。

就在他闖入火場的前一刻，他感覺到這種手指發麻的滋味，那是「別搞砸了」的警告訊號。於是這次他對自己說：「**這次聽你的**。」

他沒時間在眼前這場鬧劇中虛耗時間，此外，「拳擊靴」先生顯然是另一個量級的對手。提爾並不矮小瘦弱，但他受過訓練，分得出街頭尋事鬥毆者與搏擊運動員的差別。而和他對峙的這個男人，在許多條件上都遠勝過自己。

「好吧，聰明的人是會退讓的。」在那沒品傢伙的嘲諷大笑聲中，提爾嘆了口氣。

他回到救護車，用發麻的雙手發動車子，將引擎入檔，試著嚥下滿心憤怒。

又等了一會兒，直到那個白癡返回休旅車裡，救護車才啟動。

半秒鐘後，救護車狠狠撞上對方的引擎蓋。雖然撞擊力道不足以觸發安全氣囊，但那壯漢因為還沒來得及繫上安全帶，直接迎面撞上方向盤。

載著紅髮女郎的車子被救護車筆直往後推，她的叫聲極其尖銳，就算隔著兩層擋風玻璃，加之有輪胎摩擦柏油的刺耳聲響，玻璃、塑膠與鍍鉻零件發出的碎裂聲干擾，提爾還能清楚聽見她的叫喊聲。

不久後，休旅車左側被推擠出一道缺口。提爾一邊緊催油門，一邊將方向盤向左打，把受損的休旅車擠到一旁。雖然因此波及了另外兩輛停在路邊的車輛，但總算殺出一條血路。最後提爾踩下剎車，避免救護車如箭一般直衝向阿爾特街。

他停下救護車，打開車門，轉向他的夥伴。亞拉姆站在破爛的休旅車旁發愣。一旁壯漢想爬出休旅車，他的鼻梁斷裂，臉上滿是鮮血，看起來似乎有些神智不清。

「孩子優先！」提爾對夥伴大喊。「鼻子可以等一會兒！」

3

八個小時後

「有個東西想給你看。」提爾聽到他結結巴巴的聲音。如同低語和哭泣。他被嚇了一跳，只見兒子馬克斯有如特戰隊士兵一般溜進了房裡。書房的門一如往常的敞開，提爾厭惡密閉空間的程度，和他對六歲兒子的愛一樣強烈。而能夠悄然無聲地爬上樓梯，是馬克斯的一種天賦。

「怎麼啦，兒子？」提爾闔上筆電。他正忙著打報告，雖然那只是白費力氣。因為事證明確，自己又能跟調查委員會解釋些什麼呢？

是的，他又抓狂了；是的，他再度腦充血而行為失控。這次甚至還有目擊者指證歷歷，說他撞斷某個市民的鼻梁，更別提他造成周邊四輛車子的損傷。至於他在數分鐘後拯救了小嬰兒的性命，只能另作他話。為了在救援時間內抵達現場，居然把救護車當戰車來開。要是媒體大開殺戒，把他描繪成那種瘋狂的肇事醫護人員，提爾很可能會被開除。

「我組好了一艘千年鷹號。」馬克斯像是捧著聖髑似的，將灰色的樂高太空船捧進書房。

「看起來棒極了。」提爾忙不迭稱讚他一番，心裡卻在思忖著，讓六歲孩子組裝一艘配備雷射炮的星際大戰宇宙貨船，到底有什麼教育意義可言。

「太厲害了，紙盒上明明說這玩具適合九歲以上的小孩。」他補上一句，但也知道年齡標示的數字僅供參考。有一次，提爾和其他消防員撲滅了一處玩具工廠倉庫的大火，其中一名玩具商曾自信滿滿地對他說：「只要我們聲稱這些玩具適合年齡較大的孩童，那麼家長們會覺得自己培養了一個小天才。」

「我看見了韓．索羅，那這裡呢？這是丘巴卡嗎？你還把路克．天行者放進了駕駛艙欸。哇，一切看起來都很完美呀，你還在哭什麼呢？」

馬克斯抽了抽鼻子，支支吾吾了一陣子才說：「媽媽。」

「媽媽怎麼了？」

「她說我不准。」

「不准什麼？」

「不准把太空船拿給『她』看。」

提爾微微一笑，撫摸馬克斯的頭，那頭濃密的棕色頭髮遺傳自他的母親莉卡妲，豐滿的嘴唇和修長的睫毛也是。即使如此，大家都說兒子比較像他，原因不外乎是那雙深色的大眼睛。雖然他偶爾會一笑置之，但眼神裡總是流露著憂傷。

「你說的『她』，是指安娜嗎？」提爾透過閣樓的窗戶朝外望了一眼。布可夫區昨晚下了場雪，附近鄰居的屋頂都積滿了皚皚白雪。鄰家女孩是馬克斯的初戀，提爾不得不承認她真的美極了，而且蕙質蘭心、親切有禮。姑且不論兩人的年齡差距，作為媳婦堪稱完美。安娜芳齡十七，正在準備高中畢業考試；而馬克斯才上小學一年級，夢想與父親一樣做個消防員。

不過安娜樂此不疲。當馬克斯含情脈脈地望向她時，她會允許他靠近，讓他抱一下，甚至願意回覆他那笨拙的情書。當她看見提爾時，還會朝他喊聲「爸爸」。為了不令馬克斯幼小的心靈受創，安娜沒告訴他，偶爾騎機車來接她的年輕人，是她的男友。

「安娜在家嗎？」提爾問道，馬克斯點了點頭。

「媽媽說你不可以過去找她？」

「我只是想讓她看一下這個。」

「嗯，了解。她看見一定會很開心的。」

提爾思考著該如何從兩難中抽身，而不會得罪任何人。今天他最不需要的就是爭吵和淚水，逝者已矣，現在的他只渴求和平。最後他選擇了一條中庸之道，其實只是個偷懶的妥協。

「好吧，孩子，我們這麼辦吧：你去把貓砂盆清一清，然後可以去一下安娜家，把你的千年鷹號拿給她看。聽起來如何？」

馬克斯點點頭，提爾抹去他臉頰上殘餘的淚水，輕輕拍了一下他的屁股。

「去跟媽媽說，我一會兒就下樓與她談談。」

就他對莉卡妲的認識，她至少會有一個小時不肯跟他說話，因為他再次破壞了她的教育方針。

我只是想圖個相安無事。

即使只是過個路口，沿街走上幾步就能到安娜家。但莉卡妲一定有個好理由，足以解釋她為什麼不願意讓馬克斯在夜幕低垂之前出門。

「他現在已經學會見縫插針，利用我們之間的歧見了。」莉卡妲經常責備提爾，而且她總是對的。提爾無法拒絕兒子的任何請求，就是辦不到，只要馬克斯在他面前淚眼婆娑，像流浪狗一般地望著他。有時候，提爾覺得莉卡妲之所以又生艾蜜莉亞，是為了不讓馬克斯當個獨生子，也避免提爾把他給寵上天。

「啊，馬克斯！」

兒子站在樓梯頂端，回身看了他一眼，那擔心的眼神似乎在懷疑父親會不會隨時收回他的許可。

「什麼事呢，爸爸？」

「通關密語是什麼呢？」

4

馬克斯

「**冰塊**。」馬克斯一邊想著，一邊緊緊抱著他的組裝模型。

他走出家門，踏入寒風中，去年夏天父親和約好的通關密語，和凜冽的寒風倒是絕配。當時有個警察到幼稚園來，宣導如何防範誘拐兒童的壞人，提到了這個辦法。警察建議說：爸爸媽媽應該和小孩約定一個只有家人才知道的通關密語。

他爸爸喜歡這個主意。

他們一而再、再而三地練習，在森林裡健行時、開車時，或是等公車時，他們反覆演練那些可能發生的情景：

「如果有陌生人告訴你，你應該跟他走，因為他要給你糖果，或者要給你看可愛的寵物時，你會怎麼做？」

「我會說不要！」

「如果他說爸媽說可以呢？」

「那我就會問他通關密語是什麼。」

「我們的通關密語是什麼呢？」

「冰塊。」

「好，如果那個人不知道密語呢？」

「我就知道他不是你們找來的人。」

「那你會怎麼做？」

「我會大叫『救命』，然後拔腿就跑。」

「冰塊……」馬克斯喃喃自語，小心走下大門台階到前院。

爸爸稍早才把大門到圍籬的小徑積雪都鏟掉，但是後來又下了一場雪。馬克斯知道自己絕對不可以滑倒，否則一定會撞歪些什麼，或是毀掉太空船。他已經開始期待安娜看見太空船時的表情，她或許會把他抱起來親吻，她總是在見到他時這麼做。她的氣味好極了，聞起來像是顆桃子。馬克斯不確定她用哪一個牌子的洗髮精，但無論如何，那香味和媽媽替他洗澡時用的恐龍牌兒童沐浴乳截然不同。

馬克斯全神貫注，一會兒看一下用腳緩緩推開的圍籬柵門，一會兒又端詳著他的太空船，同時緩步前行。這時有個聲音嚇著了他，害他手裡的組裝模型差一點掉在地上。

「喂，孩子！」

他看到有個男子站在右側的老舊路燈下。說時遲，那時快，路燈有如收到指令一般，和鵝卵石街道上的其他路燈一起應聲點亮。

「是的？」

「你知道六十五號是哪一家嗎？」

馬克斯不想在前往安娜家的路上有任何耽擱，更何況室外溫度每一秒都在降低。

「通關密語是什麼？」他脫口而出。

「啥？」

男人怔怔看著馬克斯，他是用密語在跟他的哥兒們說話嗎？

「算了，」馬克斯頓了頓。他決定幫那男子一個忙。「六十五號嗎？」

男子一步步挨近他，但是馬克斯並不害怕。畢竟那男人並沒有要馬克斯跟他走，而且通關密語的使用規則似乎也不適用於推著滿載包裹的推車、身穿制服的郵差。

5

一年後

提爾

沒有聲響，沒有腳步聲，也沒有敲門聲，什麼都聽不到。

提爾沒有聽見妻舅的進門聲，但走進門來的奧利佛．斯卡尼亞並不是個輕如鳥羽地在半空中飄浮的精靈。這個刑事組組長，以及他那一百二十公斤重的龐大身體，在進門時總會引人側目，例如刑案現場及審訊室，或像現在一樣走進私人住宅。

不過剛好有個斑白頭髮男人的吼叫聲穿透客廳，彷佛一架直升機降落在庭園裡，所以提爾才沒有注意到斯卡尼亞的出現。

「連續殺人犯古伊多．崔尼茲在被捕的十個月後，因不明原因，被轉入司法精神病院的隔離病房。」

提爾把電視的聲音轉到最大，才不會錯過主播對殘忍畫面的任何評論。他很討厭主播像是朗讀戲劇台詞一般的語調，聽起來既虛偽又自戀。

「今年一月，崔尼茲供稱殺害了七歲的小女孩蘿拉及其母親米利暗，並帶領警察找到另一具屍體，六歲的安德烈的陳屍地點。」

電視畫面交替播放著一座骯髒的地下室、一只粗製濫造的木箱，像是兒童的棺材，以及兩名受害兒童的照片。接著又插播另一張狗仔隊在崔尼茲被捕時拍下的照片，當時他坐在警車裡，還對著鏡頭微笑，儼然是恐怖片的明星。

他在照片裡落落大方，風度翩翩，有一雙新生兒般的藍眼睛，活脫像是個平面模特兒。

「在法庭上，這位人稱『保溫箱惡魔』的被告因嚴重精神分裂而被鑑定為無行為能力。崔尼茲堅信有股邪惡力量在他腦中植入了某個物體，控制了他的思想。」

「法院在審理後不到三天，便以最嚴格的附加條件，將他移送位於柏林泰格爾區高度戒護的司法精神病院監護處分。他似乎性命垂危。據未經確認的消息指出，崔尼茲將於今天接受手術治療。」

「這畜生的獄友們真該把他海扁得屁滾尿流，」斯卡尼亞喃喃自語。

電視裡播放了那間醫院和顯然是主治醫師的畫面。醫師只以搖頭回應記者們關於病患狀況的問題，接著快步離開。畫面上打出他的名字：

醫學醫師，哈姆特．弗利德，外科醫師

接著主播又詳細解釋：

「為了應對緊急狀況，司法精神醫院設置有隔離病房和精神創傷病房，因為罹患精神疾病的犯罪者經常自殘，若干個案甚至會出現器官自然病變，必須進行腦部手術。但弗利德醫師不願意告訴我們，古伊多．崔尼茲是否也屬於這種情形。」

弗利德醫師的名字令提爾回想起一些往事。他記起有次護送火場傷患到菲爾紹醫院時，曾遇到這名醫師，後來也從護理師那裡聽到了相關傳聞。據悉這位醫師曾因酒醉導致一名病患死亡，但並未吃上官司，可能是因為家屬從醫院那裡得到了大筆和解金賠償。但自此以後，他便離開醫院，自行開業，繼續醫療工作。顯然司法精神醫院有緊急狀況時，這位外科醫師會加以支援。

「你不該看這些的。」斯卡尼亞脫下西裝外套對提爾說。

提爾看了一眼掛在他那寬闊胸膛上的肩掛槍套，裡頭插著配槍，接著回頭盯著電視，用搖控器把音量調低。

「古伊多·崔尼茲的案子之所以引發頭條關注，不僅因為他的殘暴法手令人髮指，也因為刑警與法醫推測，這個心理變態的連續殺人犯還犯下其他孩童的凶殺案。但崔尼茲在律師的建議之下保持緘默，無法查明其他犯行。」

提爾在下一幕電視畫面上看到一個莫名熟悉，卻又令他感覺極為陌生的男人影像，不由得嚇了一跳：那人正是他自己。

記者在提爾的住處外堵他。但他幾乎想不起來那個狗仔記者問了他什麼腦殘的問題。

「貝克霍夫先生，你相信古伊多·崔尼茲應為你兒子馬克斯的死負責嗎？你覺得他會坦承謀殺了你兒子嗎？如果有機會的話，你會對嫌犯做什麼呢？」

記者的最後一個問題直言不諱地影射關於他「衝動而無法控制的個性」，如何使他丟掉工作的報導。

馬克斯失蹤後，一開始提爾被認為是主謀。不僅警方認為他涉嫌重大，就連媒體也很快從他的人事檔案和懲戒紀錄中找到可以大作文章的內容。那些檔案記錄了提爾的暴力傾向和衝動行為；而各家小報也花錢買通開休旅車的光頭壯漢接受採訪，他繪聲繪影地描述提爾如何企圖用救護車撞死他。還有一批記者跑去馬克斯就讀的幼稚園，打聽孩子的父親是否曾經對兒子施暴，以及孩子在幼稚園時身上是否出現過異樣的傷痕。

提爾忿忿關上電視，腦中的景象卻不願就此消失。

那條覆蓋皚皚白雪的鵝卵石路，和散落一地的樂高積木看起來真是相襯。

提爾想起那艘壞掉的樂高太空船。那是馬克斯唯一留下的東西。那日馬克斯遲遲不歸，而莉卡妲和提爾獲悉他根本沒有去安娜家以後，只找到了這些模型零件。鑑識小組搜集了每一塊模型，拿回實驗室裡重組，檢查除了馬克斯之外，凶手還取走了哪些戰利品。最後確認有其他東西也失蹤了。

路克・天行者。

和他的兒子一樣，彷彿被大地給吞沒。

後來，就連莉卡妲也從他的生命中消失。她認為提爾是這場悲劇的幫凶，即使她從未說出口。那句話反覆折磨了他整整十二個月，從來沒有停歇：「**要是你沒有允許他去找安娜，這一切就不會發生。**」

提爾站起身來，像淋濕的小狗一樣抖動身子，卻甩不脫那些回憶以及不速之客。斯卡尼亞並不感覺尷尬，即使他從進屋開始，提爾便無視於他的存在。

「你來做什麼？」提爾總算開口問，語氣不是很禮貌。但斯卡尼亞絲毫不覺得被冒犯，可能因為長年累積的職業經驗，已經習慣被害者家屬把絕望的心情發洩在調查人員身上。或是他認為站在提爾這邊，是身為家人的義務，畢竟他妹妹和提爾還沒有離婚。但那只是時間的問題而已，莉卡妲已經搬走，也帶走了馬克斯的妹妹。

「聽我說，事情有了新進展，可是……」

斯卡尼亞擠出他的雙下巴皺褶，每當他思索接下來該說些什麼的時候，便會做出這種怪動作。

「怎麼樣？」

「他們終止了對馬克斯的搜索。」

6

提爾的手滑過很久沒洗的油膩頭髮。時間早過了下午一點，但是他還穿著一身睡衣。

「你再說一次？我兒子才失蹤一年而已！」

斯卡尼亞點了點頭，「沒錯，他們確信犯案者就是崔尼茲，他的犯罪手法和犯案區域，一切作案細節都與你兒子的案子完全吻合。你知道警方怎麼處理事情的。你以為我喜歡這樣？指稱終身監禁的犯人是作案者，那一點道理都沒有。但我們知道作案者就是他。」

提爾覺得客廳內的空氣被抽乾了，這消息令他感到窒息。

「但你們還不知道馬克斯在哪裡。你們**必須**繼續找！」他用嘶啞的嗓音反駁斯卡尼亞。

斯卡尼亞又點了點頭，「相信我，如果是我作主，一切都會不一樣。我會翻遍這座城市的每一塊石頭，直到我們找到馬克斯為止。我不在乎我們是否負擔得起這些費用或是人力，但這也是為什麼我無法正式主導這件案子的原因。」

「我懂。」

斯卡尼亞是莉卡妲的哥哥，因此必須迴避本案的調查，沒有人相信他能客觀辦案。但沒有加入調查小組，不代表他就沒有了消息管道。

「他們**不可以**停止搜尋馬克斯。我必須知道我的兒子究竟發生了什麼事！」

「你知道他發生了什麼事。」斯卡尼亞回答。

是啊，他知道的。

提爾搓了搓十天沒刮的鬍子，或許已經十二天。自從馬克斯失蹤後，每個日子都長得一模一樣。

起床，想兒子；穿衣服，想兒子；絕望，想兒子；脫衣服，想兒子；躺上床，想兒子；絕望；睡不著，想兒子；起床。

而自從莉卡妲離開他以後，他便乾脆省去了穿脫衣服的步驟。

「你也知道其他孩子的命運。」斯卡尼亞試著突破他的心防。

是啊，他知道。另外還有七歲大的女孩與六歲大的男孩，崔尼茲趁那兩個孩子在庭園玩耍時擄走他們。他偽裝成送貨員把孩子迷昏，載到位於住宅區的一處地下室裡，用自製的保溫箱加以凌虐，最後殺害他們。沒有任何孩子能在四十八小時以上的凌虐中倖存。而自從鄰居們在街上看見那輛DHL貨車和推著滿載包裹的手推車的郵差，馬克斯失蹤至今已近一年。

然後那個畜生被逮捕了。有人發現了米利暗·施密特的屍體，也就是被拐走的小女孩蘿拉的母親，她因自行調查女兒下落而被崔尼茲盯上。崔尼茲在犯案後就一直在跟蹤這個單親媽媽，很可能是為了享受她的痛苦。警方逮捕崔尼茲時，從他的公寓裡搜出了大量米利暗的照片和影片，包括她在樹上張貼協尋女兒的告示，或是她在女兒最後現身的街道來回尋找的畫面。

依照米利暗的推論，凶手偽裝成送貨員或是郵差。這一點她可以說是一語中的，這也說明了為什麼崔尼茲要在她報警前除掉她。而崔尼茲的被捕純屬偶然，當時，他正在提爾托夫運河畔的船屋裡企圖毀屍滅跡。米利暗最終還是證明了他是殺害她女兒以及另一個小孩的凶手。崔尼茲在壓力下供出蘿拉和另一個六歲男孩的陳屍地點，卻對馬克斯的下落隻字不提。

「跟我來，給你看一樣東西。」提爾拖著腳步擦過斯卡尼亞身側，走進浴室，打開洗手檯下方的櫃子，拿出一罐香氛噴霧。

「芳百廁噴霧？」斯卡尼亞一臉狐疑地問。

「是防怪獸噴霧。」提爾的回答，不過無助於斯卡尼亞的理解。

「大約一年半前，我犯了個錯誤。我給馬克斯說了一個可怕的床邊故事。他在電影院看了《海洋奇緣》後，被動畫裡的熔岩惡魔『帖卡』嚇壞了。於是他要我講別的故事給他聽。我、我知道不應該告訴他櫃子裡躲著一隻綠眼怪物。從那時起，馬克斯每個晚上都跑來跟我們睡，直到我告訴他，我從幽靈商店買了一罐防怪獸噴霧。」

提爾搖了搖夜來香氣味的噴罐。「我跟他解釋，如果把這個噴在櫃子裡還有床上，他就能安穩入睡，什麼事也不會發生。他相信了。」

他的眼淚奪眶而出。「每天晚上我都在他的房裡噴一點噴霧，他就不會夜裡醒來溜到我的床上去。從那以後，馬克斯就一夜好眠，不再害怕了。」

「提爾！」

「他也跟綁架他的人提到防怪獸噴霧嗎？」提爾的聲音不是很清楚。「你知道嗎，夜裡我總是躺在床上，對著天花板瞪大眼睛，聽見馬克斯喊著要防怪獸噴霧的聲音，他害怕極了，但是沒有人給他噴霧。那裡沒有噴霧，只有怪物而已……」

「馬克斯已經死了！」斯卡尼亞大聲說。

「我知道！」提爾把噴罐砸向鏡子，神奇的是，鏡子竟然毫髮無傷。

「我知道他死了。」他的聲音漸高，對著斯卡尼亞大吼，「但我得看到他的屍體，我必須親手安葬他。難道你不懂嗎？**我要的是確定！**」

他衝出浴室，斯卡尼亞尾隨在他的身後。

「是的，我當然了解你的心情。我和你的想法是一樣的，或者——跟莉卡妲一樣。」

「你妹妹已經離開我了，也帶走了艾蜜莉亞。」

斯卡尼亞滿懷同情地俯視提爾。「我知道，她告訴了我這件事。但老實說，這不是理所當然的嗎？你看看你自己，自暴自棄，不肯面對真相。」

「什麼是真相？」

斯卡尼亞抬高雙臂。提爾看見他腋下兩塊和啤酒罐一樣大的汗漬。

「如果那個畜生堅持不肯告訴我們，在哪裡可以找到馬克斯的話……」斯卡尼亞清了清喉嚨。「我的意思是，你也知道其他孩子的情況，你已經讀過了警方的報告。要是他不肯帶我們去找屍體，我們可能永遠找也不回那些可憐的靈魂。崔尼茲把屍體埋藏得太好了。埋在垃圾掩埋場的深處，搜索犬每次都無功而返。但自從他被關押之後……」

他就不再說話了，一語不發，保持沉默。

提爾閉上眼睛。

崔尼茲第一次招供後，便聽從律師的建議保持沉默，讓提爾陷入絕境：不確定性。但德國畢竟是法治國家，威脅使用刑求已屬犯罪行為，就算面對的是隻怪物也一樣，沒有任何手段能令這畜生開口。

沒有任何手段，除了……

提爾腦海中浮現一個念頭。這個主意很蠢，甚至可笑、完全說不出口，卻是長久以來第一個鼓舞他的想法。

「如果有機會的話，你會對嫌犯做什麼呢？」

「你們有多確定，殺死我兒子的人是崔尼茲？」

「就我們的猜測，目前可能性約有百分之九十九。但一個小時前，我們有了百分之百的確信。」

「為什麼？」

「他們找到了一些東西，」斯卡尼亞說：「所以我才來你這裡。」

提爾感到一陣暈眩，眼前天旋地轉，撐在電視機前的一張椅子上。

「是什麼東西？」他開口問，每說一個字都令他費盡力氣。

的。

他們找到了什麼？

斯卡尼亞攤開肥厚的手掌，提爾一時間認不出他掌中的事物。灰撲撲的刺眼陽光穿過百葉窗照進房裡，令他幾乎睜不開眼睛。而且斯卡尼亞掌中的物體又小又白……還是塑膠做的。

「路克・天行者。」提爾低聲說道，向後退了幾步，彷彿斯卡尼亞手中的樂高人偶有傳染病似的。「你們是在哪裡找到它的？」

「崔尼茲被送進手術室時，我們在他的床頭櫃上發現的。這畜生在瘋人院裡公開展示他的戰利品，那裡還其他東西。」

「還有其他證據？」

「有可能。」

斯卡尼亞的雙下巴皺摺擠得更肥厚了。

「有些傳聞。這樣說吧，就是所謂的『受刑人地下電台』。」

「什麼？」

「據稱崔尼茲四處吹噓，他在司法精神醫院的日記裡，記錄了自己的種種犯行。」

7

弗利德

「是弗利德嗎？」

弗利德疑惑地望著手機上的未顯示來電號碼，坐回辦公桌邊。他方才正想離開醫院的個人辦公室，前往地下樓層的手術室。

「很抱歉打擾了。」弗利德聽見一陣深沉宏亮的聲音。

說話的男人語氣中帶著些許無力和疲憊，話語聲彷彿被窗外的暴雨掩蓋。在醫院二樓聽來，通風口或電梯井的風聲宛如狗哭。

「你到底是誰？」弗利德不耐地問。

「我的名字是提爾．貝克霍夫，馬克斯的父親。」

喔，我的老天爺啊！

弗利德不自覺地吞了吞口水，暗暗點頭。

現在他知道話筒另一端是誰了。他可以想像那可憐的男人要對自己提出怎樣的要求，他的心臟和脈搏越跳越快，身體也開始發熱。

「你怎麼知道我的電話號碼？」

「身為消防隊的前小隊長，我與警方向來有良好的關係。」

弗利德按著自己的脖子，解開玫瑰色 Polo 衫上的第一顆鈕扣。這是他最喜歡的顏色，他認為玫瑰色和他那身用日曬機曬出來的膚色最為相襯。

「聽著，」他說。「我不能跟你討論我的病患。」

「我也沒有想要談，我只是希望你替我做一件事。」

來電者的聲音裡充斥著寒冷的怒氣，弗利德立刻明白提爾．貝克霍夫婉轉所說「做一件事」所指為何。

他是在暗示，弗利德應該「把問題從這世上排除」、「伸張公平正義」或是「替納稅人省錢」。

「你是在通話錄音嗎？」弗利德熄掉辦公桌上的桌燈。他必須趕緊到手術室做準備。

「我的兒子可不是一篇報導而已！」提爾．貝克霍夫發出怒吼，他的怒氣直接朝弗利德身上發洩。

「抱歉，我不是那個意思，只是我……」弗利德遲疑了一會。「我不能做你想要我做的事。」

雖然我能夠體會，就是我，也會想把綁架且殺害我兒子的男人折磨至死。

「不，你可以的。」

「不，」弗利德的雙手顫抖，他大聲說：「我不能，也不想殺人。」他十分清醒地做出清楚且誠摯的聲明，以防提爾．貝克霍夫錄下彼此的對話。令他驚訝的是，這名父親反駁了他，「你確實不應該那麼做。」

「不然你想要我做什麼？」

弗利德聽見對方吸鼻子的聲音。提爾．貝克霍夫清了清鼻子，簡短道歉後說：「我請求你的是完全相反的事。」

「我不明白。」

「我拜託你，不，我懇求你盡一切所能，讓古伊多．崔尼茲能夠脫離險境。他必須撐過這場手術，你明白嗎？他是唯一知道我兒子到底發生什麼事的人，他無權將他的祕密帶進墳墓裡。」

「好的，好的，」弗利德感動地說：「我會盡己所能。」

這名父親滿是激動、出人意料，卻令人感同身受的請託，深深打動了他。弗利德掛上電話時，手指頭抖個不停，以至於他別無選擇。

除了拉開抽屜啜一口酒之外，他沒有別的方法能使自己平靜下來。

這一口不多，大約二十毫升。

8

提爾

「V型病患？」

「是的。」

「那是什麼意思？」

「V代表臥底。我想要請你幫忙，把我弄進司法精神病院。」

「混到崔尼茲身邊？」

「確切地說，是要成為司法精神病院的住院病人。」

談話中互相逼問的語氣令提爾焦灼難耐，他轉身背對著斯卡尼亞凝望窗外。挾帶雨水的颯颯秋風把一只塑膠袋吹過人行道，落在一棵垂柳上，像殘破的船帆似地掛在那裡。花園裡看不見鳥或松鼠，沒有其他生物的影子。也沒有任何奇蹟降臨在這場暴雨中。即使如此，提爾寧願在外頭忍受大自然的淫威，也好過於待在該死的溫暖室內，茫茫不知所以地等待著。

身後的斯卡尼亞乾咳幾聲，提爾對他的刻意行為感到心煩。從踏出浴室的那一刻起，斯卡尼亞就不斷試圖制止他的行為，現在又來了。

「好吧，在警方的術語裡，V人員指的其實不是**臥底**探員，而是線人。他……」

「不隸屬於任何調查機關，只支援偵查犯罪。」提爾翻著白眼補充。「說夠了吧，停止你那種維基百科似的解釋。」

「那就別跟我提你那愚蠢的計畫！」斯卡尼亞罵聲不絕。「就算我想這麼做——其實我不想——我要怎麼把你弄進去？『癲狂之島』可不是個能夠隨意進入、四處走走看看的遊樂園！」

這一點，他說得再正確不過了。

位於萊尼根多夫區的司法精神病院有最高層級的安全監護。柏林人借用了布蘭登堡邦的度假水世界「熱帶島嶼」的名字，替它取了個「癲狂之島」的綽號，因為這座精神病院是座落於泰格爾湖上某個半島的建築群。原本有名富商想在那裡開設一間豪華酒店，但因為柏林政府混亂的政策反覆使然，無法廢除市區的泰格爾機場，導致沒有顧客願意花一晚六百五十歐元，享受飛機引擎噪音伴人入夢。就算知名建築師打造出東西兩側樓高三層的廂房，以及富麗堂皇的柱式前廊，置身其中，有如身處美國白宮的錯覺，但依舊難以招攬顧客。

最後，一個私立醫院經營者將這處地方連同建築物一起買下。今天，在此住宿的並非身懷巨款的政商名流，而是全德國最危險的精神病患。有些尖刻至極的評論指出，現在住進醫院的人，不外乎精神分裂的強暴犯、凌虐被害人致死的凶手，以及沉迷性犯罪的瘋子們，其精神狀態和原先理想中的飯店住客也沒有多大差別。例如其中有個用血作畫的畫家，三十二歲，外表看起來像是某大學夜間部的老師。他喜好以被害者的體液描繪海景，而被害人在失血致死的過程中，還必須一直盯著他作畫。

古伊多·崔尼茲可說是來到一個好地方，和其他因為心神喪失而被法院判決無罪責能力的凶手們，一起關在這座精神病院裡，與外界永遠隔絕。

提爾深吸了一口氣，接著長吁一聲說：「我不管你用什麼辦法，但我必須潛入醫院，接近崔尼茲。」

「為什麼？難道就為了讓你打破那個殺害你兒子的凶手腦袋嗎？」

提爾搖搖頭說：「我需要的是最終的答案，奧利佛，我不能就這樣活下去。我需要某種能夠讓我堅持生存下去的東西，還有也是為了道別，你懂嗎？」

他從對方的眼神中看見了答案。斯卡尼亞當然明白。他是警察，知道父母接到孩子的死訊時會有怎樣的反應：他們的人生就此毀滅。靈魂與幸福，以及構成生命的一切，都將被從生命裡永遠抽離。但他們的處境好過於那些不確定孩子發生了什麼事、得不到確切答案的父母，因為那些人身處於永無止境的垂死掙扎中。

「我感覺自己就像是一匹跌斷了腿，倒在水溝裡的馬。」

「和崔尼茲見上一面，能令你解脫？」

「正是如此。他既不肯跟警察招供，也不願意對檢察官或法官陳述，所以我必須靠近他以尋找答案。我要知道他把馬克斯的屍體埋在哪裡。」

「嗯，這主意不錯，崔尼茲一定願意坦誠相告，哈哈。」

提爾又搖了搖頭。「如果能找到他的日記，我大概就不必和他多說廢話了。」

斯卡尼亞捧腹大笑。「你到底有多天真？那只是一個傳聞。就算真有這本存在與否都令我懷疑的日記，崔尼茲也不會把它到處亂放。」

提爾理解斯卡尼亞話中的意思，卻不願接受現實。因為他也知道，除了絕望之人所擁有的勇氣之外，自己沒有任何辦法。

「在戒備森嚴的醫院裡，應該不會有太多地方可以讓他藏東西。」他執拗地堅持自己的想法。

「當然，你都說了，那裡『戒備森嚴』！我實在沒辦法想像你要怎麼樣才能在瘋人院裡行動，更遑論接近崔尼茲。就算我化不可能為可能，他們也只會把你送到一般等級且隔離的精神治療區，但崔尼茲的安全監控是第四級。」斯卡尼亞伸起手指計數。「那代表在他的病房走廊設有人體掃描機；重要的安全通道上則設有指紋檢驗和虹膜檢查機；室外更有以無人機監視的雙層柵欄，嚴密性堪比柏林圍牆。」

「一旦進去後，我會想出辦法。我已經找到了一條路。」

「真是蠢得可以！你別指望我會支持這種拿自己生命開玩笑的要求。」

「哦，是嗎？」提爾猛地抓住前額的一撮頭髮，一把扯下來。

一陣裂帛聲響起，好似一次捏破氣泡紙上的數個氣泡。在斯卡尼亞大喊出聲之前，鮮血已經沿著提爾的臉龐流淌下來。

「老天爺，你到底在幹什麼？」

「我在準備。」提爾想把扯下的頭髮甩落在地，但因為雙手被汗水浸濕，所以顯得笨手笨腳的。緊接著他又揪起另一把頭髮，這次是在頭皮中央。

「住手，我的老天啊！」

提爾又扯了一次，這次用力更猛。大量鮮血在刺痛間湧出，滴落在地。

「你這瘋子，失去理智了嗎？」

提爾硬擠出一抹微笑。「看，我這麼快就說服你了。所以，怎麼樣？」

「你什麼意思？」

提爾給他看那撮頭髮。一塊剛才還長在他的頭上、帶著毛囊的頭皮，現在黏在他被血染紅的手心裡。「撕完了頭髮，我會喝下廁所裡的含氯清潔劑。在救護車到之前，我還會找到方法撞斷自己的牙齒，甚至有勇氣戳瞎一隻眼睛。」

「你瘋了。」

「是的，現在的我對自己來說很危險。」提爾指向斯卡尼亞西裝外套上那塊配槍突起的位置。「等我搶走你的槍，我就成了其他人的危險。到時你會發現：我找到一條進入精神病院之路了。所以，怎麼樣？」

提爾又從頭上扯下一大塊頭髮。

「媽的！老弟！」斯卡尼亞咒罵著，用近乎尖叫的聲調說：「好吧，快住手！我看看能幫你做點什麼，好嗎？」

他震驚地站在提爾面前好一陣子，意識到自己對當前的情況無能為力。接著斯卡尼亞做了一件每當他忍無可忍時總會出現的反應：立刻離開房間，大力把門甩上。

提爾又等了一分鐘才開始哭泣。他哭，不是因為妻舅願意幫助而如釋重負；他哭，是因為壓力賀爾蒙的影響褪去，身體不再緊繃，疼痛感蔓延全身。

還有，因為恐懼。

天哪，我在害怕。

即使斯卡尼亞實現他的願望，讓他成為精神醫院的病人，提爾也不敢對心底生出的念頭抱持太多妄想。

9

派翠克・溫特爾

冒汗的死神與幼稚園之間的直線距離不過一百公尺。

派翠克・溫特爾透過落地窗，望著毗連幼稚園後院的凌亂花園，兩塊土地之間只隔著一條窄小的產業道路。

要是有人從室外向裡瞄上一眼，就會看見一樓屋裡有個年約四十多歲的男人正渾身顫抖，在與心魔的搏鬥中節節敗退。有點太長的鬈髮隨便紮了個馬尾，性感的下顎只是草草刮過鬍子，疲憊的眼神裡透著令人不寒而慄的恐懼。

如果他站在鄰近奧林匹克運動場的別墅區街上，不會有人想理會他。但是今天不一樣，在夜裡，一群黑暗的身影到處搗蛋。現在是晚上八點，一般而言，住在這個中產階級住宅區的市民們不是在看新聞，就是與家人共餐。孩子上床睡覺後，大人才會出門散步，除非孩子們破例得到允許扮作女巫、鬼魂以及幽靈在街上漫步。

今天是萬聖節。連日冰冷的陰雨也無法阻擋孩子們裝扮成吸血鬼、骷髏或殭屍，用捲筒衛生紙妝點不肯開門的鄰居家前院。

不給糖，就搗蛋！

為了不放聲大叫，派翠克咬住虎口的皮膚。

他家的門鈴在過去三十分鐘內已經響了四次，分別是畫著鬼臉的少年、披著幽靈披肩的女孩，以及手提發光南瓜燈的小孩。

有一次，派翠克忍不住把門打開，給了某個小男孩一條巧克力棒——他在過去數日裡，幾乎只吃這個過活。

那個男孩的父母在街道上等著他。男孩看起來至多不過八歲，長相與約拿沒有半點相似之處——當然不像。儘管如此，那雙充滿好奇的大眼睛仍令他想起自己的兒子。

派翠克試著向男孩揮手道別。他想，這麼做也許能改變眼前的一切。

要是我揮手，而那孩子笑了。

但他看見的，是男孩跑回父母身旁的背影。接著拿著巧克力棒的孩子與爸媽一起走過下個街角，消失於他的人生之外。

從那之後，派翠克便不再回應響徹空屋的門鈴聲。

妻子琳達懷孕時，房地產經紀人向他們大力推薦這幢房子，是一幢「由建築師監造的別墅」。他們能負擔得起這棟住宅的原因很明顯，因為在房地產業的術語中，「建築師監造」指的是銷售成績不佳的特殊建案，室內空間設計特意配合屋主的需求。就拿客廳來說，前任屋主在此安置了一座六角形的超音波浴缸，這對單身貴族而言或許是個大膽的主意（到底誰會想要在窗前泡澡？），卻可能危及小孩的生命。於是他與琳達轉換了浴缸的用途，用抱枕填滿浴缸，變成一座「溫暖的冒險沙發」。

他沒有改建房屋的預算，而那時候的生活也還很正常，對不便有一定程度的容忍度。所以甚至留下了開放式廚房裡醜陋的棋盤狀黑白瓷磚。而琳達正好相反，她一早就離開了他。

理所當然。

派翠克的目光掠過那棵兩年前夏天遭雷殛的栗樹，望向瓦爾德卡特幼稚園的會客室，家長座談晚會已經開始。

偏偏是今天！

家長們在剛翻新的團體室內坐了四十五分鐘，就坐在那些兩歲到六歲之間兒童使用的座椅上，孩子的名字大致如下：雅思敏、伊戈、亞歷山大、尤拉、托爾本、穆罕默德——**以及芙里達**。

我的芙里達，至少她還活著。

派翠克一定是全幼稚園裡唯一無故缺席的家長。其他無法出席的父母，如琳達，都會依照規定把名字登記在門口的不克出席名簿上，或至少寫封電子郵件通知。

瓦爾德卡特幼稚園講究規矩，一切都遵循規定進行。

在發生那件事情之後，他們是否仍對我有所期待？畢竟我還有一個孩子會去幼稚園。

而另外一個則在地球的某處腐朽。

派翠克抹去眼角的淚水，看著手裡的手槍。

他是射擊運動員，擁有槍枝執照，固定參加協會的射擊訓練。他知道如何把手槍塞進嘴裡，才能不出差錯地轟掉自己的腦袋。

但當他的目光穿過那棵遭過雷殛、曾想在上頭為孩子們搭建樹屋的栗樹，朝幼稚園方向遙望越久，就越覺得使用射擊武器不甚恰當。

錯了，懦夫，太沒有傷害性了。

派翠克離開窗邊，穿過客廳進入走廊，打開通往地下室的門。雖然地下室鋪設了明亮的地毯、沖澡間，並利用地窖窗打造成陽光起居室，但每當他下樓時，迎面而來的仍是一股潮濕灰塵與老舊書冊霉味組成的氣息。

我會想念這股氣味的。

他走進地下室的客房，那裡有一張整理好的床，好似等待著誰登門拜訪。然而床罩上積累的灰塵透露出此地已經很久沒有清潔打掃了。

他將手探入床底，抽出一個以前經常帶去健身房的運動包。但他已經過了三個月不需要靠訓練來維持體重的日子（**是所有糟糕的日子中最糟的**），好胃口也早已成了過去式。

派翠克打開運動包，呆呆看著裡面沒有標示的保特瓶。這裡頭以前裝的是水，現在則裝著琥珀色的液體。四個保特瓶，每個容量為七百五十毫升。

那是以前他在一棟玻璃帷幕大樓的地下室跟管理員要來的。他的公司就在大樓裡。桑蒂雅是德國大型健康保險公司之一，位於波茨坦廣場。他那圓形的辦公室位在大樓的二十二樓，風險管理部門，朝窗外看去可以眺見柏林愛樂廳。

現在我就要什麼也看不見了。

「那，就讓我們再來一次。」派翠克說著，打開第一個瓶子。

是時候來點液態的萬聖節妝扮了。

他把手槍塞進包包裡，閉上眼睛，將瓶中的液體澆在頭上與頭髮上，接著再次睜眼，以便轉開第二個瓶子，把內容物朝上半身繼續傾倒。那刺激鼻子與喉嚨的氣味嗆得他直咳嗽。

樓上的門鈴聲再次響起。

不給糖，就腐爛！

他把空瓶放在汙損的地毯上，等門外的孩子或年輕人放棄後，爬上樓梯，回到放置無用超音波浴缸的客廳。打開通往露台的門，拖著連四肢都濕透的身子，踏進秋天的空氣中。

雨再度落下，但幾滴雨不足以破壞他的計畫。為了達到目的，他在身上淋了許多的汽油。

「很好。」派翠克為自己打氣，摸索著褲子口袋。當他確定 Zippo 的防風打火機一直收在口袋裡時，便走過曾遭雷殛的栗樹，朝幼稚園方向前進。

10

弗利德

「唉，拜託，弗利德醫師，你就承認吧！」

對於得知將不採行全身麻醉，僅側臥以接受頸動脈手術的病患而言，古伊多．崔尼茲的嗓音聽起來異常愉悅。「你應該十分樂意，在我的手術中，一不小心表演手滑吧？」

弗利德將注意力集中在手中的手術鉗上，試著無視這殺害女人與孩童的凶手那略帶鼻音的高傲嗓音。協助他的主治醫師霍普夫用一小條藍色繃帶，在Y型分岔下緣的右頸動脈上做出記號，弗利德隨興把這個位置稱為「血管垃圾堆」。

右頸總動脈在這個部位岔出，分成供給腦部與臉部的血管。血液經常在這裡產生渦流，導致石灰質與脂肪堆積。這種狀況常在退休人士身上見到，但二十八歲的崔尼茲雖然身材精壯、訓練良好，並且嚴格控制飲食，但他淡粉紅色的動脈血管壁上卻已經出現橘中帶金的殘留物質。弗利德必須費神耗力地開刀把這些物質給去除。

「『何不讓這畜生在此時此地獲得應有的制裁呢』——你難道不是這樣想的嗎？」

不，我想的是提爾．貝克霍夫與他那拯救你這畜生的絕望請求。

崔尼茲微笑著。為了監測病患的神經功能，這場艱難的手術全程僅做局部麻醉，而未使用全身麻醉。這也令弗利德不能堵住這名惡棍的嘴。

「請你握住我的手！」弗利德進行手術時，麻醉科醫師安德莉亞．施爾夫醫師發出指令，以便檢查病患的表情及神經運動。攤開在她與執刀醫師之間的，是一條綠色的手術巾，兩個人互看了一眼，施爾夫從左側觀察崔尼茲，弗利德則處理頸動脈。他將狀似迴紋針的夾鉗，移近關鍵的血管分岔部位。事實上，他有點手癢，很想在此一環節犯錯。

弗利德當然知道這是種不道德的想法。**但，嘿，**他也只是個普通人。在接到貝克霍夫的電話之前，他也曾短暫好奇，想著要是他「不小心手滑了」，事情會有多糟。這裡不會有人為這個畜生流下一滴眼淚。相反的，要是手術成功的話，這個被媒體稱作「保溫箱惡魔」的前孩童照顧員還得浪費國家公帑多年，變成獄友們的不定時炸彈；要是他成功越獄，甚至會成為其他家庭的麻煩。

而且崔尼茲似乎存心挑釁他。

「忘了你所立下的醫師誓詞，想想我對那些孩子們的所作所為吧，弗利德。」

「安靜！」施爾夫出言喝斥，但崔尼茲不為所動。

「你知道，我總為那些男孩和女孩們準備換洗衣物，就放在後車廂的袋子裡。當我把他們帶上車，就為他們換衣服。如此一來，其他人就不容易在搜索中辨認出他們。大多數的情況下，那些小傢伙們會自己把衣服換掉，他們還以為那是一種遊戲。」崔尼茲咯咯地笑著。

「可是當他們進入保溫箱後，這種想法便消失無蹤了。」

喔天哪，他講得好像受害者有兩個以上，比兩個還多出許多。

「那保溫箱是我自己做的，比起菲爾紹醫院給我們使用的保溫箱好多了。」崔尼茲嘆了口氣，猶如沉浸在溫泉度假的回憶裡。「真是棒極了，我可以對箱子裡的孩子做任何事：撫摸、餵養他們，替他們包尿布，哈啊，如夢似幻。」

「我要中斷血液供給了。」弗利德大聲宣告，關鍵的二十分鐘即將開始，一旦他斷開Y型分岔的右側分支，便不允許出任何錯，此事關乎大腦。

精神病患生病的大腦。

「要是沒有與那個賤女人生出瓜葛的話，本來我可以繼續進行下去。但那母親進行調查，差一點揭穿我的包裹戲法，所以那些聲音命令我殺死她。」

那些聲音，當然了。

弗利德無法理解的是，精神科醫師與法官怎麼會被這種謊言矇騙。崔尼茲確實是瘋了，但並非受無形力量的驅使，影響了他的理智，而是出於對殺人的樂趣。他應該進入監獄，最好是西伯利亞勞改營，而不是在精神病院裡接受全方位的照顧。

弗利德闔眼片刻，再次睜開眼睛，拿起手術刀。

「要是我能把那些屍體處理得再好一些，人們永遠不會識破我的計畫。是啊，難免發生這種破事，不是嗎？」

弗利德朝霍普夫望了一眼，霍普夫只是面帶警告地搖搖頭，好似對弗利德說：**保持冷**

靜，給自己一些時間，不要犯錯，為了這傢伙，不值得。

但弗利德很難自制。

「聽著，我正試著想要救你一命。做為回報，你能不能至少表現得得體一些，向那些因你而承受痛苦的父母們坦承所有犯行？」

「是我搞錯了，還是你在暗示我關於那個路克．天行者玩具？」崔尼茲反問。

「你既然已經公開展示了戰利品，也應該坦承犯行。」

「到底是什麼戰利品啊？」崔尼茲咯咯竊笑。「警察因為這個玩具不斷約談我。我只是想知道它到底長怎麼樣，所以才替自己弄了一個來。」

弗利德再次捕捉到猛搖頭的主治醫師所投來的目光：**別談了，時機不對。**

但他必須先發洩自己的情緒。「好吧，談這些這或許毫無意義。你只要在我們工作時閉上你的臭嘴就好。」他的話令崔尼茲大笑出聲，脖子扭來扭去，令人無法準確下刀。

「否則會發生什麼事？你也要弄傷我的喉返神經嗎？與弗羅里安．布洛德一樣？」

弗利德僵立當場。

這傢伙是從哪個該死的管道知道那件事的？新聞報導中從來沒有出現過那個名字啊。

啊，對了，他曾在菲爾紹醫院工作過，與當時的我一樣。

醫院中的「謠言工坊」簡直比 Facebook 還要糟。

「那本來是一場毫無危險的甲狀腺手術，但現在布洛德卻因雙邊喉癱之苦，一輩子都得使用呼吸器，對吧？都是因為你前一晚喝了太多酒的緣故。」

「別動搖，哈姆特。可惜我們不能就這麼解決他。」霍普夫低聲說道，但崔尼茲聽見了他的話語。

「哈姆特？我還以為你的同事們都叫你『酒鬼』呢。」崔尼茲咯咯笑著。「因為你總是借酒壯膽。說到這個，今天怎麼樣呢？為了開我這一刀，你又喝酒了嗎？」

「你很快就會知道了。」弗利德憤怒地低聲說道，下刀割開了崔尼茲的頸動脈。

11

派翠克．溫特爾

成年人們顯得不知所措，家長晚會的部分參加者們張著嘴，坐在孩童用的庭園座椅上，其他人則別過臉去。身穿花紋羊毛衫，正抬手捂著鼻子的母親，她的兒子艾米爾就讀於向日葵班。

彩繪窗戶前，置物櫃上的芳香蠟燭掩蓋不住那股汽油味，但派翠克自己卻反而聞不到刺鼻的氣味。

他身上散發的臭味就像是一座加油站，或者更糟。

「你不想坐下嗎？」維多莉亞問。這名班導師是第一個，也是目前唯一與他對話的人。從派翠克輸入幼稚園家長們都知道的大門密碼開始，直至目前為止，只有他一個人在絮絮叨叨。

「不好意思，不好意思。」他一面走進團體室，一面說著。幼稚園的戲劇課及歌唱課，還有午餐時間等所有活動，都在這間團體室裡進行，而今天晚上大約有十五位左右家長成員在此進行座談。每個人都被他給嚇了一跳。

「你們一定沒料到會撞見真鬼，是吧？我的意思是，誰會想在萬聖節時見到我呢？」他發出怪異的笑聲，用手摸過被雨和汽油淋濕的頭髮。「怎麼啦？別愁眉苦臉的，你們的孩子都還活著呢。」

他從口袋裡摸出 Zippo 打火機，像自由女神像一般，手朝上高舉。沒有人敢站起身來，或是稍微挪動身子，除了抓起電話的維多莉亞。她看起來像是想報警，但這對派翠克來說正好。

「你們希望我今天待在家裡，是嗎？或是要我忍受那些裝扮可愛的孩子上門吵吵鬧鬧。但爸爸跟媽媽今天必須來參加座談會，這真是糟糕透頂的安排。」他憤怒地瞪著一名叫作松雅的老師。「我是說，為什麼偏偏要把家長晚會訂在十月三十一日？」

他用手輕拍額頭：「今晚的重頭戲，不是討論調皮搗蛋的孩子能不能攜帶玩具來幼稚園，或者麵包盒裡可不可以放糖果，而是必須驅逐那些四處遊蕩的亡靈，像約拿與我的靈魂。」

他被口水嗆到，咳了一陣。

「算了，沒關係，親愛的家長們。你們沒有奇裝異服，所以我不請自來了。我是活生生的見證，證明世間有惡的存在，證明孩子會活活死去，不僅是在電視與報紙上，而是在柏林，直接在我們的眼前發生。」

現場的大多數人，無論男女，都選擇別開視線，臉上露出驚魂未定，充滿恐懼的神情。

「不好意思，我必須打破你們幸福世界的田園詩，看著我！」

他朝眾人咆哮，其中包括一對領養孩子的同性伴侶、代替辛勤工作的房地產經紀人夫妻照顧孩子的祖母，當然還有典型的怪獸家長，為了強調後代對他們的重要性而出席，兩人都穿著像校服一樣的過膝長襪，彷彿學校裡有什麼重要事項必須記下來似的。

那麼，你們就把所有東西用大寫字母給記住吧：**你們只是運氣好而已**！

派翠克嘴角帶著唾沫，朝他們破口大罵，同時右手高舉 Zippo 打火機：「發生在我身上的事情，也可能同樣在你們身上發生。你們認為自己從沒有犯過錯嗎？不，你們又不是完人，所以我無法理解……」

「溫特爾先生？」

維多莉亞溫和的聲音令他感到不知所措。

他轉向那名穿著橘色蠟染連身裙，現年二十六歲的女老師。因為天氣的緣故，她今天將常穿的平底鞋換成了雨靴。

「你不想坐下嗎？」她指著一張空椅問道。

「不、不，我只想……」

當維多莉亞朝他遞出手機時，派翠克一陣錯愕。難道她想要讓他和警察對話嗎？

「電話那頭是你的夫人。」維多莉亞說。

派翠克必須承認這招很高明。他很喜歡這個對孩子們循循善誘的幼稚園老師。而維多莉亞撥電話給琳達，更是令他大感意外的奇招。

多麼聰明。

心思多麼細膩。

他接過手機，試著擠出話來。「琳達？」

「親愛的，發生了什麼事？」

親愛的。

她有多久沒如此稱呼過他了？以前每天三次：早上，中午，晚上。但這些充滿愛意的話語最終連同他的兒子，都從生活中被徹底撕碎。

「親愛的，我很抱歉，我現在不能跟妳說話。我把所有的事都寫在給妳的信裡了，郵局會把信寄到妳那裡的。」

「我不懂，你在幼稚園裡做什麼？」

「我在參加家長座談晚會。」

「我知道，但是你打算做什麼？他們、維多莉亞說……你不會做傻事吧？」

他搖搖頭，視線並沒有從與會眾人身上移開。這些笨蛋都很危險，那個戴著耳針的強壯汽車商人最有可能擔當英雄角色，將一把椅子砸在他的腦袋上。

「我已經做過此生中最愚蠢的傻事，當我……」

「談那些已經沒有半點意義了，」琳達打斷他，她也哭了。「親愛的，你即使毀滅自己，也無法令我們的孩子重生。」

「沒錯，無論我做什麼，妳也不會回來，不是嗎？我失去了整個家庭。」

「親愛的……」

「我理應下地獄。」

「不，拜託等等。不管你計畫著什麼，千萬不要付諸實行！」

「我必須點火，琳達，請妳理解。不只是我，這裡的所有家長都應該體驗被業火燃燒的滋味。」

所以我才來到此地。

他一說完便掛斷電話，點燃 Zippo 打火機靠近頭髮。就在家長們放聲尖叫的同時，火焰已經覆蓋了他的頭臉。

12 提爾

晚間八點四十五分，一輛救護車疾駛而過，行駛在雨水浸濕的柏油路上，藍色閃光與鳴笛聲在城中高速公路上開出了一條救命通道。駕駛時不時急踩煞車，果斷按下喇叭。車輛甚至在某個彎道處些微打滑，等司機重新穩住車輛後，再次高速衝過水窪與被雨水沖刷的路堤。

雨勢漸強，如同救護車裡乘客內心不斷膨脹的恐懼感。

行駛約十分鐘後，救護車放慢速度，車身微微搖晃，駛過沒鋪設柏油和路磚的路段，輪胎底下響起碎石礫的嘎吱聲。最後車子停了下來，嗚笛聲也安靜了，又約莫過了三十秒左右，一名身材高大的男人從立體停車場的雨篷下走出，鑽入車內。

救護車再次發動急馳。

「你真的打算這麼做！」斯卡尼亞又是驚訝又是反感地端詳著提爾。因為身高的緣故，他必須微微縮頸而坐。那雙多毛的手緊握著擔架邊框，上頭躺著的是被捆縛的提爾。當然這些偽裝只是作戲，但當計畫開始，一切都必須看起來與真的一樣。

「你拿到那男人的檔案了嗎？」提爾問。他的妻舅點了點頭。

斯卡尼亞的西裝已經濕透，他在雨遮不足的停車場等待了救護車許久。他從外套下抽出一份褐色卷宗，將其打開。

「你的新名字叫做派翠克‧溫特爾，四十一歲，在桑蒂雅公司就職。」

「健康保險公司？」

「正是。你曾在位於波茨坦廣場的總公司擔任精算師。」

「那是什麼鬼職務？」

「保險方面的數學家，計算費率，做風險預測，是這一類人。」

「你不是說真的吧？」

「你幹麼這麼驚訝地看著我？」

「我要頂替一個數字天才？奧利佛，難道你忘了，我是在消防隊裡幹粗活的男人，那是唯一一個能與我學校成績相符的工作。天啊，我費盡了千辛萬苦才通過中學畢業考，數學從沒拿過D以上的分數，還是讀實科中學[1]，你該注意到的。」

「誰說溫特爾是個數字天才？」

「對我而言，任何會計算的人都是天才。」提爾說。

「關於這一點，容我提醒你，這整個低能的計畫不都是你出的主意嗎？我又不能從eBay買到你想要冒用的身分。不過，嘿，要是這整件事能在此時此地告吹，我沒有問題。」

「不、不，已經很好了。」提爾急忙打斷斯卡尼亞。過去幾天，他們已經討論太多這件事了。「裡面的人可能不會強迫我心算，就算他們會好了，我反正已經習慣能在任何情況下胡言亂語。話說回來，派翠克．溫特爾究竟做了什麼事，讓人想要把他送進司法精神病院裡？」

「他在幼稚園的家長座談晚會中，把汽油澆在頭上點燃。」斯卡尼亞回答。

「為什麼會**這樣**呢？」

斯卡尼亞望著提爾，好像從未聽過這麼愚蠢的問題。「為什麼我有高血壓，而我的妹妹有甲狀腺機能低下症？我怎麼會知道。總之，溫特爾有病又厭世，大概從學生時代就服用抗憂鬱藥。」

他用手指敲了敲卷宗，好似在說：**一切都記在這裡頭**。

「無論如何，你徒手『梳理』自己頭髮的事，正好與現況吻合。」他指著提爾頭上的繃帶。

提爾自殘之後，便把頭髮全部剃光，在傷口上塗抹黏稠的優碘藥膏。

不幸中的大幸。要是有人企圖解開他頭上的繃帶（這很快就會發生），他的傷口看起來頗像一回事，聞起來更像是接受過急救護理。

1 德國學制內的一種學校，重視實用的科目，著重培養學生在中層職業領導的能力。除了英語，還增加了第二外語的選科在，到了高年級再增加如商業算術、商業英語和打字等實用課程，以實際職業需求為取向。學生在畢業後可以接受職業訓練或升入技職高中，接軌專門學校或是職業學校。

「他已婚，有孩子嗎？」提爾想知道更多有關溫特爾的訊息。

「結過兩次婚，現任老婆叫琳達，兩人有個名叫芙里達的女兒，今年五歲。」

比馬克斯還小一歲。

「溫特爾現在在哪裡？」提爾好奇。

「在冰櫃裡。」

提爾不由得抬起頭，眉毛挑得老高。斯卡尼亞闔上檔案，「兩小時前，他死於燒傷。就在法官准許將他強制移送司法精神病院之後。這傢伙顯然不只給自己帶來危險，更對社會大眾產生危害。」

提爾又低下了頭。

所以，事情才能夠有如此神速的進展。斯卡尼亞還沒掛上電話，預告到來的救護車已經停在他家門口。

「不可能再有這麼好的機會了，是吧？」提爾問。

「也許這不是一個機會，而是一場胡鬧。」斯卡尼亞咕噥著，手上做了個輕蔑的動作，好似在說：**就做你想做的去吧**。

提爾沉默半晌，問了一個禁忌的問題：「你是怎麼讓我順利接收溫特爾的身分？」

像咬了一口檸檬般，斯卡尼亞的嘴角一陣扭曲。「你以為我會把警方臥底調查機構的辦事方法，洩露給你知道嗎？」他的笑聲不帶一絲喜悅。「當我撕掉派翠克・溫特爾的死亡證明，拿你的照片替換掉他檔案中的大頭照，又命令兩名救護員扮演救護車司機時，大概已經違反了二十條法律，以及兩倍於這個數字的勤務規定。總之官方的說法是：幼稚園的女老師鎮定地使用滅火器阻止了事情往最壞的情況發展，所以溫特爾的腦袋奇蹟般只有皮膚發紅的症狀。事實上，他的腦袋皺得跟塊梅乾一樣。但要是這件事情曝光，我的腦袋會比他更難看。你最好不要說溜嘴，把我和我的同事們一起拖下水。」

提爾短促地「哼」了一聲，接受了這些解釋。

「我拜託你的事情，都安排妥當了嗎？」救護車停下，引擎未熄，大概是在等紅燈，趁著空檔，他詢問斯卡尼亞。從擔架上，提爾只能透過車窗縫隙朝外張望。穿過濕漉漉的車窗，他認出彎曲的街燈與迎風搖擺的路樹樹梢。

「我做了短時間內能做的所有事。」

斯卡尼亞也看著車外。「我們馬上就要到了。」他再度轉向提爾，問道：「我再問你最後一次：你確定真要這麼做嗎？」

上一次的對話中，提爾已經給了他詳盡的答案，所以這次他僅用一次短促的點頭給予回應。

是的，我必須進去，到崔尼茲那裡。

我必須確定。

斯卡尼亞顯然本就不期待提爾回心轉意，但仍不滿地搖頭，表達他的看法。

「好吧，你自己小心點。」最後他簡報細項：「我能為你安排的事情不多，但總好過於什麼都沒有。進入戒備森嚴的醫院時，你身上的私人物品都會被取走。在搜遍衣物之前，你會得到一套慢跑服。按照常理，他們會馬上拿走你的手機，還有所有尖銳物品、皮帶以及其他東西，所以你不能夾帶溫特爾的檔案進去。但如果一切進行順利，你會有一個接頭人。」

「誰？」

不喜被打斷的斯卡尼亞噘起了嘴。

「她名叫塞妲，你只要知道她的名字就夠了。最重要的一點是：她不是朋友，更不是可以交心的人。我不知道她的可信度如何，只知道她為了錢，幾乎肯做任何事。」

「她在醫院裡做什麼？」

「她是巴士駕駛。」斯卡尼亞不耐煩地說。

「什麼樣的巴士？」

「很快你就會弄清楚了。」斯卡尼亞看了看時鐘。「我們別在這種無關緊要的事情上浪費時間。最重要的是，在情況緊急時，你如何能與我們取得聯繫。」

「要怎麼做呢？」

「圖書館裡有一支緊急手機。它的位置在第三排書櫃的第二層，《聖經》的後面有一本厚重的書：詹姆斯．喬伊斯的《尤里西斯》。這本老書又厚又枯燥，還沒有一個院內囚犯借閱過它。就算有人偶然注意到它，從外表看來那不過只是一本普通書籍而已。但事實上，書從第八十四頁開始就被鑿空挖洞。你在鑿空處會找到一支諾基亞手機，可以用它來傳簡訊與打電話，但是無法上網。」

「明白。」提爾說。做其他事情會用掉太多電力，而且手機也無法一直保持在線狀態。

「聯絡號碼呢？」他亟欲想從斯卡尼亞那裡得知更多細節。

「我的通訊錄已經存在手機裡：按快速撥號一是公務電話，按二是我的私人手機，按三可以找到哈茨。」

哈茨是提爾的律師及公證人，提爾預先在他那裡簽署了一份宣誓自白書，其中載明他完全正常，能夠支配自我意志，只是頂替他人進入司法精神病院。除斯卡尼亞之外，公證人是唯一完整知道這件事的人，但因為他必須遵守律師的保密義務而保持緘默。提爾完全沒有向莉卡妲透露這個計畫，雖然他知道自己陡然間消失，一定會造成妻子的憂慮。

「要是遇到任何困難，讓我的電話響三聲，我會試著把你給接出來。」

「試著把我給接出來？」提爾問斯卡尼亞。

「這是**你的**願望，提爾。你想以住院病人的身分潛入司法精神病院，請便。可是一旦進入醫院的領域，就不可能談什麼安全底線，也不會有醫師知情，就連塞妲都不能預測究竟會發生什麼事。要是我去跟任何官方人員談這檔事，我就得代替你躺上擔架，被人送進瘋人院。沒有警務人員或醫師會准許你進行這種胡鬧般的行為，沒有任何人。」

「我……」

「給我閉嘴，我話還沒說完。我想要也必須要再警告你最後一次：要是你在牢房、在庭院裡、在蓮蓬頭下，或者在診療室中發生了任何事，沒人能趕去現場幫你。對醫師、看護與護理師來說，你是個最一般的瘋子。就算是我出手，也需要足夠時間才能把你給弄出來，你明白嗎？我不可能直接打電話給醫院院長，對她說：『愚人節快樂！親愛的聖格醫師，二一一號房的派翠克．溫特爾欺騙了妳。他不是精算師，而是個消防員。請快點釋放他，讓他出院。』」

救護車的速度慢了下來，斯卡尼亞稍停片刻，目光逐漸充滿感情。「但是，嘿，我發誓，要是你撥了緊急電話，我就是毀天滅地也會設法把你接出來。」

提爾道謝，然後問道：「我要怎麼進去圖書館？不是所有人都能進去吧？」

「那只是你自找的一千個問題中的一項。你最好還是先問問自己，要怎麼成功接近崔尼茲，博取他的信任，還有該如何克制自己別在初次見面時就打破他的腦袋。」

救護車停了下來，司機從駕駛座敲了敲分隔板。

「我得下車了，」斯卡尼亞說，「我不會跟著上渡船。」

提爾緊張地吞了吞口水。「哪來的渡船？」

哪個戒備森嚴的沙洲，得先通過海峽才能抵達？

「通往精神病院的道路被沖垮了。雨勢越來越猛，他們島上有嚴重的淹水問題，所以你不該在裡面待太久。」

斯卡尼亞友善地輕拍提爾的上臂。「嘿，老弟，我知道我不夠格這麼說，但我欽佩你的勇氣，真的。可是你覺得冒這樣大的危險與風險，值得嗎？」

提爾用力吞嚥口水，當他說話時，幾乎認不出自己的聲音，「我已經失去了人生中最重要的東西，還能有什麼事比這更糟？」

劈哩啪啦的雨點宛如鵝卵石砸落在救護車車頂。斯卡尼亞一語不發，車門外傳來的敲擊聲催促他盡快離開。

他正想轉身，卻又遲疑了一會兒，然後從牛仔褲口袋裡摸出一顆藥丸。「這給你。」

「這是做什麼的？」

「這顆藥會讓你有些神智不清。對我來說，眼下的你顯得太過平靜理性。如果你在服用鎮靜劑的情況下被送進去，會更不令人起疑。另外，提爾，在官方版本上，你的頭皮上有輕微燒傷。」

「派翠克，」他更正斯卡尼亞的稱呼。「從現在起我的名字叫作派翠克・溫特爾。還有，謝謝，我不需要藥丸。我有更好的計畫，能讓我的到來留下令人深刻的第一印象。」

13

莉卡妲．貝克霍夫

莉卡妲．貝克霍夫極度絕望，絕望到她甚至不在乎面對之人所散發的惡臭，那股聞起來像廉價炸油的氣味好似附著在他身體的每一個毛孔中。

一年前，她會取笑那些天真的被詐騙犯掏空口袋的人們，

自作孽，不可活。

而現在她正坐在一處算命攤中。

確切地說，她是站著的，因為基甸．舒爾茲的「攤子」裡沒有陳設桌椅。他舉行降神儀式的所在，就在他工作的連鎖速食店倉庫內。

「我本來不幹了，」基甸說，緊接著又重複了一次他在電話中對莉卡妲說過的話。他的外表看起來比聽聲音猜測的年紀要來得年輕，是個上唇細鬚間長著發紅青春痘的年輕人，只是離青春期已經過了二十年。

「這只會使我更憤怒。」基甸摘下了速食業巨擘規定，旗下所有員工都必須戴的愚蠢紙帽。

莉卡妲是在報紙上的一篇文章中注意到他：神奇麥克，擁有超自然力量的速食店店員，

在閒暇時協助家屬尋找失蹤者。

不確定是否出於偶然，但警察在他的協助下找到了失蹤的小女孩。

基甸疊起兩個裝著漢堡盒的紙箱，示意莉卡妲坐下，但她拒絕了。

「很抱歉，我無法提供妳更好的環境。」

這間速食店因為連帶享受了一陣子免費宣傳，所以曾提供部分員工休息室，作為提基甸的「攤子」。但後來出現太多瘋子，在得來速櫃台詢問樂透開獎號碼和其他預言訊息，以至於現在他只被允許在特殊情況時使用倉庫接待客人。

「我要妳帶來的東西呢？」

莉卡妲把馬克斯的照片遞給對方。那是一張從未落入媒體手中，她兒子曾親手拿過的照片。照片出於馬克思一年級時為豐收節所做的拼貼圖，莉卡妲從中剪下了他的部分。那個外表看似深思多慮的男孩露出莞爾一笑的照片並不多，這是其中一張。

「妳不只失去了兒子。」基甸檢視背面留有殘膠的照片，斷言道。

「什麼意思？」

「還失去了丈夫，我說的對嗎？他沒有留在妳身邊。」

「你是從哪裡……抱歉，這就像魔術表演一樣。你能不能告訴我，是怎麼猜到的？」

基甸靦腆一笑，莉卡妲必須全神貫注，才能從落在鐵皮屋頂的連綿雨滴聲中，聽清他細微的說話聲。

「可以，這與魔法無關。」他指著莉卡妲的手。「妳不再戴婚戒，無名指上的戒痕表示，妳是不久之前才將戒指取下來的。」

「啊哈，那你還看見了什麼呢？」

「妳剛哺過乳。」

「我的身體也顯示出這一點？」

莉卡妲將雙手環抱胸前，好似她能事後影響基甸的判斷。

「妳的胸罩太鬆了，胸圍明顯小於罩杯的尺寸。」

莉卡妲點點頭。她習慣受到嚴格檢視，並深思過在這種場合該有的穿著。雖然就她現在的情況來說，沒有什麼比外表更不重要了，但身處公共場合，最常引人注意的還是外表。

- 她的外表乾淨整潔，看上去胃口不錯，看來她兒子失蹤的事已經不再影響她的胃口？
- 她看起來消瘦憔悴，臉上沒有一點母愛。
- 你看，她的衣著雖然樸素，卻是全新的，怎麼會有人在這種狀況下還有心思出來逛街？
- 她怎麼老穿一些舊衣服？真是漫不經心，也許孩子是因為活在這種家庭裡才選擇逃跑的？

無論她怎麼穿，都會受人批評。莉卡妲已經習慣不在乎輿論，但是她必須維持社會大眾對小馬克斯失蹤的注意力，即使是在沒有人再尋找他的此刻。

就是現在。

她很確定，今天的打扮（寬版牛仔褲、冬季繫帶靴、素顏、無色脣膏和綁成辮子的厚重頭髮）會惹來非議。

「我看見，妳對於妳的處境無計可施。」基甸繼續說。

「有其他方法才怪。」莉卡妲的回應充滿苦澀。

「但我也看出來，妳的不安不僅是因為妳不信任我，還因為妳正面臨選擇。」

「你說什麼？」

「妳必須做出抉擇。」

「什麼抉擇？」

「我們是要在這裡繼續浪費時間，還是妳馬上離開？最好別走剛才我們進來時的那扇門。」

莉卡妲目不轉睛地盯著基甸，發現他有些斜視。

「我聽不懂你的意思。」

「這裡有兩個出口，後面那一扇門通往大廚房。」

他指向倉庫另一頭那扇便宜的木屑薄板門，門旁的鐵架上放滿白色桶子，看起來好像裝滿了化學品，但也有可能是美乃滋。

「我會選擇走這道門，而不是通往停車場的鐵捲門。」

「為什麼我要走？你什麼事都還沒有告訴我。」

「但我已經從妳那裡獲悉太多事了。我覺得，我們還是結束這次會面比較好。」

莉卡妲發出驚訝的聲音，一開始聽起來有點像是咳嗽聲。她想過這次會面可能出現奇特的發展，但沒想到會是這一種。

「為什麼？」

「因為我感覺妳不誠實。」

「你感覺到**什麼**？」

基甸抬手擦過臉頰，撥走了一撮根本不在那裡的頭髮，然後說：「**現在**來談談我無法解釋，只能感覺到的事情。」

「請吧，你感覺到什麼？」

「我感覺妳不是單獨過來的，外面還有某個人在等著。」

「誰？」

「某個欠妳錢的人。」

莉卡妲放聲大笑，「相信我，要是我知道有誰欠我錢，我早就去找對方結清欠款了。」

「是的，離婚是很花錢的，新的房子、新的衣服。」基甸點點頭。

莉卡妲感覺雙頰脹紅。提爾曾藉機調侃她，他說光靠表情就能讀出她的情緒，就跟讀電影字幕一樣容易。

「就算妳獲得贍養費，過度期間還是非常花錢的。」基甸說：「如果我沒搞錯的話，媒體的特別報導支付價碼很高，譬如那種『絕望的母親求助算命師』之類的新聞。」

「我的小孩失蹤了，你這該死的混蛋！」莉卡妲脫口而出，搶走基甸手中的照片。

「妳這該死的白癡，」她笨拙地試著打開手提包，口中抱怨。比起針對眼前的江湖術士，她說話聽起來更像是自言自語。「竟然跑來找一個神經病討罵受辱。」

最後莉卡妲把照片塞進大衣口袋，轉身想走。鐵捲門之間嵌有一扇推門，但盛怒之下的她對門鎖結構的理解，與對她手提包上的鎖一樣少。她轉過身，深呼吸口氣，接著說：「你怎麼敢當著我的面說這種話？」

「我不喜歡被人利用。」基甸冷冷地說。

「是誰給你這種權力，讓你能如此高傲地踐踏一個母親的感受？」

她終於想起剛才基甸開門時，先將手把往上彎。但她費盡力氣，門卻沒有半分移動。

「你想把我鎖在這裡？」

莉卡妲的怒氣越高漲，基甸就顯得越冷靜。他站起身來，有如打招呼時一樣友善地微笑。「別擔心，我馬上就會讓妳走的。前提是請妳先冷靜下來，聽完我的道歉。」

「道歉？」整件事變得越來越詭異了。

「是的，我很抱歉。」基甸說著，又立刻強調。「但我必須如此。」

「必須怎樣？」

「我需要感應到妳的真實感情和情緒。妳必須摘下進門時所戴著的面具。」

他感應到了一切？

「我沒有戴面具。」

「喔，我們所有人都戴著面具。如果沒有面具保護的話，人會赤裸裸地暴露在現實生活的侵襲中。譬如說，是妳下意識地遮住無名指，我才注意到妳取下了婚戒，破碎的婚姻令妳感到難堪。」

莉卡姐做了個鄙夷的手勢，再次要求基甸放她出去。

但基甸不為所動，繼續解釋那些她根本不想細究的詳情。「通常人們喝醉時，會展現出他們的真我。但因為這裡沒有賣酒，所以我必須激怒妳。根據我的經驗，憤怒有類似於喝醉的效果。」

莉卡姐擺了拒絕聽下去的手勢。

我今天已經聽夠多廢話了，我想出去。

「我來找你根本是個錯誤。」

他點點頭。「我明白妳的感受。我大部分的初次會面都是這樣結束的。」

如果你的每一次會面都這樣開始，會這麼結束也不令我意外。

「請妳好好想想，既然我們已經認識了，如果還想繼續的話……妳知道在哪裡可以找到我。」

是的，當然了。

他再次指向第二扇門。這一次，莉卡妲選擇那排放在白桶的架子間，沒有任何阻擋的那扇門。

從這裡出去。

門後連接著一條通往廚房的走道，三個穿著可笑制服的員工，正將組合肉疊在麵包上。他們根本沒有注意到她慌忙穿過油炸爐，往五彩繽紛的用餐區離開。

出去，離開這裡。

她走出速食店，快速走向停車的那條街，在排水口淤積的水窪中踉蹌了一下。她打開那只該死的手提包，取鑰匙的時間拖得越久，她的頭髮就越濕。當她終於打開車門時，感覺自己就像穿著衣服洗了個澡。

她疲憊得任自己攤在駕駛座上。

頭倚著方向盤，閉上眼睛。

「**媒體的特別報導支付價碼很高。**」

「真是混帳！」

有人敲了敲擋風玻璃。她搖下車窗，看見窗外一張激動的面孔。那是一個男人，落腮鬍與鼻環的裝扮看起來顯得老氣，他還戴著一頂完全不適合這種天氣的羊毛帽，像塊吸滿了水的海綿一般。

「發生了什麼事？」他想知道。

「我很抱歉。」莉卡妲說。

「我們剛才在後門等妳。」

她點點頭，自暴自棄地說：「我知道，但我就是辦不到。」

莉卡妲關上車窗，發動引擎，任由電視攝影小組的製作人待在雨中。

14

提爾
醫院內部

死亡。

落入死亡懷抱的感覺必然是寒冷、僵硬、令人喘不過氣，吞噬掉每一分愛、溫暖與安全感的回憶，即使試圖逃脫，也徒勞無功。

提爾像埋在崩落的雪堆中，竭盡全力返回意識的表面，他試著呼吸，強迫胸腔起伏，試著動動手腳，感覺彷彿在水銀一般濃稠的液體裡游泳。

殘餘的理智告訴他，這是因為在送入精神病院時，院方為他注射的鎮靜藥物所產生的副作用。

在我徹底抓狂之後。

他還記得剛抵達時，被要求抬高雙手，以「我投降」的姿勢，站在半開放式的玻璃製的圓筒掃描儀中。未繫皮帶的褲子鬆垮垮地從臀部掉了下來，激動的情緒與躺臥的運送過程令他有些意識朦朧。

「你可以往前走了。」完成數位掃描檢查後，一個低沉且毫無特色的聲音，從天花板的擴音器裡下達指令。

提爾不確定自己到底被送入這座建築群的哪個地方。他猜，救護車可能停在地下停車場。地下室原本是設計做為飯店廚房使用，但後來轉換用途，成為接收病患的區域。

他隨著灰色抗菌塑膠地板上的箭頭，來到一座閘門前，這裡的裝置令他想起貨櫃船的內艙。他步履蹣跚地走著，彷彿人還躺在救護車裡，隨著渡輪在海浪中搖晃。

閘門後等待他的是兩名男性護理師，看身材好似能搞定比他更壯碩的病患。雖然他倆友善地微笑，但眼神卻在警告他最好別幹傻事。

「日安，溫特爾先生。」其中一名肌肉壯漢招呼。他看起來較為年長，一頭有如軍人般向兩側分梳的灰白短髮顯得一絲不苟。提爾意識到心底的不安，**溫特爾**，這個新名字聽起來有些令人不習慣，還帶著些負面意味，彷彿下意識遭到指責。

「請你清空褲子口袋。」另一個膚色深沉的護理師道，語氣如同機場海關一樣客氣，可他一瞬也不瞬地盯著提爾。提爾遵從指示，把一包口香糖、揉皺的塑膠袋和鋁箔紙包裝的阿斯匹林維他命C發泡錠，放在事先準備好的塑膠盤上，同時環顧四周。

看來自己處在一座像後勤地下室的空間裡，就像機場、醫院以及現代旅館的環境設計一樣，空間寬廣得足以令人迷路，卻又狹窄到令他的心跳加快。

往左右兩側看去，好似通向遠方的鋼筋水泥走道上照耀著明亮的燈光，牆面刷著白漆，每隔固定距離設有一扇與天花板齊高的閘門。看來沒有逃脫的可能，但與心底判斷相反的是，他也沒有打算要逃。

提爾指著先前走進的那道閘門。「那座身體掃描儀使用的是兆赫波，對嗎？」他是從探索頻道介紹法蘭克福機場安檢的節目中，得來這一知半解的知識。

「你想知道什麼？」灰髮護理師問，眼神懷有警戒，不再友善。

「我的意思，你們只能看到我身上的東西，但看不見我體內的狀況？」

黑人看護沒有回答，而是拿起腰帶上的對講機。提爾沒看出兩人身上配有武器，德國的精神病院職員普遍如此。

「所以你們不知道我胃裡裝了什麼？」

「你他媽的到底在說什麼？」

「兩小時前，我吞了一顆酸敏感的膠囊。根據計算，我的胃酸在五分鐘內會穿透膠囊外殼，到時候就要出事了。」

「出什麼事？」兩名護理師異口同聲地問。而提爾的回答與嘗試逃離當場的行為，為自己招來了一針安眠劑。

「我的胃裡有顆炸彈！我要爆炸了！」他尖聲大喊，接著跑開。

緊接著他便倒在地上。

現在提爾甦醒過來，心中懷疑護理師使用的麻醉劑量是否過重，他差一點跨過通往天國的門檻，人生走馬燈就像一部曝光不足的八釐米電影，掠過眼前。

唯一與死亡不相襯的是這道光，一道任何人都不會朝它走去，而是想要逃開的光。

粉紅色調柔和明亮，無所不在。從他睜開的第一眼開始，就發現房內所有一切都塗上了粉紅色：牆壁、天花板、地板，甚至連護壁板與燈泡都是，不帶馬桶座的鋼製馬桶與洗手台除外。當提爾看見盥洗設備時，便明白自己還活著，也知道他們將他帶到了什麼地方。

好極了，成功清除第一道障礙。

他閉上眼睛，兩秒後再次張開，也許過了兩個小時，或是兩天。無論如何，當他再清醒過來，發現這屋裡不只有他一人。

但至少他還活著，並且通過了第一階段的計畫。這點令他稍感心安。

但同時提爾感覺到床邊投來帶有威脅怒氣的注視。奇怪的是，那男人令提爾覺得既熟悉又陌生，不是因為臉型或體態，而是某樣令他深感困擾的回憶。男人眼中的仇恨之意，讓他想起了自己。

就像他死瞪著殺害兒子的凶手一般，那名令人感覺熟悉的陌生人也惡狠狠注視著自己，彷彿隨時雖地都會撲向他。

15

「感覺如何？溫特爾先生。」男人詢問，他的聲音聽起來彷彿像是要從宿主的身體裡掙脫出似的。那是個不協調到了極點的陌生軀體，就像他剛才稱呼的那個姓名一樣。和男人頎長的身材相較，他的嗓音顯得太過低沉。他有著一張形似烏鴉的面孔，眼眶深邃，臉頰細長，還長了一只如衣帽勾般尖銳的鼻子。

「你是誰？」提爾疑惑。男人自稱是馬丁．卡索夫醫師，是第三科的主任醫師，卻不曾解釋這個部門和其他部門之間的差異。提爾不確定眼前這名醫師與提雅．聖格女士，也就是斯卡尼亞曾提過的醫院院長之間，是否有直接的從屬關係。

「你給我注射了什麼？」提爾詢問卡索夫，試著從那張窄小的粉紅色木板床上坐起，他摸了摸自己的腦袋。身上套著一件鼠灰色的運動服，對他而言服裝尺寸有些太小，頭上纏繞的繃帶也不見了，光溜溜的腦袋上貼了幾片ＯＫ繃，腳上穿了雙帶有橡膠顆粒的條紋襪。

「氟硝西泮。」卡索夫回答他。

提爾微微點頭。他感覺腦子裡彷彿裝滿了滾燙且令人難受的腐蝕性液體，每次猛然動作都可能會溢出來，就像溢出淺盤的湯。他覺得頭暈想吐，不知道是不是因為這種令他失去行動力的藥品副作用導致。

「我怎麼還活著？」他以所扮演的角色發出詢問，畢竟他聲稱吞了一顆炸彈。

「為什麼你不該活著？」

卡索夫環顧四周，好似這間粉紅色的小房間中，有什麼比起缺少的窗戶、門把以及個人隱私更令他感到驚奇。提爾訝異於醫師選擇與他面對面談話，而不是透過天花板上的攝影機，或是安全門上的監視口與自己溝通；他更訝異於卡索夫從胸前口袋抽出筆記本時，視線不離自己身體的戒備反應。

卡索夫翻開筆記本，將它反過來，以便提爾能夠閱讀本子裡早已寫好的訊息。

「你曉得這裡是什麼地方嗎？」醫師詢問。但提爾無法理性回答他所提出的問題。筆記本上，卡索夫潦草地用大寫字母寫下的幾個詞，令提爾震驚發愣。

別看天花板上的攝影機。

提爾按著卡索夫的警告行事，而醫師翻頁，讓他看下一則訊息。

我知道你是誰！

「這是我們的隔離病房，」主任醫師自己回答了提問，臉上掛著詭異的微笑。「有攻擊性的病患必須進行隔離，通常精神病院裡至少設有兩間隔離病房，而我們有三間。」

他站在提爾面前，背對著門與攝影機，如此一來便沒有人能從外面看見醫師是以何種方式與自己溝通。即使事後對影片進行評估，也會認為這只是正常的對答。

「之所以天花板與牆壁都刷上粉紅茶花的顏色，是因為研究證實，這種顏色有安撫人心的效果。」

卡索夫又拿起筆記本，這次寫在紙上的只有一個潦草的用詞，卻令提爾渾身頓感灼熱不適。

裝病者！

提爾眨了眨眼，抹去額頭上彷彿流淌卻不存在的汗水。他壓抑著撫摸腦袋的衝動，暗想或許是因為缺少燒傷，醫師才會起疑。

他思考著是不是該站起身來，搶過卡索夫手中的筆記本，但筆記本上又出現了新的訊息：

說錯一個字，我就讓你完蛋！

「所以這令你平靜下來了嗎？」醫師一邊問，一邊在紙上加上三個驚嘆號。

「你說什麼？」提爾緊張地吞了吞口水，對醫師的怪異行徑無計可施。

「粉紅色？」

「我比較喜歡黑色，」片刻之後，提爾回答，與對方湛藍且清醒的目光交會。「那比較符合我的人生觀。」

「我明白了。」

卡索夫將筆記本放回口袋，告訴提爾他必須繼續往下巡視，他很高興提爾感覺好了一些。

「我可以……這樣吧……我對這裡並不熟悉。你能允許我打個電話嗎？」

有鑒於他才剛受到威脅，卻還能有這樣愚蠢的勇氣，卡索夫投給提爾一記彷彿被逗樂的眼神：想得美。然後他轉身背對提爾離開。

令提爾吃驚的是，他走出去時並沒有鎖上身後的門。

隔離病房門戶洞開。

雖然充滿抗拒，心底有個聲音大喊著「別這麼做」，但提爾無法抗拒那扇敞開的房門。

就像口乾舌燥的人得到一個瓶子，無論瓶裡的水有多麼黃濁骯髒，也會把它湊到嘴邊。

他拖著腳步，緩慢前進，走出粉紅色的隔離病房，踏進陌生且令人恐懼的精神病院。

16
崔尼茲

小男孩跑得比任何時候都來得快，但是考慮到他七年半前才來到這個悲慘汙穢的世界，要說他能跑得有多快，實在不具有說服力。況且他那雙算不上修長的孩童雙腿，行動起來彷彿被麻醉了一般僵硬。這也難怪，畢竟他已經有好幾天不曾好好伸展過雙腳。

大腿內側的痠麻感有助於分散他因光腳踩上樹枝、石頭或毬果所造成的疼痛。幸運的是，因為才剛下過雨，所以森林的地面較為柔軟。畢竟在盛夏中漫無目的地狂奔亂跑，難免被刮劃得遍體鱗傷。

天色陰暗，雲層如同「早晨的腹瀉」一般低沉。他父親常把這句話掛在嘴邊，但從來沒有解釋過那是什麼鬼東西。

他向右拐入一條路基不穩的小徑，好天氣時，那些想去托佛斯山的越野單車騎士們會從這裡通過。但當他踩過一條樹根時，腳步踉蹌了一下，失去平衡。只聽見一陣喀擦聲，腿上竄起了一股疼痛，彷彿踩進了陷阱中。他向前撲，用手為跌倒的身體做緩衝，但這只給他帶來不亞於前次的劇痛，痛楚從手腕直至肩膀。

「該死！」他尖叫出聲，但並未哭泣。那是他在地窖裡學到的教訓。比起在這可笑的昏暗環境中跌倒，地窖裡的日子可要更痛上許多。

即使如此疼痛，**男兒有淚不輕彈**，這不是他的父親最喜歡的歌曲嗎？

「該死，該死，該死。」

「不許這麼說。」突然，他聽見身後樹林裡傳來的聲音。

緊接著是一記響亮的巴掌，把他打得再度跌倒在地。

在體認到逃脫再次失敗，父親又追上他時，他再也止不住淚水奪眶而出。

不到十分鐘，他就被帶回家裡。他們住在森林的邊緣，要是父親沒有得到冰球俱樂部的場地管理員一職，他們根本負擔不起此區的房租。他的薪資包括能住在這間球場後方的小屋裡。

「我們再來做點練習。」爸爸說道。他們滿身大汗、骯髒不堪地走進屋裡。但母親並沒有多加注意，她正為自己捲上一根大麻，著魔般對著電視發呆，螢幕裡播放著一部色情片。媽媽總是從影音出租店裡弄來這些新貨，因為爸爸不喜歡他回到家時，看到的是已經播過的電影。

「哪，開始吧。」他們走進地窖，站在「特里希」前，父親說道。他一直不解，為什麼爸爸會為它取這個名字。比起現實中這個令人充滿恐懼的木箱，它的名字聽起來實在過於可愛。

「給我進去。」

男孩不敢有太多遲疑。上一次他拒絕進入木箱，爸爸打斷了他的鼻子，而且不准他去學校一個月。這一次的處罰一定會更重，畢竟他曾試著逃家。在沒有幫助的情況下（他的腳從跌倒的那一刻起，就痛得跟什麼鬼一樣），他爬上木階站到工作檯上，大小有如孩童棺木的「特里希」平放其上。他還沒在那條破碎的毛巾上躺好——箱中唯一的「床單」——父親就把箱蓋給鎖上，微微跪下，透過箱側兩個裝著透明壓克力的治療孔與他對話。

「你為什麼要逃走？」父親問。他爸爸有很強的第六感，總能夠判斷聽到的是不是謊言，因此男孩知道，最好還是說實話。

「我害怕，爸爸。」

對話停了一陣，父親靜默了很長的時間，然後說：「我明白。你還記得我曾說過什麼嗎？要是害怕的話，千萬不能做什麼事？」

「不能逃避。」

他的父親贊同地咂嘴。「沒錯，你必須與你的恐懼奮戰，面對你的恐懼，這叫作暴露療法。」

箱裡的男孩閉上眼睛，鼓起所有勇氣說：「我、我不覺得這樣做比較好，爸爸。我在箱子裡，恐懼感只會越來越強烈。」

「所以呢？你的意思是？」

「我寧可……」

「怎樣？」

「想跟我的朋友們，托馬斯與艾力克斯，在外頭玩。」

「嗯，我猜，你還想要養一隻寵物？」

男孩睜開眼睛，試著透過箱側圓洞中的壓克力往外瞧。但除了積滿灰塵的地窖地板，與園藝工具旁的一罐油漆之外，什麼也看不見。

「是的！」當父親再次重複問題時，他趕忙回答。

我當然想要養寵物。

「也是。」

男孩聽見父親的笑聲。

「我也是這樣想的，小伙子，所以爹地幫你弄來了一隻寵物。我花了好些時間才找到的。」

當父親說話時，打開了箱側的治療孔。

「是什麼？爸爸。是一隻小貓？還是一隻小狗？」

也許是一隻天竺鼠，但天啊，這真是太酷了。雖然他在學校曾聽人說，男孩子不應該飼養天竺鼠。

希望爸爸也為他設想到這一點。

「跟你的新朋友玩得愉快。」他聽見父親說道，緊接著室內突然變暗，爸爸熄滅了地窖裡的燈光。

當那隻沉重且長毛的蜘蛛，堅定地試著爬過他的臉頰時，身處木箱中的古伊多·崔尼茲不由得發出了恐懼的尖叫聲，聲音淒厲、尖銳並充滿了恐怖。

17

「怎麼了，做了惡夢嗎？」

崔尼茲睜開雙眼，第一時間還恐慌於他的混蛋父親不知怎麼死而復生，但緊接著從回憶的惡夢返回現實的病房。當他適應了病房內刺眼的吸頂燈燈光時，才慢慢意識到有關父親的惡夢早已結束，現實中的另一個王八蛋正站在病床邊。

「滾開，弗利德。」他開口咒罵。雖然上個星期，這名外科醫師才疏通了他的頸動脈，救了他一命。

「哦，小事一樁，不必客氣。」弗利德報以微笑。單單如此，就讓崔尼茲想在他的面上狠揍一拳。但要想這麼做，他覺得現下的自己還有點過於虛弱。

他不是第一次突然眼前驟然一黑，然後昏厥。該死的基因，他老爸把這些垃圾與堵塞的血管一同遺傳給了自己。

但核磁共振檢查室就在手術房附近，於是對隨機引發的梗塞進行診斷，之後施予治療。這種事情在這裡還是第一次發生。

對只收容精神病患的戒護病院來說，此地的設備真是天殺的好，簡直好過菲爾紹醫院。在崔尼茲被捕之前，他一直在那裡的新生兒部門工作。儘管如此，手術還是引發了併發症，傷口有發炎反應。就在他必須關回病房的那天，他發燒、呼吸衰竭，身上長出紅斑，一切症狀明顯是由敗血症所引起。多虧有抗生素，現在他逐漸康復，但那些藥丸令他感覺噁心想吐。

「護理師已經來看過我，主治醫師也進來找過碴了，你在這裡是想幹什麼？」

弗利德在床邊走來走去，沒有回答他的問題。在崔尼茲眼中，弗利德的移動方式就像是男同志中的零號（輕柔、在油氈地板上行動時安靜到幾近無聲）。他討厭弗利德身上的一切：那件如嬰兒般粉紅的名牌 Polo 衫，領子像策倫多夫區附近的雅痞一樣豎起；還有那因優渥生活而隆起小腹，拱起的那件樸素卻優雅的衣服。好在他沒有穿著健走鞋，而是一雙帆船鞋。他看起來就像剛從海邊晒黑回來，一路乘坐快艇，迎面的熱風打在他的身上，模樣彷彿是個愛好運動的金髮德國佬。

現在，弗利德站在單人房的窗邊往外望，那面玻璃即使用錘子敲也敲不破。他的目光投向庭院，一般來說，在這個時間點，有一群病患會隨著他們的護理員在院子裡打轉，在吸菸區的灌木叢裡抽菸，或在籃球場上喧鬧。那面玻璃耐撞又隔音，要是弗利德一直阻隔著崔尼茲的視線，他便不能看見外頭的狀況。崔尼茲猜測窗外並沒有什麼人在活動，畢竟大雨正下個不停。

「在手術時，我感覺，你很熟悉我的事。」醫師突然開口，轉過身來。他的手上沒有戴戒指，但崔尼茲知道弗利德曾結過一次婚。**也許不是零號？**但另一方面，許多同性戀的婚姻只是表面偽裝而已。

「因為酒醉導致病人在手術中死去，我可不會把這種事情稱為是私事。」他回答。與眼前這個花花公子剛沖過澡的外表相較，崔尼茲覺得自己簡直蓬頭垢面。這裡差勁的伙食使他的鼻頭上長了顆青春痘，而頭髮從手術開始至今都沒有清洗過。他厭惡這種不衛生的情況，渴望再次坐上重訓椅。

「你今天也喝酒了嗎？」他試著挑釁外科醫師。

「沒有比進行你的手術前喝得多。」弗利德說，聲音聽起來帶著奇特的愉悅。

他拉過一旁的滾輪凳，本來是方便使用者能搆得著門邊那座嵌入式櫥櫃的上層，但現在則充當他的臨時座椅。

「我告訴你一個故事。」

崔尼茲從弗利德的呼吸中嗅出了烈酒的氣味。

「你說故事的同時，我可以按下緊急呼叫鈕嗎？」他問。

「請便，那麼你將永遠不知道自己發生了什麼事。」

「我發出了什麼事？」

崔尼茲感覺憤怒，醫師顯然掌握了對話的節奏，而自己卻無能為力。即使他喚來護理師，但只要他一看見上司在此，便會立刻掉頭離開。

「是這樣的，我的前妻，她很討厭牙醫，極端害怕打針。而後來，嗯，事情就是這麼不湊巧，她必須進行根管治療。」

「我有聽下去的興趣了，然後呢……？」

弗利德自顧自繼續往下說，甚至蹺起二郎腿，彷彿想在崔尼茲的病床前顯得更輕鬆自在一些。

「治療結束後兩年，某天我從睡夢中醒來，聽見她在浴室裡哭泣。於是我起身，摸索著走過昏暗的臥房，來到浴室門口，看見她。我的意思是我**看見**了她，卻幾乎認不出她來。這樣形容一點也不誇張，我老婆的臉頰腫得有顆葡萄柚那麼大，就像跟誰打了一架。」

「說不定她就喜歡打架？」崔尼茲再次對著空氣發問。

「她去找了牙醫，另外一個牙醫，因為原來幫她做根管治療的那個傢伙關了他的診所。」

「凶兆。」

「可以這麼說。新的牙醫，仔細點說是位女牙醫，為她的下顎照了X光。你猜猜我們在X光片看到了什麼？」

「一隻沙漠跳鼠？」

「一根針頭，牢牢卡著。原來的那個牙醫一定是在治療時把針頭弄斷了。可那個白癡什麼也沒有說。這意味著，我前妻必須從下顎的下方另外鑽一個洞，把針頭取出來。這悲慘的後果對任何人來說都是極端恐怖。」

崔尼茲嘟囔一聲。

「這個故事很棒，但跟我有什麼關係？」

他把一顆枕頭塞到背後，好讓自己能在病床上坐得舒適些。當他不再沙沙晃動身體時，弗利德繼續往下說：「我沒有小孩，但我最好的朋友有一個孩子。有一次我與他的家人一起去郊遊，在施托爾科的一座兒童冒險遊樂場裡，那孩子失蹤了，當時他才八歲。我們看丟了那個小傢伙，花了兩個小時才找到他。那裡有一座迷宮般的玉米田，他就躲在裡面。在他下落不明的那段時間，是我朋友畢生中最驚恐的兩個小時。即使他今天回想起此事，還是嚇得直冒冷汗。」

「我則是會脖子抽筋。」

弗利德點點頭。「是的，所以我才告訴你那個牙醫的故事。」

醫師的眼神變得呆滯了。崔尼茲驀地發覺弗利德對他視若無睹，而沉浸在自己的回憶裡。「當我們在那座兒童冒險公園裡，一而再、再而三地呼喊著那孩子的名字時，我立誓要是有人拐走了他，我會幫朋友宰了那隻豬玀。直到找到男孩，我才能夠回想那孩子失蹤時，他的父母是什麼感覺，以及像你這樣的變態會給受害者家屬帶來怎樣的痛苦。」

崔尼茲誇張地嘆了口氣。「為什麼在手術檯上，你不趁機殺了我呢？」他用手在空氣中比個引號。「為什麼沒有發生『醫療事故』呢，醫師？」

「喔，你別這麼說。」弗利德臉上浮現獰笑，再度起身。

「什麼意思？」

崔尼茲逐漸察覺了醫師的意圖。

「你不是哄騙了檢察官，說有一股暗黑力量在你體內植入了晶片，所以能聽見異樣的聲音，對你下達殺人命令嗎？」

崔尼茲不發一語。

「現在真有一個東西卡在你的身體裡了。」醫師指著崔尼茲的頭。「為什麼你正承受著敗血病之苦呢？因為我忘了一個東西，一個有各種可能，會帶來持久且難以忍受的痛楚的東西。」

「我的律師會踢爆你的屁股，」崔尼茲出言恐嚇。「尤其是在我申請核磁共振檢查之前、之中與之後。」

「請便，但是我留在你體內的東西是看不見的。與我前妻下顎裡那根斷掉的針頭不同，無論是超音波還是電腦斷層，或者是X光，都不可能找到那玩意兒。」

崔尼茲冒出一陣冷汗。「那到底是什麼？」他問道，不由自主摸了摸蓋在頸動脈上的繃帶。

弗利德的獰笑變得更加邪惡。「別這麼沒有耐心，你很快就會在難以忍受的折磨中發現。除非……」

他做了個曖昧的手勢，暗示著他準備在特定的情況下，把那個神祕物體從他體內取出。

「除非**怎樣**？」崔尼茲追問。

「不久之前，我曾進行過一段動人的對話，我對那個父親發誓，會盡一切所能來幫助他。」

「你他媽的到底在說什麼？」

弗利德逼得更近了些。現在毫無疑問，為了進行這場對話，他曾飲酒壯膽。

「承認你殺了馬克斯．貝克霍夫，然後領著他的父母去找到他的屍體。」

18

提爾

提爾踏出隔離病房，四處張望，但走廊上空無一人。卡索夫醫師消失無蹤，只有他留給提爾的脅迫感，提醒著他來過的事實。

他想對我怎樣？

提爾思索著過去是否曾在哪裡遇過這名醫師。**但不可能啊，我一定會記住那種掐死神經般的聲音，不是嗎？**

而且為什麼他對我充滿怨恨？

他像個想過馬路的小孩一樣左顧右盼。對一間醫院來說，隔離病房前的走廊寬得非比尋常，高聳的拱形天花板上裝著聚光燈，將溫暖的光線打在奶油色的牆壁上。

他向左轉，朝著古典音樂傳來的方向走去。這條走道通往的區域，景相令提爾感到十分詫異。

難怪網路上找不到司法精神病院內部的照片。

許多民眾認為監獄牢房裡設有電視，是司法無能的表現。但要是他們知道這些患有精神病的犯罪者，能在堪比阿德龍飯店[2]的大廳中消磨自由時光，又會怎麼想呢？

提爾站在橢圓形的交誼廳裡，周遭柱子加固，撐起與大教堂相仿的圓頂，頂尖在他頭頂上方數層合攏。地板上則鋪著灰白色的大理石，為六張長沙發，與數量是沙發兩倍之多的安樂椅提供了足夠的放置空間，看起來好像能在上頭舒服地睡上一覺。一個較為年長、長滿鬍鬚的男人正這麼做。他的身材瘦小，蓋在他身上的報紙看起來就像是一床被子。

提爾情不自禁地張望，想看看有沒有身穿制服、拿著托盤與菜單穿梭在客人之間的服務生，但他也沒發現有看護或醫師存在。他右手邊的櫃台，原先或許是飯店的接待處，現在上面放著一張得體地印著「領藥處」的牌子。

就他目光所及，交誼廳的座位上只有病患。

兩名模樣像是青少年的女人正低聲交談，眼神投向巨大的暖爐。也許是出於安全考量，爐火被玻璃所隔開。

閃爍的電影螢幕前，有個無法確認年紀的女人正蹲在地上，神情恍惚地梳著一頭灰金色的頭髮，自顧自的輕聲哼著歌；另一名個頭高大，與提爾一樣穿著運動服的男人，彷彿與世隔絕一般，獨自站在穹頂大廳的下方，呆呆地向外望著大雨。太陽已經下山，亮著硫磺色燈光的公園街燈，勉強不讓外界為黑暗所吞噬，蚊群與雨滴在燈罩下方舞動著。

這時提爾才明白他們位處於挑高的一樓，因為上了鎖的窗戶後面似乎有個陽台，另一頭有座寬闊的弧形樓梯通往醫院花園。

但這些，包括從看不見的擴音器中流瀉而出的古典音樂（要是提爾沒弄錯的話，是蕭邦），都不是此地最令人訝異的部分。

當他踏入交誼廳時，攫取住全部注意力，最令人感覺不尋常的是那棵耶誕樹！從大理石地板朝上竄升，幾乎碰到了圓拱屋頂。

「我知道你在想什麼。」提爾聽見身後傳來的聲音。

為了找出樹頂的盡頭而拚命向上仰望的提爾轉過身來。當他看見那女人的醫師袍上掛著的名牌時，又一次感到震驚。

他原先估計提雅・聖格醫師是一名年紀約五十出頭的女士，而不是一個看起來三十多歲，甚至更年輕的女人。就他的經驗，他並不擅於估算深色皮膚的人的年齡。最令人意想不到的是：醫院院長明顯有著亞洲血統。

聖格女士約有一百五十五公分高，穿著過大的醫師袍，以及一雙變形的健康拖鞋，這穿著顯然經過謹慎挑選，以便遮掩住她的每一分女性魅力。在一座性犯罪囚犯佔百分之二十五的機構裡，這並不是一個過分的想法，但卻是無用的嘗試。就算她遮掩起身上的一切，只要不藏起那雙杏仁狀的深色眼睛與烏黑秀髮，還是會激起一些在場者不正當的欲望。

2 阿德龍飯店（Das Hotel Adlon Kempinski），全名阿德龍凱賓斯基飯店，為座落在德國柏林市中心的一棟豪華飯店，一九〇七年開幕。二次大戰時曾毀於戰火，一九九七年按原建築規制原址重建開幕。

「妳說什麼？」提爾重新找回自己的聲音，他問。

「對一棵耶誕樹而言，它的存在為時尚早，」院長指向那棵未經裝飾的冷杉。「你是這樣想的，不是嗎？這是我們職能治療的一部分。下個星期，我們會一起裝飾這棵耶誕樹。每個病人都會在樹下許下新年願望，把那些願望用彩色紙條書寫掛在耶誕樹上。醫院管理階層會讀過那些紙條，然後，誰知道呢，有些願望說不定會成真。」

提爾知道自己會在紙條上寫些什麼。

我想知道我兒子到底出了什麼事。

但他絕不會為了得到答案，就把這個願望掛到樹上。

「請跟我來，」醫院院長說，輕觸提爾的上臂。「帶你參觀白宮花園。」

「白宮花園？」

提爾隨著她向前走。「穹頂大廳將東西兩側隔開，如果這裡是真的白宮，我們現在正往總統辦公室的方向走去。事實上，位在西側的是第三科，也就是起居處。」聖格頭也不回地說著。「你可以在開放空間逗留，例如剛剛看到的那座交誼廳。」

他們踏進一座高聳的拱頂走廊，此處與提爾方才走過的走道別無二致，只是這裡的每一扇房門都敞開著。

走過不同房間時，提爾向裡頭瞥了一眼。一個房間裡放著一台飛輪健身機與一座跑步機，另一間房裡有三個男人對著電視機放聲大笑，最後一間裡頭則設有一座祭壇和幾張長條凳。

「運動間、電視房與普世教會的禱告室。」聖格快速地向提爾介紹。「你信仰上帝嗎？」

「不再信了。」提爾嘟囔地說。

「那你一定會對這座大廳更有興趣。」

醫院院長打開走廊盡頭一道厚重且不透明的磨砂玻璃門，空氣中瀰漫肉排、煎馬鈴薯與冷凍蔬菜的氣味搭配著餐具與盤子的敲擊聲。

「這裡是我們咖啡館與食堂，能容納大約五十人。如你所見，一切安排有條不紊。」

提爾聽見兩個女人的竊笑聲，緊接著是一個男人帶著喉音的猥褻大笑，但是食堂的座位阡陌交錯，他找不到發出笑聲的男人坐在哪裡。雖然食物的氣味聞起來就像醫院裡常見的粗糙飲食，但從布置來看，他們可以開一間星巴克或是莫凡彼咖啡廳。室內的擺設多是深色的實木家具，天花板上懸掛著圓鐘設計的黑色吊燈，低矮的咖啡桌前放著鋪設厚重軟墊的安樂椅。

「我知道你又在想什麼了。」聖格微笑著說。「與其他部門相比，第三科的起居空間明顯比較輕鬆，但請別因此產生錯誤的想像：此地當然提供了紮實的治療，**開放式的起居空間**不代表它是**公開的**。在這裡，你只能打開我們為你開啟的門，其他通道則被排除在外，如通往東側、收容累犯的部門。」

她端詳著他好一陣子。提爾懷疑她也會跟卡索夫一樣，從醫師袍底下取出筆記本，他不由自主望向周遭無處不在的攝影機。

我他媽的到底要怎麼做，才能找到崔尼茲？

「早上七點半到八點半是早餐時間，午餐從十二點半到一點半，晚餐則從晚上六點開始算起一個小時，」聖格對他解釋。「你現在還可以過去排隊。」

有一小群人站在供餐處前，大部分是男性，等待著一個頭上戴著髮網、看起來心地善良的圓臉女廚師把他們所選的食物舀進餐盤裡。

「每天下午一點半到兩點半可以在庭院中自由活動。晚上十點到隔天早上七點，所有病人都會被鎖在他們的房間裡。」

「為什麼？」提爾問。

「為什麼把你鎖著嗎？」

「不，為什麼第三科這麼輕鬆？」

聖格領著他走到咖啡館中央的自助吧，那裡除了糖、牛奶與調味料外，還能從飲料機中選取飲料。提爾注意到，所有的餐盤、杯子以及餐具都以不銳利的塑膠所製成，就是那種為了避免孩子受傷而使用的餐具。

聖格拿起杯子，裝滿健怡可樂。

「現在該輪我反問了：你為什麼會在這裡？」

「妳應該看過我的檔案。」

「我想聽你親口說出來。」

「該從哪裡開始講起？」

「從你的名字開始說起。」

「真是荒謬。」

提爾環顧四周，忽然發現從他離開隔離病房開始，還沒有碰上一名護理師。

「第三科總共有二十三名病患，」女醫師解釋道：「其中三位患有永久或暫時性失憶，有一個完全想不起來自己是誰。你的情況呢？」

提爾嘆了口氣。

這是測試嗎？

「我是派翠克‧溫特爾，四十一歲，保險精算師。我想要去死。」

「為何？」

「為何我該繼續活著？」

「好問題。」

她喝下一口健怡可樂。

但緊接著事情就失控了，提爾、甚至連院長都沒有預料到會出意外。因為一切都發生得太快，所以他沒能避開突如其來的攻擊。

19

那個病人彷彿憑空出現，胸前凹陷處托著裝滿食物的托盤。

他看起來病懨懨的，從凹陷的雙頰，以及高聳平滑的額頭來看，此人罹患的不僅是心理疾病。

活像是個皮膚緊繃的骷髏頭。

當提爾心裡正這麼想時，那傢伙對他招呼了一聲：「嘿，混帳！」同時蓄意撞上了他。他只覺得眼裡忽然多了一團溫暖灼熱的黏液，還帶著一股甜味。最噁心的是，當提爾聞到且嘗到那黏滑的事物時，才意識對方是往他臉上啐了一口嘴裡攪和過的濃痰。

「他媽的……」

提爾用袖子下緣抹過嘴唇，想要追上去打斷那白癡的牙齒，可是聖格醫師以非常嚴厲的動作制止了他。

要是她提高聲調，或者對他大喊，只會激得他猛然竄起的怒火越燒越旺。但她突然的低語令提爾感到困惑，讓他錯失了跳上那個王八蛋背脊的機會。

「聽好，老兄，我現在給你三點建議。」說話的提雅．聖格離他極近，他聞得到她使用的甜杏仁洗髮精。「第一：離卡索夫遠一點，他是個混蛋。」

正當提爾思忖著醫師為什麼突然對他稱兄道弟而且說粗話時，她接著又說：「第二：剛才對你吐痰的白癡名叫阿敏．沃爾夫，要是你不注意，他殺死你的速度，會比你動手弄死自己還要快。」

「為什麼……」

「最後，也是最重要的一點：那個不請自來的大嬸啊……」

提爾回過頭去，看見一名顯然被激怒的病患漲紅著臉，繃起下顎的肌肉，雙手握拳，邁著迅捷地大踏步橫越過咖啡館。

「別又來了！」她大吼。提爾不由得奇怪，這位頭髮略顯灰白，梳著高髻，有些復古氣息的女士吼叫的對象是誰。而當她站在提爾面前，距離近到他能聞到她氣息中的薄荷氣味時，才忽然明白那句「我受夠了」，指的並不是他，而是提雅。

「馬上把他交給我！」

「這個大嬸完全沒有問題。」提雅對他耳語。但顯然這個女人的名字既不叫提雅，也不是醫院負責人。身穿套裝的女士帶著威嚇姿態站在他倆面前，對著提爾身旁的女病患厲聲訓斥：「馬上把我的醫師袍還給我，然後回妳的房間去。妳會為自己的行為付出代價的，蘇哈托小姐。」

20

「我必須向你致歉，溫特爾先生。」

提雅．聖格穿回從女病患身上脫下的醫師袍，調整豎起的衣領。她坐回辦公桌邊，而提爾也已經就坐。

院長辦公室位處醫院的西側廂房，面對室外廣場。或許是出於安全考量，這個區域的外部照明宛如聚光燈般，更顯明亮。提爾對於底下寬廣的院內公園感到驚訝，這座公園從一樓向外擴展，令人想起點綴著輕微起伏小丘的浪漫石楠荒原。如果帶點想像力，還能在腦中勾勒出沙丘狀的土堤後方，那交錯縱橫、果樹圍繞的小徑緊鄰著大海——或至少是一座湖；而不是靠著一座高三公尺、用流刺鐵絲網保護著的圍牆。起降的飛機隔著固定時間轟隆飛過，厚重的安全玻璃幾乎完全阻隔那些噪音。

「我們今天差一點成了『海底國度』。」聖格轉向身後的窗戶，指著隨風搖曳的樹頂。「醫院抽水機出了問題，沒辦法抽掉通道上的積水。大門泡在水裡，我立刻跑去檢查發生了什麼事。」

她嘆了口氣。

「那位病人顯然利用了這段空檔，從護理站偷走了我的醫師袍。但我不明白，你是如何在未受監管的情況下離開隔離病房呢？」

「是卡索夫醫師放我出來的。」

「是這樣嗎？」

聖格看似有片刻驚愕，但她緊接著說：「所以你們談好囉。」她在一本藥廠的廣告筆記本上寫下筆記，然後撕下那一頁，塞進醫師袍上的口袋。

「你感覺怎麼樣？」

「很好。」提爾像在回應陌生人般，反射性地做出回答。緊接著他才想到，自己的反應應該要令人難以捉摸，譬如扮鬼臉之類的。

院長必然受過訓練，能從真正的精神病人中區別出誰是裝病者。她的同事卡索夫似乎已經識破了自己的偽裝，雖然提爾怎樣都無法解釋，他是如何在這麼短時間內看破自己的。

裝病者！

他必須盡快拿到放在圖書館裡的緊急手機，撥電話給斯卡尼亞，詢問他是否知道關於卡索夫的事情，釐清卡索夫與派翠克．溫特爾之間的關係。

「你是怎麼承受得住藥劑的？」聖格想知道。

「那個麻醉劑？」

「我指的是我們之前給你使用的長效針劑，抗精神病藥物。」

「那是什麼鬼？」

提爾亟力克制自己別說溜嘴，他當下的反應根本就是個笨拙的打火弟兄，而不是基於保險精算師的工作而明白醫師在說什麼的數學家。

「我們用它治療你自殘的衝動，」聖格解釋，顯然沒有半點懷疑。「長效針劑通常一個月使用一次就夠了，這讓精神病院的領藥處變得可有可無。」

而且不可能試圖欺瞞。

該死。

提爾曾經打算暗自吐出配發給自己的藥丸，但現在他可以把這件事情拋諸腦後。「這種強制治療有經過法官的許可嗎？」

這個問題似乎抓住了聖格的弱點。好一段時間她不發一語，只是高高挑起眉毛。在她簡略回答之前，又記下了另一張筆記。「你可以這樣猜測，但，是的。」

她站起身來，示意提爾跟著自己走。

「我要在這裡待上多久？」

聖格略微遲疑，決定使用精神科醫師常見的反問：「你覺得，你應該待多久呢？」

久到我從崔尼茲那裡發掘出真相為止。

說到崔尼茲。

提爾當然不會向醫院裡的任何人透露出他真正的意圖，就是對院長也不行。但無論如何，他必須盡快得到任何有關那個變態畜生的訊息。他決定用無比天真的態度提出詢問，或許不會有任何結果，但也不會造成任何損害。

「崔尼茲也在這個部門嗎？」

聖格皺起眉頭。「真令人驚訝，你居然問起這件事。但我無可奉告。」

她用「令人驚訝」與「居然」是想表達什麼意思？

提爾繼續追問，「電視上說那個兒童謀殺犯也在這裡。」

「我再說一次：我不能與你討論其他病人。」

「他到底是不是住在我附近？」

這次打探並沒有得到任何答案。為了探聽消息，提爾差點宣稱，他擔心自己跟一隻殘暴怪物共處一室。好在幸運的是，他突然想起這種擔憂對於一個想要自我了斷的人來說，實在不具有說服力。

他們行經走廊上的一扇窗戶，提爾停下腳步。「外面那個是候車亭嗎？」他困惑地問。

聖格退了兩步，一同望向窗外。

透過外圍照明的燈光，提爾辨認出公園東側的柏油路，比起西側辦公室窗外的小徑更寬敞。白天，道路兩旁的行道樹提供遮蔭，其中一些路樹已經開始落葉，葉子被風吹到一處寬廣的草坪上。

「是的，那是一座候車亭。」院長證實。

「怎麼會有這個？」

聖格聳聳肩，示意提爾繼續走。

「我並不支持這種做法，但我必須承認它很好用。」

他們往右轉，等著他們的是一位黑人護理師，就是昨天在閘門內等待提爾的其中一位。

「做法？」

「我們這裡偶爾會有一些患有短期記憶障礙的病人，他們會忘記為什麼自己被關進此地，因而焦躁不安，有些人甚至會變得暴力。當我們察覺這些病患情緒極端激動時，便讓他們在候車亭坐等，等公車把他們送出此地。」

她的答案聽起來好似已重複解釋過數百遍。

走在前面的護理師按下嵌在牆上的開關，開啟一扇電動對開門，三人一同走進沒有窗戶的病房區。

「謝謝你，西蒙。」聖格說。提爾現在知道這個表情輕鬆友善的壯碩黑人叫什麼名字。

「短短數分鐘後，病人會忘記他們到底為什麼坐在那裡、想去什麼地方。等情緒安定下來，他們就會回到醫院裡。」

「但公車永遠不會來，對吧？」

身後那扇門轟隆作響地關上了，提爾是唯一被聲音嚇到的人。

「開往火車總站的六十九號公車，不會在這座候車亭旁停靠。但我們的圖書巴士每個星期來三次，如果病患想要的話，他們可以登車借書。」

「她是巴士駕駛。」

提爾想起在記憶裡斯卡尼亞的聲音，不禁打了個冷顫。

他們經過幾座看似堅不可摧的安全門，每扇門上各嵌兩片向外開啟的活板，一個與眼睛同高，另一個在門板下方，與貓用的寵物門一樣，裝著食物的托盤會透過底下的送餐口送入病房。

「你們為此聘用了一名巴士司機？」提爾詢問。

「不，她是一名病患。」

塞妲。提爾思索著，斯卡尼亞曾跟他提過這個名字。

我在這裡唯一的聯絡人是個女病患？

「她以前曾從事這個工作，駕駛施泰格里茨區的書店巴士。但在今天的演出之後，我會撤銷她的特權。」

「演出？」提爾問。

「是啊，如果那名女士還沒有對你自我介紹，我已經說得太多了。」

剎那間，提爾連貫起被偷走的醫師袍與食堂裡的啞謎，明白了女醫師的暗示。

「你還有其他問題嗎？」

有啊，大概有一百萬個。

「暫時沒有了。」提爾搖搖頭。

「很好，那西蒙會鎖上你的房門，我們明天早上查房的時候再見，晚安。」

提爾望著院長的背影，看她拖著蹣跚的腳步，從他們過來的方向走回去。護理師請他再向前走幾步，直到他們站在一三一〇號房門前。

西蒙從褲子口袋裡取出一把長柄鑰匙，打開了門鎖。

一股混合了舊襪子、汗水以及消毒水的氣味充塞在提爾的鼻中。正常情況下，他本就不喜歡密閉空間，而在此地，他更感覺到一股看不見的幽閉恐懼症利爪抓住自己的胸口，每往四方形房間內踏上一步，夢魘般的壓力就越強。

「就是這裡。」西蒙用和緩的聲音說道。提爾有點不敢置信，當他確認過護理師的目光以及聲調中的語氣時更感困惑。同時他也對那名睡在下鋪，臉孔被上鋪陰影所覆蓋的男子感到訝異。

「我不是住單人房嗎？」

西蒙拿出手機按下一個按鍵，顯然是透過快速撥號，聯絡上司。

「這裡是西蒙，有個小問題。」他低聲說道。「安排派翠克．溫特爾住的房間是一三一〇號，對嗎？」

在一聲短促地「謝謝」聲後，他掛斷了電話。

「沒錯。你的室友已經睡了，」他轉向提爾。「你也應該趕緊休息，溫特爾先生，明天將會是漫長的一天。」

「等等，我想要一間單人房。」提爾提出抗議。

「單人病房，」護理師糾正，然後搖搖頭。「這可不行，如你所見，我們的病房已經捉襟見肘了。」

關門聲出奇的輕，只有轉個不停的金屬門鎖聲不願停歇，不過最終還是靜了下來。提爾絕不會稱呼這個空間是**房間**，此處僅能稱作**牢房**或是**監獄**。厚重的門隔絕了醫院裡大部分的聲響，此時，提爾只能聽見牆上圓窗外傳來細微的雨聲，接著，房裡響起一個似曾相識的老菸槍嗓音。

「嘿，混帳。」

提爾低頭看去，他的室友已經坐起身來。他不可置信地拍了拍自己的臉，揉了揉眼睛，記憶裡的那口痰似乎更加熱燙了。

「剛才對你吐痰的白癡名叫阿敏．沃爾夫，要是你不注意，他殺死你的速度，會比你動手弄死自己還要快。」塞妲的聲音還在記憶中迴盪的同時，對方已經用不可思議的力道，朝他臉上揍了一拳。

當提爾的頭撞上堅硬的水泥地板時，窗前隔柵的陰影落在對方的臉上。那張臉在朦朧中看起來就像外表繃著皮膚的骷髏頭。

21

就像視網膜後方炸開一顆紅色漆彈般。當他摔倒在地時，疼痛首先集中在眼窩的中心處，接著漸漸朝邊緣擴散，最後提爾彷彿透過一片血淋淋的濾鏡注視著頭上的那張臉。

「真該好好讚賞你。」阿敏．沃爾夫說，他走到提爾身旁。「算你有種，要是我，就會乞求他們給我換另外一間病房。」

我根本就不知道他們把我跟誰關在一起。

我完全不知道自己必須跟一個瘋子共用病房。

提爾無力表達心底的想法，他連拼出一個字的氣力都沒有。與嗜殺病患關在狹小空間的恐懼感，與頭部、背部以及腎臟的疼痛相連結。幽閉恐懼症的利爪有如一把活動夾鉗般，緊緊地抓住了他。

「你從聖格婊子那裡得到了什麼訊息？你告訴了她有關我的事嗎？」

是指你先前朝我吐痰的事嗎？

這天真的想法幫助提爾稍稍理清了思緒。他可不想被阿敏扭斷手腕，於是對著阿敏雙手一攤，趴在地板上咳出一點痰，喘著氣說：「不、不，我們完全沒有談到關於你的事。」

阿敏朝旁邊走開一步，因為病房狹小，這一步就讓他湊到了門邊。他把耳朵貼在門板上，食指在雙唇前豎起。

什麼動靜也沒有。

他對此顯然十分滿意，接著再度走向提爾。此時，提爾已經爬到了開有窗戶的牆邊，背抵著洗手檯與馬桶之間的牆面。他曾思考從後方攻擊阿敏，但這傢伙不但比自己高一個頭，而且鍛鍊得比他更結實。打從兒子失蹤開始，提爾的體重與肌肉量就逐漸減少；而阿敏手臂與胸口那線條分明的二頭肌與三頭肌中的肌肉量，是他的兩到三倍之多。這個男人移動時如貓一般輕盈，有如身經百戰的街頭格鬥者，彷彿能在病房地板上飄行。

要是正面衝突，他毫無疑問處於令人絕望的劣勢。

阿敏離開門邊，回到提爾身旁。

「好了，那個黑鬼跑去別處蹓躂了。」他說，言語間暴露出他是個種族主義者。「西蒙每隔四十五分鐘才會透過門上的監視口往房裡監看，意思是我們有足夠的時間好好聊聊。」

說到最後一個字時，他一拳掄在提爾胃上。提爾想尖叫，卻因疼痛而喊不出聲。而第二下打在他嘴上，腦袋應聲撞上後方牆壁。提爾感覺口中至少有一顆牙齒鬆脫。

這不會是真的，怎麼可能發生這種事？院方不能把新來的病人與嗜殺的神經病關在同一間病房裡！

即使他吸飽空氣大聲呼救，也沒有人會聽到他的聲音。而且他倒在冰冷的地板上，周遭沒有任何能夠推倒或是砸向門，藉此引起注意的物體。

驚慌的他用一隻眼睛（另外一隻已經腫起），看阿敏脫下一只襪子，大概是要用來塞住自己的嘴。

「住手！」他咕噥一聲喘著氣說。阿敏靠近，準備再次揮拳——提爾忽然在混亂中想到了一個地鐵查票員的電視訪問。要是在大眾交通工具中遭受到暴徒攻擊，他建議人們：先迷惑住你的對手！

「你的母親！」伴隨著呼嚕嚕的喉音，提爾竭盡所能地大聲說著，聲音也就只比耳語聲大一些，但這段毫無意義的言語確實造成迷惑的效果。

「你說什麼？」

阿敏停下動作，緊握成拳的手就停在他面前，像一顆破壞鐵球在移動軌道上忽然靜止了下來。

「我媽出了什麼事？」

根據那位查票員的建議，此刻就是逃跑的好時機。但在缺乏逃脫可能的情況下，提爾決定不逃，而是繼續信口胡謅以保命。

「至少告訴我，為什麼？」他問阿敏。

「什麼為什麼？」

「為什麼你如此針對我？」

「光這個問題就夠讓你去死了。」

阿敏揪住他的頭往下壓。但就在他要把襪子塞進提爾流著血的嘴之前，提爾又問：「你是怎麼認識我的？」

阿敏的模樣看起來比講到他母親時更困惑。

「我認識所有像你這樣的傢伙，」他說。「那些卑鄙小人，你們全都一個樣。」

「從哪裡？」

「你是說，我在哪裡認識你的？」

提爾點了點頭。

這問題看似起了效用，令提爾如釋重負。而阿敏再一次顯得有些不知所措，他鬆開提爾的頭，退後一步。同時抓了抓後頸，眉頭緊皺，好像正認真思考。但當他說出答案時，提爾卻完全聽不懂他的回答邏輯何在。

「我爸曾經是個研究者。」

「什麼？」提爾咬緊牙關。

你這白癡，為什麼你不住口？讓他講話，別打斷他！

果然阿敏爆出一陣大笑。「你不知道我在講什麼是吧？好，我來幫你一把。」

阿敏朝他股間狠踢了一腳。即使他在提爾身上澆助燃劑後點火，火焰的折磨也不會比這一腳更強烈。痛楚的感覺如同困獸，驚恐得往身體四肢流竄。

提爾氣喘吁吁地求饒，彷彿哮喘般直抽氣，兩手按著褲襠，其實他也可以在這時候刷刷牙；但是面對著橫掃下半身的劇痛傷害，除了直接在睪丸上注射嗎啡，恐怕什麼動作或姿勢都沒辦法減輕痛楚。

阿敏又爆出一陣大笑。「沒錯，最後一次抱住你的卵蛋吧，反正你再也用不上它們了，溫特爾。當你夾住下體時，你或許才會了解，我曾因為像你這樣的王八蛋而吃過怎樣的苦頭。」

對提爾來說，現在的世界不過是一間九平方公尺大的病房，裡頭瀰漫著難以言喻的痛苦，彷彿遊樂場上的旋轉咖啡杯般拚命旋轉著。他嘗到了胃酸的味道，也許是因為正在嘔吐的緣故，連他自己也不太確定。

意識僅存一半，另一半則在疼痛之海漂浮著，遠方某處傳來阿敏．沃爾夫聲音的浪濤：「我父親曾經是個研究者，他的主要研究領域在疼痛。他想知道兒子所能忍受的極限何在。當他對病理部裡的一具屍塊表現出過度的興趣時，他們便把他從大學裡攆了出來。就是聯邦國防軍也不想接納他。作為醫科學生，他只好在家自學，而他最喜歡的學術研究對象就是我。」

他朝提爾彎身，對著他咧嘴獰笑。

「喂，疼痛消退了嗎？」他問，以近乎鄭重的態度拍了拍提爾的肩膀。提爾換了一個穩定的側躺姿勢，仍不住喘氣，好似他正因分娩的陣痛而蜷躺著。

「幸好他沒有踢我的卵蛋。我爸因為想要研究他兒子能夠忍耐多久不去廁所，把我帶進位於地窖中的工作坊，將我捆在一張露營床上，然後用一條該死的包裝繩綁住我的老二。」

阿敏又站了起來，在提爾面前來回走動。提爾心想他這輩子大概別想離開這裡了。

「一天後，我感覺劇烈疼痛，我大聲叫媽媽，但她沒有出現。三十六個小時後，膀胱就破了。」

我的天啊。

即使提爾的身體正承受著極端痛楚，他仍能判斷自己在這裡所忍受的，與阿敏小時候所遭受的痛苦虐待完全沾不上邊；但前提是，這個瘋子說的是實話。

「從那時起，我每天至少三次回憶起我那親愛的老爸，每次長達四十五分鐘，直到排空我那被摧毀的膀胱為止。」

提爾不知怎麼的成功從阿敏腳下滾到牆邊，甚至還用一隻腳撐起自己勉強坐直。

「我不明白，那跟我有什麼關係？」他用喉音說話，同時將一口痰吐在地上。

西蒙什麼時候才會來？

提爾很清楚，還要等很久才會過完這四十五分鐘，但他的身體卻彷彿瞬間老化了數年。

「我討厭所有虐待孩子的人。」他聽見阿敏說道。

「然後呢？」

「然後？」雖然不如先前那麼大力，但這個完全失去理智的傢伙，再度朝他的身側狠踹了一腳。

「嘿，我愛小孩。我自己就有幾個孩子，我永遠不會對他們出手。」提爾試圖解釋，但他忽然想起現在他不是在為自己，而是以派翠克．溫特爾的身分說話。直至此刻，他仍不了解這個男人的身家背景，只模糊知道這傢伙可能嚴重意志消沉。

斯卡尼亞，你到底幫我弄來了什麼人的身分？

當他先前打探有關崔尼茲的事情時，醫院院長對他說了什麼？**「真令人驚訝，你居然問起這件事。」**

他反問阿敏：「我到底做了什麼？」

「你傻了嗎？」阿敏輕拍自己的額頭，他顯然沒有發現，在精神病院裡問病人傻不傻，簡直是情境喜劇的劇情。

「我、我……」提爾指覺得眼前一片漆黑。「聖格醫師說我得了失憶症。」他撒了個謊。

「什麼？」

「那些藥劑，我承受不了長效針劑的藥效。」提爾繼續編造故事。「所以我想不起來被送進這裡以前的任何事。」

「你不知道為什麼人在這裡？」

阿敏看著他，就像父親逮到了說謊的孩子。

「知道啊，我試著自焚。我、我的意思是，我不知道自己為什麼要那樣做。」

「嗯。」

阿敏看著窗戶，雨滴在上面碎裂，濺開如硬幣大小的水花，就像蒼蠅撞上擋風玻璃一般。很長一段時間內，雨聲與提爾的呼吸聲是病房裡唯一能夠聽見的聲響。

終於，阿敏說：「好吧，你有五分鐘時間。」

「做什麼？」

「在這裡讀它。」

阿敏脫下運動褲和內褲，稍稍向前俯身，接著把手伸進肛門。不久後，他手裡捏著一個保險套，在透進房裡的光線下，那玩意兒看起來就像發霉的香腸腸衣。阿敏拉開橡膠環，從裡頭抽出一張捲成雪茄狀的紙片。

他把紙遞給提爾。提爾克服厭惡感，在閱讀紙捲之前，先細心地將紙攤平。紙上有種溫熱潮濕的感覺。

「這到底是什麼鬼？」

「少廢話！」阿敏對他大吼。「你有五分鐘時間，快讀！然後我就會讓你明白，什麼才是真正的痛苦。」

22

那是一張雙面列印的紙張，左上角有一列由字母與數字構成的字串，看起來像是複雜的密碼：PW12_7hjg+JusA。事實上，根據上頭的標題，提爾也不難看出這與司法案件卷宗的記號有關：

派翠克．溫特爾的訊問筆錄

這份記錄沒有標示頁碼，開頭是從某個句子的中段。一般而言，警方只會在必要時公布以間接敘述語氣撰寫而成的訊問大綱。但奇特的是，這份筆錄逐字記載了被告的說詞。雖然需要花費一些力氣，但提爾卻努力藉由從窗外公園投射而入的微弱燈光，仔細閱讀被告派翠克．溫特爾是如何回答檢察官窮追不捨的提問：

……他要了一杯水，短暫中止後，繼續進行訊問。

溫特爾：很抱歉。

檢察官：沒關係，溫特爾先生。我們再回到七月二十日當天下午，你對這起犯行做了多久的事前準備？

溫特爾：很久了，從他出生起就開始了。

檢察官：為什麼？

溫特爾：不好意思？

檢察官：你的動機是為了什麼？畢竟你已經有一個五歲的女兒。就我們所知，你周遭的人都把你形容成一位慈父。為什麼會起了變化？

溫特爾：都寫在檔案裡了。

檢察官：哪一個檔案？

溫特爾：我妻子與我有個協議。琳達每天早上把兩個小孩送到幼稚園，我則早點進公司展開日常工作。要是沒有事情耽擱，下午我就會去接孩子。

檢察官：你常被事情所耽擱嗎？

溫特爾：很遺憾，最近經常如此。

檢察官：你的工作是保險精算師，能向法院簡短描述一下你的工作內容嗎？

溫特爾：簡短描述？我目前在桑蒂雅保險公司工作，主要內容是計算保險商品與賠償金。例如，我會依據人口預測建立風險演算法。

檢察官：你可以舉一個具體的例子嗎？

溫特爾：當然。當然。如果 q_x 是指一個X歲的人在未來一年的死亡率，$\omega 0$ 則符合標準方法所規定的最高年齡，接著導出眾所周知的 $q_x=0$ f.a. $x\geq\omega 0$。如果我們現在把任意剩餘壽命時間設定為T_x……怎麼了嗎？

檢察官：謝謝你的說明，我本來希望你能說一個讓在場所有人都能理解的例子。

要是這場訊問允許觀眾入場，提爾簡直可以聽見從觀眾席上傳來的竊笑聲。

我的老天爺啊，這個派翠克・溫特爾還真的是個數字天才！

要是我能活過今晚，我就這麼模仿他，就像雨人[3]那樣！

檢察官：我再請問另外一個問題：身為家長，你會偶爾把工作帶回家嗎？

溫特爾：會，我有遠距工作條款。

檢察官：而你在七月二十日的前一天也帶工作回家了？

溫特爾：是的。

檢察官：你能向法院解釋，當時你帶回家的那份檔案，與此案有任何關聯嗎？

溫特爾：是、不，我不知道，這很複雜。

檢察官：請你慢慢說。

提爾拿著紙的手不禁顫抖。他不敢抬眼，害怕阿敏可能會把這動作誤認為他已經讀完的訊號，他毫不懷疑室友的威脅與接下來可能會發生的事（**「然後我就會讓你明白，什麼才是真正的痛苦。」**）。

但另一方面，他並不想繼續往下讀。他也不明白為什麼這簡短的幾個句子，卻令自己如此揪心，心口彷彿有一把鎚鑽正在鑽洞。

提爾對溫特爾的供詞有些害怕。他知道這些供詞所組成的故事，必定有著糟透了的結局。儘管如此，他別無選擇，目光移回方才停止閱讀的位置。

檢察官：你最後帶回家的那份檔案裡面有些什麼？

溫特爾：我想裡頭有一張生命表，我要針對風險特別高的保險區域，重新計算人口範圍內的死亡機率。

檢察官：但是裡面沒有你說的這些資訊。

溫特爾：沒有。

檢察官：那是什麼？

溫特爾：那裡面只有一些與我有關的東西。

檢察官：什麼東西與你有關，溫特爾先生？

溫特爾：那些我所做出的事。

3 《雨人》（*Rain Man*），美國電影。雨人是一個具有驚人能力的自閉症患者，精通數字計算，並有過目不忘的記憶力，由達斯汀．霍夫曼所飾演。

檢察官：你能具體說明嗎？

溫特爾：從他，從約拿出生開始，我就有些想法，一個惡劣的、不正常的想法。

檢察官：而這份檔案裡透露了這些想法？

溫特爾：我的想法，與我的所作所為，可怕的作為。

哦，媽的，斯卡尼亞，這不可能是真的。

派翠克．溫特爾居然有兩個孩子。

還是曾經有？

筆錄在這裡註記了短暫的停頓，因為溫特爾頭暈想吐。供詞從他最後停下的地方接上。

溫特爾：我不知道桑蒂雅裡的誰會知道我的罪行，我從沒對任何人說過這件事，所以完全可以排除其他同事彙整出整件事情的可能性。我的意思是，翻開檔案開始，我就好像看進了自己的腦海裡。

檢察官：你的意思是，你不僅讀到了你之前所做的事，還讀到了你心底的想法？

溫特爾：就像是朝我靈魂中最幽暗的深淵望了一眼。

檢察官：你可以對法庭進一步詳述嗎？

溫特爾：我讀到秋天時發生的事。下午三點時，琳達陪著芙里達去游泳。約拿剛滿一歲，我帶著他去地下室。你知道，我們有間小的蒸氣烤箱。這間烤箱因為門被卡住，經常出問題；前任屋主從來沒有為它正確做過保養，況且蒸氣烤箱本身也不符合安全標準。我在進入烤箱的半個小時前，先將鍋爐加熱，讓它全力運轉，烤箱內瀰漫九十度的熱氣。我特意等到三點十五分，游泳課結束後才行動，因為琳達總會在那之後去採買家用，所以我有將近六十分鐘的時間。

檢察官：用來做什麼？

溫特爾：用來轉開烤箱門內的把手，我把門把給弄鬆了。

檢察官：為什麼？

溫特爾：這樣只要我和約拿待在裡面，那道門就再也不能被打開。

檢察官：你帶著他一起進烤箱？

溫特爾：當然，這一切必須看起來像是真的，像是一場意外。

提爾閉上眼睛。

在靈魂之眼前，提爾看見父親與兒子如同字面意思所形容的，一起熔化。他們在九十度的高溫之下脫水，同時漸趨無力。當派翠克關上門時，他可曾遲疑過？他可曾在最後一秒回心轉意，陷入恐慌之中，像瘋子一樣猛捶上鎖的門？當他兒子幼小的臉越來越脹紅的同時，他是否也曾對著沸騰的空氣大聲咆哮？

檢察官：你帶著一名十三個月大的孩童，進入動過手腳的蒸氣烤箱？

溫特爾：約拿有點輕微感冒。而且這一天，我們房裡的暖氣不太正常，它總是在換季時出問題。我可以跟琳達解釋，說我想讓我倆暖和起來，所以才犯下可怕的錯誤。

檢察官：你不擔心自己沒命嗎？

溫特爾：我知道琳達會把採買完的物品帶到地下室，然後她會發現我們。身為成年人，我大概可以撐過一個小時的高溫。但約拿就沒有辦法了，他在進入後的幾分鐘內就陷入昏迷，十五分鐘後整個人一動也不動。烤箱裡頭真是熱得難以忍受，此外，我還把他舉高湊近鍋爐。

檢察官：但你的計畫出了問題？

這個句子令提爾感覺正在冒汗的身體冷卻下來，如釋重負。

我的老天爺啊，派翠克沒殺死他的兒子，只是曾經嘗試過。斯卡尼亞不會是把我套上了瘋狂孩童謀殺者的身分，送進這座瘋人院吧。

溫特爾：本來總是在星期三過來的女管家，因為隔天要出發去度假，想在出門前把洗衣機刷洗乾淨，並幫我把襯衫燙平，好給我們一個驚喜，所以破例在星期二來到我家。

檢察官：然後她在蒸氣烤箱裡發現了你？

溫特爾：是的，我們只在裡面待了二十分鐘。她認為自己救了我們的命。我則給了她大方的獎賞，並請她別告訴琳達這件事。反正也沒發生什麼事，寶寶恢復得很快，哭喊得非常大聲，為何要給我妻子帶來痛苦呢？當然，我答應她要把烤箱的門給換掉，我也確實這樣做了，那扇門現在只用一塊磁鐵扣著。

檢察官：而這一切都寫在了你從公司帶回家的檔案裡？

溫特爾：是的，裡頭包含了我當時嘗試殺人的細節詳述。

檢察官：當你讀到那些內容時，你是怎麼想的？

溫特爾：我很震驚。

檢察官：當你閱讀那份檔案時，是否希望把它給吞下肚？

提爾不由得對檢察官暗示被告是裝病者的笨拙嘗試報以微笑。他曾在《明鏡周刊》裡讀過一篇有關精神科醫師如何揭穿騙子的報導。偽裝精神疾病的人經常會承認各種怪異舉動：「**是的，我當然想啃掉那份檔案，最好還配上番茄醬。**」而真正有精神疾病的人，是不會有那些額外的症狀或異常行為方式。

派翠克．溫特爾要麼是知道這種測試，要麼是真的瘋了，因為他困惑地回答檢查官：

溫特爾：我為什麼會想要吃掉檔案呢？
檢察官：那麼你在閱讀檔案時，心裡在想什麼？
溫特爾：想著它命令我做的事。
檢察官：檔案對你下命令？
溫特爾：是的，就在最後一頁，有清楚的說明。
檢察官：那份說明裡寫了什麼？

提爾眨了眨眼，感覺口乾舌燥，繼續讀下去。

溫特爾：它寫了我要怎麼做才能殺死我的兒子約拿。而這一次不會再有人會來干涉我，我會成功。

23

「多少？」提爾問道，沒從筆錄中抬起視線，模樣像是個雙手摀臉，希望不被其他人看見的孩子。

在他閱讀筆錄時，阿敏坐在自己的床上，允許他拖延一些時間。他沒有再出拳痛擊，而是反問：「什麼意思？」

「你收了多少錢，才這樣折磨我？」提爾說話時，身體對著阿敏左搖右擺。「一般來說，醫院裡的人根本不可能接觸到這些東西，一定是有誰把它交給了你。是誰讓你這樣對待我？」

阿敏一語不發地站了起來。

提爾依舊有被兩塊磚頭砸中命根子的感覺，他吃力地站起身來，說話速度極快，令話語幾乎糊在嘴裡。「你終其一生都會待在這裡，對吧？你沒有什麼可以失去的，而我也一樣。」

「然後呢？」

提爾鼓起勇氣，亂槍打鳥地嘗試：「你父親怎麼了，他還活著嗎？」

「你問這個做什麼？」

「如果他還活著，我或許可以改變些什麼。」

「你？」阿敏扯開嗓子放聲大笑，笑到像罹患腰痛的老人一般撐住自己的背。「你根本沒辦法活著走出這間病房，更別談去養老院找他了。」

在養老院裡啊，很好，他老子還活著。

「即使如此，我還是有能力殺死他。」提爾放手一搏。

要是阿敏對報仇沒有興趣就糟了，更糟的是，要是這兩個瘋子——他與他老爸——言歸於好，那提爾就錯放了手中唯一的一張鬼牌。

「怎麼做？」

「我有人脈，人脈和錢。」

阿敏搖了搖頭，「你的人脈一定爛得跟屎一樣，連一間單人房都弄不到。」

他以迅雷不及掩耳的速度抓起提爾的左手，用力扳他的手指頭。提爾必須九十度翻身，跪倒在地，才能保住手指不至於被扭斷。

「停下，等等！我發誓，我有一支手機。」

「胡扯。」

「真的，巴士什麼時候開來？」

「啥？」

「圖書巴士，它什麼時候來？」

「你是在唬爛我嗎？」

「不，我的接頭人在巴士裡放了一支手機，我可以拿給你看。然後我們可以一起打電話，接著你爸……啊啊啊啊！」

提爾大喊出聲，兩根手指不自然地扭轉。只要再多轉一公釐，他的手指就會像牙籤一樣斷掉。

「一支手機？在這座島上？」

「是啊啊啊啊！」

「它可以用嗎？」

「我發誓。」

「真的？」

阿敏緊握的手稍微鬆開，他懷疑地嘟囔著，看起來彷彿在思索。

處於緩衝之中，提爾幾乎不敢呼吸，害怕任何一個肢體動作會招致更大的痛楚。「是、是的，它真的可以用。」

「嗯，那我今晚就先放你一馬；作為交換，你明天要把手機給我。」

「一言為定。」提爾同意了協議。

「但我還是要擰斷你的手指。」

提爾脈搏加速，額頭上冒出更多的汗。

「不、不，停下，拜託！這樣做的話，他們會把我移走。要是我受了傷，他們明天一定會把我們給分開。」

但阿敏獰笑說道：「無所謂，我願意冒這個險。我在病房外面也能逮到你，你這個兒童虐殺犯。還有，嘿，這不過只是十根指頭中的兩根而已，冷靜點。」

提爾聽見一陣碎裂的乾響，短暫停頓後，屋裡響起毫不保留且淒厲的痛喊聲。從他體內的最深處響起。

24 塞妲

塞妲睡得很沉，不是因為院方注射的藥劑使然。從很早以前，她睡覺就像按按鈕一般，能瞬間沉入夢鄉，這一定是出於孩提時期的自我訓練，讓她能快速自我隔絕露營車內的氣味、聲響以及景象。那是一輛外觀如腳趾甲般蠟黃的拖掛式露營車，她母親將其同時做為餐廳、起居室、臥房以及「會客室」使用。一直以來，「客人」只做短暫停留，從未曾在此待超過一個鐘頭，大部分人甚至更短。

塞妲白天時在樹林裡頭玩耍，小心不在保險套與排泄物上滑倒。這座停車場位於二三一號聯邦公路旁，只有一間破爛的流動公廁，臭到司機情願在樹叢之間方便。

一些人停車在此，是真的想要小歇片刻；但大多數的人來到這裡，是因為露營車頂上那顆閃爍的紅色小愛心。當她的母親正在小臥室裡「接待客人」時，要是時間太晚，而塞妲沒有興致在戶外的黑暗中受凍，她便進入車廂，睡在桌子底下。

有些「客人」想要額外多付錢，讓八歲的小女孩在一旁觀看。但她母親總會把這樣的傢伙丟出車外，必要時甚至動用拳腳或是防狼噴霧。沒有任何「客人」曾經染指或脅迫過她，至少就她所知沒有。

塞妲睡得跟顆石頭一樣沉，所以當她從病房裡醒過來時，不確定卡索夫的手放在她內褲裡多久。

「媽的，你想做什麼？」她驚慌地喘氣，將棉被扯過大腿，反感地用背靠著床頭。

每個夜晚，塞妲都必須在這座圓筒狀的病房裡度過。房門是從內部鎖上的，這使得卡索夫彷彿是透過遠距離傳送，把自己送進此處。

「有個新客人給妳。」卡索夫用他那令人作嘔的嘶啞嗓音說道。

塞妲的胃緊繃，她曾答應一個星期兩次，至多三次。她知道自己正拖著欠款，而寬限期就要到了。

「誰？」

與男性病房格局不同，女性病房裡擁有獨立的浴室。塞妲總是將洗手檯上方的鏡燈開著，醒來時才不會感到害怕。偶爾，她會有定位上的問題，一時間搞不清楚自己身在何處。光線從虛掩門縫滲入，將漆黑的陰影打在牆上，令卡索夫看起來比他本就高大的身形更顯龐大。

「古伊多．崔尼茲。」卡索夫用他破碎的嗓音說。

塞妲愣在當場。「為什麼我覺得這個名字很耳熟？」

「他最近常出現在報紙上。」

「等等，不會是那個兒童謀殺犯吧？」

卡索夫咂了咂嘴，做出一副好似塞妲是說了粗鄙用詞的孩子，而他必須予以糾正的表情。

「每個人都值得有第二次的機會，這是這座醫院存在的目的，不是嗎？治癒妳和他那樣的人，重新回歸社會。」

塞妲胸口感到一陣灼熱，不得不回想起母親的話語。

「憤怒若水，塞妲，它必得流淌，以尋覓自身出路。」

此時此刻，憤怒宛如湍急的山泉，開闢出它自己的途徑。

「別把我和那貨色放在同一階上相提並論。」她說。

卡索夫只是笑著坐上她的床。「我不認為妳應該在台階上和他做愛，他有其他的願望。」

塞妲用手指頭點一點自己的額頭說：「我根本不會去他那裡，你大概是瘋了。」

「照我說的做就對了，妳這個小婊子。」

塞妲握起拳頭，但在舉起臂膀之前，卡索夫就將她緊緊抓住，令她手臂發麻。

「別犯錯，小可愛，妳知道後果的。」卡索夫低聲說道，但幾乎無法制止塞妲用額頭猛撞他那烏鴉鼻的衝動。

只是她的憤怒更多來源於自己。

三個錯誤把她帶進了這個鬼地方：第一個錯誤，是她十四歲時相信了一個小伙子。他向塞妲保證，只有注射海洛因才會成癮；第二個錯誤，是在那十年之後，因為她必須藉由賣身來滿足毒癮，不得不放棄施泰格里茨區圖書館的工作，找了一名地獄天使[4]重機騎士做她的皮條客；但第三個錯誤最嚴重，也最具決定性。她違反了最古老的行規：別相信嫖客。

在舍納費爾德機場旁的一家平價妓院裡，卡索夫向她做出天馬行空般的承諾，許多承諾甚至都是真的。

是的，他開創了一份「兼職工作」，為柏林大部分醫院提供他稱作「自費性治療服務」；是的，他有錢與影響力，能從皮條客那裡為塞妲贖身，並為她在非公開的部門中弄到一席戒毒床位；但在這裡，他擁有足夠權力，將她置於藥物控制之下，緊盯著她，逼她在隔離病房之中沉淪。

塞妲深吸了一口氣，遵循卡索夫的命令，服從於他。但總有一天，她會清償一切，並報復這隻烏鴉，不過眼下佔有優勢的人是卡索夫。

「如果崔尼茲喜歡小孩，他怎麼會想要我？」塞妲問，絕望地試圖扭轉現況。

「換換口味囉！」卡索夫露出獰笑，將手伸進塞妲的睡衣，擰住她右邊的乳頭。力道如此之重，痛得令淚水湧入眼眶，此時她腦海中再度浮現母親的言語。

「有些事情是永遠不會習慣的，塞妲，不管那事已經令人受了多少苦。」

「預約的時間是後天下午四點，我會把妳帶到醫療區，他在那裡等著，懂了嗎？」

塞妲抬頭看著卡索夫，點了點頭。

卡索夫又觀察了她一陣子，她則熬過了他狡詐的目光。時間過得很慢，最後卡索夫重重地吐了口氣，說：「很好，現在告訴我，派翠克・溫特爾的事情進展如何，他有透露任何與我有關的消息嗎？」

4 發源於美國的機車幫會犯罪集團，暱稱為HA，原創立於加州，成員涉及各種暴力犯罪，如販毒、軍火走私、搶劫、襲擊、洗錢、敲詐、謀殺、勒索和色情行業。範圍遍及世界各國，包括德國。

25

提爾

提爾既認不出他所身處凝望的那間辦公室，也認不出那座停車場，甚至記不起自己的名字，但他作夢時經常如此。

況且，睡夢中的他也意識到自己並不是清醒的。所看、所感、所嘗、所聞、所聽的一切，都只發生在腦海中。

例如，從這種高度俯看，他不可能看清停車場上閃爍的柏油，更別說是用聞的。其實那柏油的氣味聞起來還真不賴，令他想起夏天、度假與假期。以及死亡。

提爾無法理解為什麼，他知道自己不曾發生過車禍，也沒有從腳踏車上重重跌落的經驗。所以，為什麼他會在這塵埃遍布的停車場哩，想起蠟白的皮膚、屍體外皮上泛出的淡青色光澤以及太陽底下腐肉所散發的帶有甜味的腐敗氣息？

他唯一能解釋的，是這股不斷填滿體內的灼熱感源自於他的右手。提爾試著不動它，即使夢中的他正嘗試將冷氣轉強，或是設法打開窗戶。但在這座高樓裡，這些事情都行不通。

阿敏折斷了提爾右手的兩根指頭，他將此意識帶入了發燒般滾燙、汗濕的睡夢中。經過一段深長的絕望後，終於進入夢境。

雖然提爾強烈希望立刻脫離瘋子室友，以至於他曾多次想嘗試呼救，或想在西蒙的巡視過程傳遞給對方一個暗號，讓西蒙看見他那腫成紫色、荒謬扭曲著的手指，然後說：「**看，你瞧，這是那個瘋子對我做的，他一定是把我跟某個人搞混了，你們無論如何不能再把我單獨與他關在一起！**」

但就在他想用完好無損的左手（幸運的是，他是左撇子）敲打房門之際，阿敏悄聲說了什麼？

「**你知道，他們會如何對待被獄友攻擊的虐童犯嗎？被隔離的從來都不是攻擊者，而是受害者。**」

阿敏大笑出聲，冗長地描繪在單人病房內，提爾會多麼孤單又骯髒。阿敏吐出的兩個詞，也隨之進入提爾的夢中：「兒童虐待犯」與「單人病房」。

派翠克．溫特爾果真曾對某個孩子施暴？

那是一個他在夢裡也無法回答的問題。夢中，他站在一扇窗前，無法動彈，高樓底下的人與車子看起來僅有玩具般大，周遭充斥著死亡般黏稠的柏油氣息。雖然據說在睡夢中，人什麼也聞不到，但那氣味相當強烈，就像提爾堅持自己無論如何都不可以住進隔離病房一樣，隔離意味著失去接近崔尼茲的機會。

因此提爾沒有示警，沒有告發阿敏，而是靜等睡在下鋪的精神病患，呼吸聲逐漸平靜且有規律。他甚至無視於西蒙為了查看一切是否安好，而打開監視口向裡窺看的機會，以及阿敏的放屁聲。縱使右手有腫成小黃瓜大小的趨勢，提爾最終還是陷入混亂的夢境中。夢中除了疼痛之外，其他事物都毫無意義。

但他無法解釋，為什麼夢裡四處都看得見那個名字：約拿。

這名字出現在麗思卡爾頓酒店屋頂的霓虹招牌上；出現在遮蔽對街購物中心的鷹架上；甚至飛往柏林市政廳方向的小飛機上，也拖曳著印有「約拿」的布條。

多麼美麗的名字。

而那小男孩的父親，卻令他遭受了多麼可怕的命運？

派翠克究竟對他的兒子做了些什麼，才在精神病院裡樹立了像阿敏這樣的敵人？

又是誰把那些出自派翠克．溫特爾法庭檔案的資訊，交給了他的室友？

誰如此痛恨這個男人，甚至想置他於死地？

就算是作夢，提爾也確定他在現實世界中知曉所有問題的答案；而夢境裡的他踏近窗邊，倚著窗戶，忽然又聽見可怕的碎裂聲，甚至比手指斷掉的那一聲更加響亮，因為現在碎裂的東西，比他的骨頭大上許多。一開始只是髮絲狀的裂痕，緊接著他肩膀靠著的那一整片玻璃應聲爆裂。安全玻璃碎成小塊，像五彩碎紙一樣，被蒸氣烤箱一般的熱風灌入室內，捲向提爾的臉。

提爾闔上現實中閉起的眼睛，透過雙眼，他更清楚自己正身處於多高的位置——柏林上空數百公尺——以及在他眼前展開的深淵有多麼深。

「跳！」那個要為這一切負責的男人說，但提爾卻一時間不願想起他的名字。墜落的恐懼是如此強大，他緊緊攀附窗沿，但這是一個錯誤。

疼痛感立刻從受傷的手指直接竄向大腦，就像圓鋸碰上金屬一般，引燃了一道篝火。

「跳！」那個聲音再次下令，而他好似著了魔般地受地面吸引。提爾當然害怕撞上底下的街道，但他心裡有些東西正渴望著那最後的一步，以令人麻痺的自由落體墜落，直至身體爆裂為止。

提爾幾乎可以聞到下方滾燙的柏油氣味。但他突然感覺被踢了一腳，不，不是被踢，有什麼東西正搖晃著他。有人把他向前一扯，墜往深淵。

但這男人並非受雇於阿敏，企圖讓派翠克．溫特爾活不過這個夜晚；他也不是在喊「跳」，而是完全相反的詞彙：「不要！」

提爾睜開雙眼，看見西蒙困惑的表情，他奮力把正要跌出上鋪、摔落在地的提爾按在床上。睡夢中的提爾動作劇烈，猛力撞擊四周。

「該死！」當他逐漸鎮定下來，重新明白自己身在何處時，這名黑人護理師驚慌地追問：「該死，溫特爾先生，你的手出了什麼事？」

26

「意外？」

聖格醫師絲毫不掩飾隱藏她的懷疑，投給提爾一記「我看起來有這麼笨嗎」的眼神，提爾則十分熟悉這種他母親也會流露的目光。以前，當他成績不好、遺失錢包，或者派對後太晚回家，想用糟糕的理由試圖辯解時，母親也這樣用挑高的眉毛，縮緊的下巴與抿成一線的雙脣注視他。

「我在黑暗中踉蹌了一下，在馬桶旁跌倒時，手撐錯了地方。」在助理醫師為他的中指與無名指照X光，包紮固定之前，提爾就已經這樣解釋過，現在他又多重複一次。

他坐在聖格的辦公桌對面。縱使新建築有著開放式的格局和許多玻璃幕牆，但雨雲籠罩的柏林天空陰沉黯淡，室內桌燈與壁燈一大清早就已經亮起。

「眼睛則是撞上了洗手檯。」

「是喔。」

早上六點半，西蒙叫醒提爾後，便立刻將他帶到東側院區頂樓的醫療區。要到那裡，必須搭乘設置了生物特徵辨識系統的電梯。搭乘者必須使用電子鑰匙和虹膜掃描證明具有通行資格，電梯才會啟動。

「那你的骨折與血腫呢，溫特爾先生，這些真的與你的室友無關嗎？」

提爾搖頭，卻不敢直視院長的眼睛。透過聖格身後的窗戶，他凝視著在雨中晃動的垂柳樹頂，似乎正從外頭的庭院向自己打暗號：**「不！什麼也別說！閉上你的狗嘴！」**與阿敏的警告如此相似，提爾決定聽從直覺。

「是，完全沒有關係。」他說。「這只是一場愚蠢的不幸罷了。」

聖格呼吸沉重，在他的檔案中寫下記錄，然後說：「好吧，即使如此，我還是會另行安置你。」

提爾的腦海中立刻浮現出阿敏破碎的嗓音，那聲音聽起來，好似他想把肺裡的髒汙連同話語一同咳出。提爾爬下床後，阿敏最後對他說的是：「溫特爾，你為自己多賺了一晚。要是你明天被人移走，卻沒把手機交給我的話，我會等下一個機會，在你拉屎時把你給劈開，讓你的內臟連同屎一起拉出來。」

一陣暴雨打在窗戶上，好似一桶水潑向玻璃。有一陣子，他想就另行安置一事提出抗議；但另一方面，即使把手機交給阿敏，阿敏還是會折磨他，那麼，在兩人之間拉開些許時間與距離，並算不上吃虧。

重要的是，他不會被隔離。

提爾說：「悉聽尊便。」

聖格再次從提爾的檔案中抽出X光片，上頭的名字當然是他的另外一個身分所有——派翠克・溫特爾——然後嘆了口氣：「不是複雜性骨折，也不必開刀，是你運氣好。」

「員工不足？」提爾問。

「是床位太少。」

她用大拇指朝向身後的窗戶點了點，目光卻未望向那頭。「因為持續性豪雨的緣故，西側底層已經淹水了。我們必須疏散那棟建築裡的病患，分散到其他部門，這也是為什麼昨天我們將你當作例外處理的原因。」

「了解。」

所以並非一開始就計畫把他與阿敏安置在一房，這也解釋了西蒙，為何昨晚用電話再次確認他與提爾進入的病房是否正確。

問題是：向誰確認？

提爾恨不得向聖格打聽到底是誰負責分配床位，但他也知道，提出這個問題會啟人疑竇。要是連塞妲那樣的病患都知道阿敏是他的敵人，可想而知那這件事情也在職員間傳開。似乎有人蓄意把他與那名精神病患同關在狹小的病房裡。如果提爾沒有搞錯，敵人已經露過臉了，甚至曾在訪視時，在隔離病房裡公然威脅過他。和夢裡不同，提爾現在能夠清楚想起卡索夫醫師的名字。

「溫特爾先生？」

提爾看著聖格，發現自己因陷入沉思，沒有注意到辦公桌另一頭的醫師已經起身，遞給他一張寫有號碼的字條。

「請去領藥處，那裡的人知道用什麼幫你止痛。如果你需要更強效的藥品，請再提出需求。」

「明白。」

他用健康的左手接下紙條，右手的疼痛感雖然仍舊隨著脈搏震動，但局部麻醉劑減輕了痛楚。

「我本來打算用這個時間與你單獨談話，但恐怕無法在兩點團體治療前完成。」

提爾聳了聳肩，站起身來。

「好的，團體治療在哪裡舉行？」

「為了集合職員，我們需要夠大的治療空間，所以破例在交誼廳裡進行。而且沃茲尼亞克醫師今天也不會整整兩個小時全程參與。」

「了解。」提爾說。他知道治療前的時間過於短暫，不足以聯絡上斯卡尼亞。但提爾有些攸關生死的問題必須詢問他：溫特爾到底對他兒子做了些什麼？為什麼他會吃上官司？另外，他又為何能夠散步進幼稚園，把自己當成人肉火把點火燃燒？

「你還需要什麼嗎？」在提爾靜默且猶豫不決地佇立片刻後，聖格詢問。

「妳昨天提到了圖書巴士。」他遲疑片刻後開口。

聖格搖搖頭。「我很抱歉，巴士暫時不會再行駛，太危險了。」

她又朝窗外一指。提爾再次感覺體內竄起一股灼熱感，這感覺與昨晚無法逃離與阿敏共住的病房時一樣猛烈。他慢慢察覺，每當遭遇極端恐懼時，身體便以猛然竄升的燒灼感示警。

沒有圖書巴士，我就拿不到手機；沒有手機，我就與外面的世界斷了聯繫。

與其思考阿敏的殘暴反應，或許他應該想方法試著敷衍對方。

有瞬間，提爾曾考慮停止這場冒險行動。這個瘋狂計畫顯然有欠周詳，斯卡尼亞曾經警告過他，說他小看了其中的問題。感謝自己提出的愚蠢主意，現在他一個健康的人，卻和一群精神病人關在一起，而其中至少有一個人想要置他於死地。

為什麼總是這樣？

「這種天氣暫時無法外出。」聖格繼續解釋。「今天早上，諮詢委員會告知我們，如果落下的枝幹壓死了人，保險公司拒絕理賠。所以我們今天將進行特別治療。因為暴雨的關係，聽說風雨還會更大。」

「那我要怎樣才能借閱一本書？」提爾問。對於一個無害的問題來說，他顯得有點過於激動。

「喔，這沒有問題。巴士停在有屋頂遮蔽的室內停車場，那裡依舊可以通行。如果你告訴我書名，我會請人把它送到你的房裡。」她微微一笑。「當然，前提是我們有這本書。」

喔，是的，你們有這本書。

第三個書櫃的第二層，就放在《聖經》後面。

提爾吞了吞口水，用左手抓搔後腦勺，這兩個動作都是不經意的。他能冒這個險嗎？要是遞送員翻開了書本，會發生什麼事？要是運送的途中發出聲響，或者手機從書中掉了出來，喀啦喀啦地落在地上，又會怎麼樣？

這時他才想起，他甚至無法跟人解釋，為什麼自己會知道書架的第二層後有這本書。

「可能的話，我想親自把書從巴士裡借出來。」

「為什麼呢？」

「我喜歡書的氣味，那使我感到平靜。」他說，這並不算是謊言。「如果和妳所說的一樣，我可以走到巴士那裡，或許有人能為我打開圖書巴士的門，不是嗎？」

聖格的手指在溫特爾的檔案上移動著，像在彈奏一架看不見的鋼琴，並不顯露出她對提爾的建議抱持何種看法。

「你已經想好要借哪一本書了嗎？」她問。

「詹姆斯．喬伊斯。」提爾聽見自己回答，他別無選擇。

他必須與斯卡尼亞談談，確認自己所接受的到底是誰的身分。接著，他還得向阿敏多爭取一點時間，至少讓對方看到手機。他又補充了一句，「《尤里西斯》。」

即使聖格驚訝他選擇這本世界經典名著，也並未讓人察覺。

「好吧，我馬上請人查查，然後給你消息。」

提爾道謝之後，轉身朝門走去。而聖格在他身後提醒，「順道一提，下午三點半你要進行化療。」

提爾杵在當場，動彈不得。體內的熱度好似突然消失，驚恐之情聚集成新的狀態。他感覺渾身又冷又熱，就像急性寒顫即將發作。

「什麼？」

聖格微微一笑，語氣中有些不確定他是不是在逗自己。

「我們當然會繼續治療，就從你發生事故之前停下的地方接下去。」

喔，老天，不會吧，派翠克．溫特爾不只是精神殘破不堪。

就像在確認他的想法一般，聖格說：「你該不會是因為情緒過於激動，忘了自己罹患癌症吧，溫特爾先生。」

27 崔尼茲

崔尼茲在看到穿著拖鞋的大肚男，大街上叫罵他不忠的妻子是「白癡婊子」時，便關掉那個垃圾電視節目，帶著淫穢地獰笑，專注於預期之外的拜訪。

「哈囉，律師小姐。」他向迎面走來的苗條女士打了聲招呼。她有著一頭金色短髮，踩著十七公分高的高根鞋，踏著細碎的步伐走過油氈地板。

「你好，崔尼茲先生，你過得如何？」

「很好，我沒料到這麼快會再見到妳。」

「鑒於情況特殊，安排面談較為容易。」女刑事辯護律師說。她走近床邊，而崔尼茲從早餐過後，便以半坐半躺的姿勢在床上看電視。

他忝不知恥地端詳著女律師的低胸領口，不只一次想像，如果他脅迫她割下一顆乳頭，然後把它吞進肚裡，感覺會是怎樣。

「畢竟你剛度過一場困難的手術。」女律師說。她在法庭上的表現卓越，沒有琵雅・沃費爾，崔尼茲今天就不會身在「白宮」，而是落腳在泰格爾男子監獄。與這座精神病院裡喋喋不休的醫護人員相比，那座監獄裡頭的人可不會充滿諒解的與他這種性癖好犯人和諧相處。

此外，也是她建議崔尼茲在所有訊問中，提及體內那個朝他下令的東西。無怪乎她在同業之間，時薪資最高。但付給琵雅．沃費爾的每一分錢都值回票價。

「我必須親自確認你的健康狀況，」琵雅朝他彎下腰。「以及是否一切都好。」她對著崔尼茲耳語的同時，把手滑進棉被裡。

當她的手握住崔尼茲的陰莖時，他發出一陣呻吟。

「別擔心，我的小乖乖。」琵雅低聲說道。當崔尼茲想把臉轉向門時，她用兩根手指抵住了他的下巴，把他的臉移回到自己身上。她吻了他，張開雙唇，讓舌頭滑進他的嘴裡。

「律師時間是神聖的，我們的對談可不能受到任何打擾。」她模仿了貓咪的呼嚕聲，而崔尼茲也不是頭一次覺得這位女律師比他更需要進入精神病院。哪一個健康女性會愛上一個連環殺手？當然，他也曾聽聞過，有一些女人相信，像他這樣的男人只是需要一些兒時未曾從母親那裡得到的愛與關懷。然後「唰」的一聲，他們會再次走上正途，不再剝下嬰兒的皮。

真是無稽之談。

就連琵雅也有這種拯救者情結。她告訴崔尼茲，早在第一次見面時，她就已經愛上他了，**這頭蠢母牛**。

事實上，女律師並不是唯一向他示愛的人。他每個星期都會收到一些蕩婦的來信，有些看起來條件甚至不算太差。

「喔，琵雅，妳不知道，妳對我有多重要。沒有妳的話，我根本撐不過這裡的一切。」他撒了個謊。

琵雅微微一笑。「你真可愛。我還知道，我們有多麼需要對方。」

「特別是現在。」他放聲大笑，試著將她拉到身旁。「過來這裡，我需要妳在我身旁。我已經有些生疏了。」

「你這個小壞壞。」琵雅尷尬地咯咯笑著，像個小學生一樣；但從年紀來看，崔尼茲還更像一些。一個事業有成的獨立女性，在像他這樣的男人面前，也會變成順從的小女人，這真是太瘋狂了。

「我很快就能夠再次專心照料你了，」琵雅輕聲說道，輕柔地按著他的睪丸。「但我們現在必須把握時間討論一些更重要的事，我的寶貝。」

崔尼茲嘆了口氣，陰莖此時已然硬挺。

幸運的是，他早已向墮落的主任醫師預訂了一名妓女，明天就會送來。他還得忍耐許久，而且感染使他變得越來越虛弱。縱然使用了抗生素，但只要一丁點勞累都會令他像頭豬般汗出如漿。即使要步向死亡，他也無法忍受這種事情。

「我對哈姆特．弗里德醫師做了番調查。」

崔尼茲眼睛一亮。「然後呢？」

在外科醫師造訪過後，崔尼茲馬上要求聯絡他的律師，並在電話中對她表示，那個畜生在進行手術時，蓄意將一個異物忘在他的體內。

「他在吹牛，你不需要承認任何事。」

「我也這麼想。」崔尼茲說著，手不經意伸向脖子上的繃帶。他的體內沒有卡著任何東西。**雖然如此**，是他搞錯了，還是傷口比昨天更腫了些？

「那傢伙已經完全沒救了。」琵雅解釋。「他已經有數個月不曾在無名戒酒會的聚會中出現，一定又開始酗酒。他的手術檯上遲早會再死人，這不過是時間問題而已。」

「這我相信，」崔尼茲抹去額頭上的一粒汗珠。屋裡是真有這麼熱，還是他的健康情況更糟了？「但事實是，我在手術後得了敗血症。是不是他故意讓我受到感染？如果那是病毒或細菌導致，他可以一而再，再而三地這麼做。」

「要我申請將你另行安置嗎？」

「好讓我進另一家充斥七〇年代氛圍的破爛醫院？」崔尼茲搖搖頭。「門都沒有，我在這裡有卡索夫這個理想的內應，才不會拿他來冒險。」

琵雅嘆了口氣。「寶貝，你應該聽我的勸，別挑釁任何人。」她指向床頭櫃，直到手術之前，路克．天行者的人形都還站在那裡。「你一定要這樣嘲諷一切嗎？」

「而妳卻見不得我找其他樂子。」琵雅撫摸著棉被底下線條不再分明的六塊肌時，崔尼茲露出了獰笑。

「妳有帶來我的日記本嗎？」

「當然。」女律師從公事包裡抽出一本棕色的小冊子，側面用蝴蝶結封起。

「妳是最棒的！」

崔尼茲用手指溫柔地掠過平滑的封面，並未將蝴蝶結解開。

「你確定要把它留在這裡？」

到目前為止，崔尼茲只在她的面前寫過日記。而琵雅總在會面結束後，把本子隨身帶走，避免有人在醫院裡搜到這本日記。

「我不認為他們會搜索我的房間。比起高戒備院區，醫療區這裡的檢查沒那麼嚴苛。如果需要的話，我甚至可以在醫療區裡隨意活動，就像在起居處一樣。」崔尼茲指向裝設鐵柵的窗戶。「此地只封鎖出口，四處皆然。」

「好吧，最快三天後，我可以再來，在那之前別做任何蠢事！」她從泛紅的臉頰旁撥開頭髮。「啊，還有一件事情。不久之前，我們的關係更親密了。」

「什麼意思？」懷著對壞消息的預感，他不由得胃部一陣緊縮。

「我想，你已經正確理解了我的意思。」琵雅說著，在與崔尼茲分別前，給了他一記悠長深厚的吻。「我們在會客室裡的風流有了結果，我懷孕了。我向你保證：在我們的小孩出生之前，你就能離開這裡！」

28

提爾

提爾的新朋友叫作無齒女、無褲男與無臂男。

他們都坐在穹頂大廳中，可惜並非坐在舒適的安樂椅上，而是方便的折疊椅，椅子呈半圓形擺放，面向公園。

無齒女是這區唯一的女性，至多二十五歲，但看起來卻像是提早退休的老女人。提爾看過許多相關報導，推測她是因古柯鹼成癮致使身體衰敗。她坐在無褲男的斜後方。那個男人最適合扮演的角色，或許是年華老去的貴族，他的下巴稜角分明，鬢毛中參雜著灰髮，額頭的皺紋像個思想家。身穿一套細條紋西裝，但成套西裝只缺了一個小細節：一條褲子。

無論如何，從團體治療開始，提爾一直看著其他地方，藉此不去注意無褲男那雙多毛且消瘦的雙腿。例如，提爾看著召集人沃茲尼亞克醫師，他正背對公園而坐，戶外的街燈是暴雨侵襲時唯一不受動搖的事物。暴風從湖的那頭呼嘯而來，折彎了高聳的樹木與低矮的樹叢，彷彿那些樹是用極富彈性的橡膠所製成；密集的雨點在「白宮」那數公尺高的曲面玻璃上留下水痕，就像汽車全速前進時的擋風玻璃一般。

「先從我開始吧。我的名字是克里斯多夫．沃茲尼亞克醫師，我是司法精神病院的主治醫師，負責帶領團體對話治療。」

這名帶領治療的醫師看來一副剛起床的樣子，稀疏的頭髮未經梳理，在耳朵上方叢生。

「在座的一些人，可能曾在第五教室的音樂治療課上認識我，我們現正研究著貝多芬。」

醫師說話帶著舒適悅耳的波蘭腔調。這名波蘭人精通德語的程度一如母語，卻不願掩飾自己的出身。他逐一與小組中的每個人進行眼神接觸。

提爾的左手邊坐著無臂男，他總用手摸著自己的殘肢，好似想要確認短時間內左前臂會不會重新長出來。

「今天，我們之中有新面孔。我建議，所有人按照順序自我介紹。」

沃茲尼亞克朝他旁邊的男人點點頭，由無臂男開始，他輕聲地說：

「我的名字是塔瑞克．波德，以前是一間加油站的站長，也許有人還記得它。它在孟森與忠誠街角，現在那裡是一棟住宅。啊，對了，我得的是B.I.I.D.與異肢症。」

醫師對病人投以鼓勵的微笑，並做出補充，「為了讓大家更能理解B.I.I.D.，我解釋一下，它的全名是身體完整性認同障礙。波德先生，你可以為大家說明它的定義嗎？」

「好的，咳咳。」無臂男清了清嗓子。「是這樣的，我總覺得身體某個特定部位不屬於自己，於是把那些部位視作異物，急切地希望將它移除。」

「何不從你的大腦開始呢？」一個遲到者問。小組中沒有人察覺此人到來。當那個男人突然從耶誕樹後現身時，連沃茲尼亞克醫師都嚇了一跳。

當提爾看見是誰抓了一把空椅子坐在他的身後時，頓時有強烈的窒息感。

「沃爾夫先生，你可以準時一點嗎？」沃茲尼亞克生氣地問：「你在起居處這裡享有一些特權，好比說，白天你能自由進出那些開放的房間。不過那些特權遲早會被取消。」

「了解。」阿敏骷髏頭般的臉上浮現出猙獰微笑，並對注視著他的提爾眨了眨眼睛。

「好吧，誰要繼續自我介紹？」

沃茲尼亞克的目光掃過小組眾人，在提爾身上定住。

「就你好嗎？」

提爾點了點頭，雖然他寧可從空氣中消失。但至少這裡不像是匿名的酗酒者會，也不需要起立。

「我的名字是派翠克·溫特爾，」他猶豫地自我介紹，同時用紮著繃帶的手摸了摸發腫的眼睛。「我是個保險精算師……」

「一個**什麼**？」阿敏在他身後問道。雖然他一定聽清了提爾說的話，畢竟，交誼廳裡的聲音效果非常之好。

「保險精算師是保險數學家，」提爾解釋。「我計算賠償金額以及風險……」

「金頭腦先生！」

打斷提爾說話的無齒女噘起雙脣，吹出一陣認同的口哨聲。

「不、不，我不會這麼說。」提爾結巴地說，同時好奇在這個團體裡，數學家為何比一個想把自己碎屍萬段的人更受人注目。

「我們前天一起看了電影《心靈捕手》。小組裡的每一個人，都對那名清潔工的印象深刻，原來他是個數學神童。」沃茲尼亞克對他解釋。

真是太棒了。

提爾也知道那部由麥特．戴蒙與羅賓．威廉斯共同演出的經典電影。

「不是這樣的，我的能力沒有那麼驚人。」他試著婉轉解釋，但阿敏緊咬不放。

「嘿，你是我們之中唯一讀過書的。對我們這群廢人來說，光這點就已經屬於『天才』之列了，來個測驗如何？」

「啥？」提爾再次轉向阿敏，但他的目光中完全找不出絲毫邪惡之意。這傢伙真是個該死的演技派，將沃茲尼亞克玩弄於股掌之中。

「拜託，醫師。你自己也說過，小組裡的互動非常重要。能允許我請我們的數學家解開一道謎題嗎？這對他的智商來說，根本就是小孩子的把戲。」

「你們聽聽，一道謎題。」無褲男接口。小組內的每一個人似乎都很興奮，他們搖晃著自己的殘肢，或是咧出沒牙的笑臉。

提爾思考著自己是否該假裝昏倒，還是尖叫著逃跑。在此地，後者反而不容易引起眾人的過度驚訝。

「好吧，我必須承認，我也覺得很有趣。」沃茲尼亞克說。而阿敏沒讓他有第二次開口的機會，故作正經的提問：「好的，派翠克，我可以用『你』相稱，對吧？是這樣的：你在一條全長一百公里的路上開車，時速正好也是一百公里；但你回程時沒那麼趕，所以只用一半的速度行駛，也就是時速五十公里，請問最後的平均速率是多少？」

「時速一百去？五十回？」無臂男重複一次。

「這太簡單了，」無齒女咕噥著。「一百加上五十，再除以二，是七十五。」

「叭叭——」阿敏模仿了電視節目上的錯誤音效，順帶藉此提醒了提爾的第一個念頭是錯的。

提爾因情緒緩和而面露微笑，他緊張得差點忘記曾在網路上看過這道題目。

「平均速率約略等於時速六十六點六公里。」提爾回答，所有的人都望著他，好似他一陣衝動站起身來尖叫一樣。「因為路徑不變，我在回程時需要兩倍的時間，這對平均速率產生了影響。」他做出解釋。

阿敏在他身後鼓掌，拍了很久，直到沃茲尼亞克要求他安靜，並請下一個病患繼續自我介紹。

在無齒女介紹自己名叫多洛媞，早先曾在藥局工作時，提爾根本充耳不聞。

他只是慶幸自己在最後一刻化險為夷；並且感謝命運，讓阿敏問了那道他唯一知道的數學題目。因此當他心跳恢復正常時，才意識到沃茲尼亞克將話鋒再次轉向自己。

「或者不呢，溫特爾先生？」

「啊，不好意思，請再說一遍？」

「我剛才正在說，史普令格女士的琴彈得跟你一樣好，真是太厲害了。」

跟我一樣？

「是、是的，太棒了。」提爾表示贊同。

「你是左撇子，沒錯吧？」

「是的。」提爾回答，不明白醫師正在盤算什麼。

「好極了，明天早上你可以在音樂治療課中，使用你健康的左手與之合奏。」沃茲尼亞克鼓勵似地向他微笑。

「嗯……我想我不太方便。」

「來嘛，溫特爾先生，別這麼謙虛。檔案上註明，你在年少時曾因演奏李斯特的〈B小調奏鳴曲〉，獲頒少年交響樂成員獎。想來你對貝多芬的鋼琴奏鳴曲〈熱情〉也一定沒有問題，尤其史普令格女士還坐在你的旁邊。」

提爾感覺一陣頭暈，朝右看向壁爐中搖曳著的火焰，不自覺感覺到更加灼熱。

「當然。」他盡力擠出回答，雖然他根本不知道要按哪些鍵才能彈得出一首〈小星星〉。

明天早上？

一方面，提爾不知道該如何在這裡撐這麼久，阿敏就如字面上所形容，在背後緊盯著他不放；而另一方面，他急著想要探尋崔尼茲，時間實在過於緊迫。

就在他不知道該怎麼說才能避開音樂治療時，西蒙突然現身，帶來了這天唯一的一個好消息。

「很抱歉打擾，沃茲尼亞克醫師。」西蒙說道，遞給對方一張紙條。當護理師離去時，沃茲尼亞克向小組成員報告。

「這對所有愛書人士來說是個好消息：聖格女士決定開放圖書巴士給所有對閱讀有興趣的人，今天下午五點開始，地點在室內停車場。」

下午五點才開放？真他媽的該死！

為什麼拖到這麼晚？

提爾不由得懷疑，在歷經化療的副作用後，自己是否還有力氣在巴士裡尋找到緊急手機。

29

聖格

「妳想跟我談談？」

卡索夫帶著極其濃郁的鬍後水香氣，來到聖格的辦公室。聖格真希望不必見到這個人，聞到這股氣味。

「我只是想交給你一樣東西。」聖格說著，隔著辦公桌把一封信遞給了卡索夫。

「這是什麼？」

「一封警告書。」

「什麼？」卡索夫搓了搓尖鼻子，同時大笑，好像她說了一個笑話。

聖格恨不得能因他那傲慢自大的行為舉動，再開立另外一封警告書。

「這可能哪裡有誤會……」

聖格做了個拒絕的手勢。「省省吧，昨天你無視於我的指令，提早將派翠克．溫特爾從隔離病房裡放出來。」

卡索夫聳了聳肩，打開信封。「時間到了，而妳有事在身。」

「我去處理其他地方的淹水問題，不代表你有權力擅自做決定。你也知道，鎮靜後的首次接觸對病患而言有多麼重要。」

「而且你沒有資格做這件事。」聖格按捺住這句話沒說出口。否則受懲戒程序纏身的人就會是她，而非卡索夫。

「除此之外，你昨天宣布了醫院開放參觀的日期。往辦公室的通道是開放的，塞妲因此得以摸走我的醫師袍，還任意為溫特爾進行導覽。」

「那是個疏忽。」卡索夫露出猙獰的笑容，但聖格的話還沒說完。

「還有，你昨晚是哪根筋不對，才會把溫特爾跟沃爾夫安排在同一個房間？」

「妳知道，我們缺乏床位。」他試著為自己開脫，理由聽起來並不特別可信，僅含最微小的一絲愧疚。

「是沒錯，但我也知道病患之間難免發生衝突。」

卡索夫斜嘴一笑。「就為了這些事？」他傲慢地問道。

聖格的眼瞼因憤怒而抽動。

她知道自己當下無力與卡索夫相爭。除了政府委任的預防性羈押之外，精神病院裡有部分空間收容未受刑事審判的重症病患。卡索夫負責這一私營領域。他靠著與醫院所有人的關係，與年復一年為醫院募得的贊助款項，享受著近乎特許的言行自由。儘管如此，聖格也不容許這個紈袴子弟在自己的眼皮子底下越發肆無忌憚地撒野。

「不，不僅如此，請看這個。」她轉過辦公桌上的筆記型電腦，以便卡索夫能看見螢幕。

「然後呢？」卡索夫狀似無聊地反問。

卡索夫與溫特爾在隔離病房中面對面的錄影畫面，第一眼看上去顯得平淡無奇。主任醫師背對監視器而立，幾乎完全遮住溫特爾。

「你在那裡做什麼？」聖格將畫面暫停，她追問詳情。「你的手奇特地彎曲著，就像拿著什麼東西一樣。」

「我拿了什麼呢？」

「我就因為不知道，所以才會問。要我猜的話，我覺得你的胸前掛了一架相機，正在對病患進行錄影。」

「妳的想像力真是豐富，院長女士。」

聖格忍耐地注視著他的眼睛。「可能如此，但我有識人之明。從你第一次走進這間辦公室開始，我就不想容忍你。若非你父親在監事會裡任職，你早該捲舖蓋走人了。對我來說，你和那些被寵壞的媽寶一模一樣。從未獨力完成任何事情，只是依賴父母保護。但我發誓，總有一天，你所倚仗的一切都會消失，你會犯下無人可以掩蓋的錯誤，到那時，我會找你算帳。」

卡索夫未經同意，逕自從聖格的辦公桌上拿起原子筆與寫字夾板。

「妳知道，我倆有何差別嗎？」他把警告書夾在夾板上，平靜地說：「妳花的是醫院的錢，用妳那過時的方法，那些愚蠢的對話、藝術以及音樂治療，而我呢？我**帶來**財富。」

卡索夫的手裡拿著筆與夾板，像畫家描繪對象一般，端詳著聖格。但事實上，他正將警告書的內文一行一行畫掉。

「妳該感謝我定期安排的藥物測試，醫院才得以繼續營利。妳永遠也擺脫不了我。如果妳面對現實，也不會想這麼做。要是除掉我，妳就斷絕了醫院的財源，最後招致自我毀滅，聖格女士。」

卡索夫說話的同時，把夾板遞回給聖格，一句話也不多說，直接走出了辦公室。

「王八蛋。」他才剛關上門，聖格便低聲罵道。

「混帳！」當她讀到卡索夫寫在警告書上的訊息時，更忍不住朝他的背影大吼。

他在她的簽名旁邊，直接用大寫字母寫著「去你的」，並加上三個驚嘆號。

這種行為在任何一間企業都足以招致無條件解僱。但卡索夫是對的，他用粗鄙字眼對聖格展現的意義無他，即使聖格開給他更多警告書與申訴函，但他仍佔有最終優勢。

聖格之所以沒有因憤怒而瘋狂捶打辦公桌，或是把花瓶從架上掃下地板，原因只有一個，當卡索夫把夾板遞給她的同時，也解答了她的疑惑。

一個答案。

他的傲慢揭穿了掩蓋的事實。

聖格再次回放錄影記錄，檢視卡索夫的手臂動作不下數百次，最後確定：從動作看來，他背對著監視攝影機在夾板上鬼畫符。

你跟溫特爾進行私下溝通。你無法將此事說出口，所以給他看了一些東西。

聖格心知肚明，甚至猜測卡索夫是威脅了溫特爾。他鬼祟的行徑在監視器前毫無意義。

只是她不知道，卡索夫拿什麼威脅溫特爾。

但她確信很快就能找出來。

30

提爾

「我又思考了一遍。」提爾躺在一張活動式皮製躺椅上，那張躺椅極為舒適，他差點就在注射室裡打起了瞌睡。身旁的無臂男突然開口說話。

要不是有一根毒害身體的針頭正插在他的肘窩裡，提爾可以想像，自己正在一間三溫暖的休息室裡小睡。黯淡的燈光，拉起的乳白色窗簾，精油蠟燭散發著耶誕氛圍般的芬芳。輕緩的古典音樂從天花板上的擴音器裡流瀉而出，聲音平靜輕柔，如同經由導管，將細胞生長抑制劑注入他的血管裡。

「我還是別把腳切掉比較好。」無臂男認真地說。西蒙二十分鐘前把提爾帶進來時，他就已經躺在靜脈點滴幫浦旁。

「好啊。」提爾希望言簡意賅的回答，能夠讓無臂男清楚意識到，自己對聊天並不感興趣，除非這名有著自我肢解狂熱的病患，能夠告訴他到底是得了什麼癌。提爾不敢拿偽裝身分來冒險，因此所能做的打探簡直少得可憐。直到現在他仍弄不清楚，到底注入自己血管的是什麼成分，殺死他體內根本不存在的癌細胞。

「把我的腳切掉，一點意義也沒有。」

「不然呢？」

「我必須同時切掉整條大腿。」

提爾朝右看，無臂男正閉著眼睛，自顧自地說著荒誕不經的話。他的點滴上也沒有標籤，因此提爾不知道無臂男是否也正忍受著周期性化療，或只是注射維他命。但那也有可能是改變意識的藥物，就像無臂男說話的樣子。

他突然問了提爾一個毫無意義的問題：

「你有想過，自己會變得怎樣嗎？」

「想過什麼？」

「你搞得清楚嗎？」

「不好意思，你在說甚麼？」

「灼熱的東西，還有非法的病患？」

提爾再度看向右手邊，無臂男看來是在說夢話。

「你到底在說什麼？」提爾問。

與開啟這段毫無意義對話的問題相比，答案更令他感到不安。

「好的，好的，我尊重這個決定。」

提爾確定無臂男正受藥物控制，決定不再繼續進行這段怪異的對話。

西蒙打開治療室的門，走近躺椅。

「你還好嗎？」西蒙一面關心，一面移除空的點滴瓶。當他拔出針頭時，傳來一陣短暫的痛楚，提爾很確定隔天肘窩處會有個瘀青。

「但你必須再忍耐一下，波德先生。」

他再度轉向提爾，說：「溫特爾先生，下一次的注射療程原訂是三天後，但我們必須再找其他的時間，以便……不好意思。」

他給了提爾一個抱歉的眼色，從工作袍中抽出嗡嗡作響的手機。

「我是西蒙。是的，什麼？等等，我不明白妳的意思，聖格女士。」

西蒙示意提爾自己會馬上回來，隨即匆忙跑向門邊，將治療用的廢棄物放在出口旁的垃圾桶上，接著消失在走廊上。

提爾的心臟像跳床上的橡膠球般，在胸腔裡蹦跳著。他不太舒服，但不認為化療的副作用已經發作，而是激動的情緒導致自己頭暈。

「**我該這麼做嗎？**」他自問的同時，人已經站起身來。

他朝無臂男望了一眼，對方仍閉著眼睛。而體內湧起的衝動告訴自己，現在正是「要麼此刻，要麼永遠不幹」的關鍵時刻。在這座醫院裡，不會時常有這樣的機會。

提爾決定將一時衝動轉化成實際行動。

他衝到門邊的抽屜櫃，工作檯緊鄰水槽，一只黃色箱子立在其上。裝著注射針劑廢棄物的桶子已經裝滿，箱蓋因此只能半掩著，保護護理師與清潔人員清空箱子時不被鋒利的內容物割傷。

提爾把手伸入箱內，立刻感覺一陣刺痛，緊接著他把手收回運動褲口袋裡。時機抓得恰到好處，因為西蒙回來了。

雖然西蒙對於病患自行起身，在門旁等候，準備離開而感到訝異，卻沒有注意到房裡少了非常重要的一樣東西。西蒙確認過，他在通話前草率放置的注射器仍在；他忽略的是，治療用的注射針頭不見了。

現在那東西藏在提爾褲子的口袋裡。

他因此擁有了武器。

31

精神病院裡有條「病患加一」的規定，意即一名病患放風時必須要有另一個人陪同，絕不可獨自穿越醫院公園。以程度來說，逃離北韓的勞動營，可能比翻越醫院外牆更容易。

提爾被一名肌肉結實的護理師領到了位於一樓的停車場出口，車道上停放的那輛綠色巴士，令提爾憶起兒時郊遊搭乘的長途巴士，單層，約有五十個座位，窗戶上貼著黑色的不透明薄膜。

「你有十分鐘。」護理師對提爾說道，伸手從工作袍外的雨衣口袋裡摸出一包香菸。他們所在的區域不是病患出入口，而是運送藥品與設備之用的通道；好在不必淋雨。大雨從空中傾盆而下，聽起來彷彿有人拿著噴砂機修整建築，雨聲甚至蓋過了附近起降的飛機引擎聲。護理師用指紋打開了出口的玻璃門，震耳欲聾的雨聲傳入，提爾懷疑，在暴風雨中，護理師是否真能成功點燃香菸。

雖然車道上蓋了屋頂，但他還是得踏過水窪，走到巴士那一頭去。雨水像是從雲裡直接傾盆而下；顯然是因為醫院的日常排水管堵塞，大水才必須另尋出路。

「十分鐘。」護理師迎風大喊，在巴士旁輸入密碼，伴隨著液壓系統發出的輕嘶聲，開啟了駕駛門。

提爾才剛踏進車裡，車門就在身後應聲關上，他忍不住打了一個冷顫。

獨自一人。

彷彿是他這輩子的第一次。

那是一種舒服的感覺；一場愜意的陣雨，他從小就很熟悉的感覺，每當外頭狂風暴雨的時候，他總是會躲進舒適溫暖的屋子裡，滿心期待讀一本刺激的長篇小說。

巴士裡有充足的暖氣，舊書刺鼻的氣味令人想起過去愉快的時光。兩側靠窗的座位被書架取代，架上放滿了數百本書籍。

裝訂成冊的寫實作品、平價的長篇小說、地圖集、平裝懸疑小說，提爾在鹵素燈下一邊仔細看著標題，一邊用手指滑過書封。

只有十分鐘？他可以在這裡度過數小時，最好手邊能有一杯熱咖啡，在車廂後方唯一的長椅上坐下，頭倚靠著車窗，聆聽暴雨的聲響，如此靠近又如此遙遠，就像那些藉著書連結前往的書中世界一樣。

但一道嗚咽聲，擾亂了此時恬適的感覺。

聲音從巴士後方傳來，那裡安裝著通往車內廁所的向下階梯。

「哈囉？」提爾招呼著，同時靠近那聽起來像是女人壓抑淚水的聲音來源。

他又打了次冷顫，這次是心生恐懼的徵兆。

提爾緩緩向前，手藏在口袋裡緊握著注射針頭，直到他認出是誰在階梯那邊出聲為止。

「塞妲？」

曾以歡迎惡作劇捉弄提爾的女病患，陡然轉身面對他，深色的雙眼哭得浮腫。

她的模樣就像剛從雨中走來一般，雙頰濕透，珠狀淚滴沿著下巴滴落，浸濕胸膛。

「發生了什麼事？」提爾問道。

塞妲搖搖頭，「一切都很好，一切都很好。」她站起身來。

「他們把妳關在這裡？」

「不、不，」塞妲勉強擠出一抹微笑。「我被特許可以單獨待在這裡。至少，在我工作的時候。」

提爾環顧四周。「那麼，看顧這裡就是妳的工作囉？」

「是的，我曾經是圖書館員。」她證實了提爾從聖格那裡聽來的消息。

「那妳為什麼在這裡？」

在這間醫院裡？

「你知道，做為病患，我們不喜歡談論這些事。」

「要不然，談談妳為何哭泣？」

令他驚訝的是，塞妲忽然抬起手來撫摸提爾的頭。他想試著阻止她這麼做，但塞妲的觸碰是如此親切溫柔，喚起了他腦海中一個痛苦卻愉快的回憶。

莉卡妲。

上次被人如此觸摸，是多久之前的事了？

「三號書櫃的第二層？」塞妲突然發問，並藉此拉開兩人之間短暫的親密連結。

「什麼？是的，沒錯。」

提爾想起塞妲名列於斯卡尼亞的接頭人名單，她已經知曉他的意圖與目標，這讓她成為提爾信賴的對象；但要是有人向卡索夫告密，告發他是個裝病者，也一定是她。

提爾離開塞妲身邊，尋找對應的書架。如同先前所說好的一樣，他在書架第二層找到了那本書，就在《聖經》後方。

詹姆斯．喬伊斯的《尤里西斯》。

但感覺太輕了，當他晃動這本厚重的書冊時，沒有感覺裡頭有任何東西在動。

提爾打開書，翻到第八十四頁，找到了手機。

他小心確認塞妲沒有注意自己的行動。

然後解鎖手機，按下快速撥號鍵。

32

「謝天謝地。」

「是提爾嗎？」

「你覺得還會有誰能打這個電話？」

提爾坐在巴士後方的長椅上，這裡遠離塞妲。此刻她坐在前方的駕駛座上翻閱畫刊，戴著耳機聽音樂。雖然提爾不相信塞妲能偷聽得到車尾的說話，但還是保持輕聲細語。

「發生什麼事？你怎麼樣了？」斯卡尼亞問。

「搞砸了，該死，你到底給了我什麼人的身分？我究竟是誰？」

「你的語氣聽起來不太好，提爾。」

「我過得也不太好。老實說，我現在的處境比馬克斯被擄走以後更糟，這根本是件辦不到的事。」

「你冷靜點，平心靜氣告訴我，究竟發生了什麼事。」

提爾沉重的吐息使得遮蔽的車窗上蒙了一層霧氣，他用食指在上頭畫了一個問號，嘆了口氣。

「我根本不知道該從何說起。」

「照順序來。」

一陣暴風刮過，巴士搖晃，提爾回憶起被送入醫院的最初。

「那時，我想我必須裝個樣子，讓他們相信我是真的瘋了。所以我宣稱自己吞了一顆炸彈。」

「很好。」斯卡尼亞說道，聽起來沒有絲毫驚恐，也不覺得訝異。

「問題是，我只能令部分醫護人員相信我有潛在危險。他們為我施打鎮靜劑，但當我從隔離病房醒來時，有個名叫卡索夫的醫師前來探視，當著我的面說他認為我是裝病入院。」

「有趣了。」

「我倒覺得這他媽的很危險。」提爾咒罵著。「卡索夫出於某種緣故，一直想要讓我閉嘴，還把我跟患有暴力傾向的精神病患阿敏．沃爾夫關在一起。」

「你不是住單人病房？這很不尋常。」

「是的，官方說法是因為這裡的建築給水淹了，所以缺乏床位。但我向你發誓，阿敏折斷我的兩根手指，卡索夫必須要為此負起全責。」

「他做了**什麼**？」現在斯卡尼亞的語氣聽起來有些驚慌失措。

「他還想折斷我更多的手指，塞妲說那傢伙甚至可以殺死我。」

「很好，看來你已經認識塞妲了。」

提爾猛力搖頭，感覺眼皮下的血腫有些刺痛。

「你這混蛋，這裡沒一件好事，她也是病患，也已經瘋了。而且因為庭院泡在水裡，她不再駕駛圖書巴士了。」

提爾瞅著塞妲，在他提起她的名字時，她並未抬頭。

「那你是怎麼拿到手機的？」斯卡尼亞困惑。

「說來話長。我希望你先告訴我，我披上的究竟是誰的外皮？我覺得，你好像給了我一個最糟的身分。」

斯卡尼亞緊張地回答：「很抱歉，但如果我們要趕著頂替病患進入精神病院，實在沒有多少選擇。」

「這我知道，可是非得讓我頂替一個會彈鋼琴又有數學天分，腦袋裡還長了腫瘤的虐童犯？」

「你再說一次？」

「你已經聽懂我說的了。」

一陣停頓後，提爾聽見電話裡傳來空氣的沙沙作響，彷彿線路裡吹起了一陣風。接著斯卡尼亞憤怒地說：「這……這是胡說八道。派翠克．溫特爾不是虐童犯；對於腫瘤的事，我一無所知。」

「那就是你消息太不靈通。」提爾提高嗓音。「我剛才熬過了此生第一次化療，老兄，我正在這裡害死自己。」

就在這時，塞妲轉頭注視他，對他快速點頭，輕敲手腕上虛構的錶。是的，十分鐘就快過去。而斯卡尼亞也想結束這一切，不僅只有對話。

「好吧，我們停止這事，我會把你從那裡面弄出來。」

「慢著！等等！」

「不！不能再等！這事立刻得結束，即刻！該死，我不能讓你帶著骨折的手指和血液裡的化療毒劑，無助的在醫療區與崔尼茲比鄰而居。」

提爾剛想起身，又坐了下去。

「你說什麼？」

斯卡尼亞複述了他的話語，講到「醫療區」的時候，提爾打岔。

「你從哪裡知道這件事的？」

「是你自己告訴我手指被折斷與化療的事。除了你以外，還會有誰？」

提爾像是個不願被鄰座的同學抄答案的小學生，移轉上身，用受傷的右手持著手機，左手按住話筒，輕聲地說：「我的問題是，你從哪裡得知崔尼茲在醫療區裡？他早該回到他住的病房了。」

「他們今天公告的。」斯卡尼亞解釋。「據稱因術後併發敗血病，只要崔尼茲沒有重新被安置，他們就擔心他的安全問題。醫療區裡的人可以到處趴趴走。」

提爾幾近央求，「再多給我一點時間，奧利佛。」

「好讓裡面的瘋子把你給殺死？我不能讓你再受到更多傷害，弄到最後你可能真的會沒命。」

「事情不會變成那樣的，我保證。」提爾加快語速。「我今天晚上就會住進新的單人病房，那裡不會出任何事情，白天我也會好好照料自己。再給我兩天的時間，要是到那時我還什麼也沒找到，我們就結束此事。」

又是一陣雜音填滿了對話空隙，但這一次，是風從開啟的駕駛門外吹進來。

「二十四小時，提爾，你只有一天的時間。」最後，斯卡尼亞說道。

「謝謝你，反正我要不了多久就會知道真相的。」

「嗯，」斯卡尼亞嘟囔一聲。「先別掛斷電話，你老婆想跟你說話。」

但已經太遲，就在此時，提爾注意到巴士上有新訪客，天曉得他已經偷聽了多久，一臉鬱悶的表情走近。

33

「《尤里西斯》，」卡索夫語帶譏諷，突然轉換成一種語調，彷彿刻意模仿同性戀。「我們親愛的溫特爾先生居然是嗜書如命的人，還讀這麼高雅的文學作品：詹姆斯．喬伊斯。誰能想得到呢？我能看看嗎？」

他抓住那本書，幾乎是用搶的，從提爾手中那本包著真皮書衣的特別版給奪下。

當卡索夫直撲巴士後座時，提爾將手機滑入褲子口袋藏起。他不確定一臉狐疑的醫師是否已經發現自己在使用手機。

但無論動作如何迅速，他都沒有時間將挖空的書再放回書架。

「你喜歡它的內容嗎？」卡索夫問道，然而他挖苦的目光與陳述問題的語氣，讓提爾覺得對方是在玩貓捉老鼠的遊戲。

關於我的事，這雜種到底知道些什麼？

他看向塞妲，她和卡索夫站在巴士的中央走道上，正默默地搖頭，似乎是想暗示提爾：

「我也不知道他葫蘆裡賣什麼藥。」

「我還沒開始讀這本書。」提爾回答。

巴士裡響起一陣低沉的轟隆聲，可能是車用暖氣開始運作。

「我猜你想把書借回病房？」卡索夫問道，像是想要猜出耶誕禮物內容的小孩，雙手搖了搖那本厚重的書。

「我還在考慮。」提爾回答的同時，暗自祈禱莉卡妲沒有掛斷電話。也祈禱卡索夫不會翻開書本檢查。

「你到底想要怎樣？」他問道，希望轉移醫師的注意力。

「我只是想問問看你的手傷如何了。」卡索夫帶著譏諷的獰笑回答，一點也不掩飾他的言不由衷。

他指著提爾手指上包紮的淡褐色彈性繃帶，又指向腫起的眼睛。「我聽說了，你昨晚發生了一些不幸。」

「是，某人犯了個錯。」提爾語帶挑釁。

我們都很清楚，是你故意把我與阿敏關在一起。

只是問題在於，為什麼？

提爾努力控制自己的目光不看向那本書，而醫師則不停地翻弄書封，幸運的是，他沒有往裡檢查，否則就會發現夾在書頁中的空洞——那個祕密夾層。

然後他會來搜我的身。

「某人？」卡索夫問道，一臉冷若冰霜。「要是這個某人還不肯閉嘴的話，我怕他會受更多的傷。」他再度露出微笑。

「我們達成共識了嗎？」

不，但我擔心真正的派翠克．溫特爾會明白其中關連，而且知道為什麼會在此與你為敵，因此我情願閉嘴。

提爾點了點頭，試著盡可能表現出順服的態度。但他只成功了一段時間，隨後呼吸與理智就突然斷線。

因為卡索夫翻開了書。

帶著虐待狂的睥睨目光，他折磨般的緩緩翻開封面，速度之慢，好像書封沉重得灌了鉛。

提爾的心臟一抽，胸口一緊，彷彿胸膛就要炸開。

如果卡索夫疑心這本曠世之作的重量如此之輕，他就快要找出原因了。

他的手指拂過書頁，不停往後翻。

一直繼續，不停地後翻……

直到挖空的手機藏匿處。

34

卡索夫連睫毛也沒抽一下。

他既不發怒，也沒有大聲嚷嚷。

有一刻提爾覺得，他會在巴士裡被搜身，到時候不只有手機，就連針頭也會曝光。但卡索夫並沒有揪住他的手臂，把他扯到車外。

醫師平靜依舊，看起來從容不迫。他的手裡拿著翻開的詹姆斯．喬伊斯，手機的祕密藏匿處已被發現，但他仍站在原地，身體彷彿流淌出一股冰凍的冷冽感，好像吐出的不是二氧化碳，而是冷卻劑，降低了巴士裡的溫度。

「**我的老天爺，不！**」提爾在腦中大喊。

要是他交出了手機，便斷絕了與外界的聯繫。

他短暫自問，是否該把針頭當成攻擊卡索夫的武器。**在最好的情況下**，這麼做除了讓他進入隔離病房之外，還能帶來什麼？

更有可能的是，聖格大概會找來警察，將他粗暴扔出醫院；為了把卡索夫撂倒，提爾自己到底得違反多少條法律。

想必很多。

提爾也很疑惑，一直如石化了一般站在走道上的塞妲，是否也必須連帶承擔某些後果，因為她恐怕無法解釋，為什麼自己明明目擊提爾打電話卻毫無反應。

卡索夫抬起臉來，提爾這才發現他那像小鬍子一般捲曲的濃眉一直延伸到太陽穴，頓時覺得很噁心。

難道就這樣結束了嗎？

該死，雖然他成功潛入醫院，卻毫無進展。他受了傷，活著熬過了夜晚，克服了許多艱難的阻礙，差點能混到崔尼茲身邊。

要是我能有更多的時間。

難道現在因為這個混帳，永遠無法與兒子道別了嗎？

一切都完了？

「我可以解釋。」提爾開口，但不知道自己能說什麼，他沒有備用方案可供被揭穿時所用。

除了拿到崔尼茲的日記本外，提爾此行根本沒有任何計畫，確切來說只是一場走投無路，甚至無望的冒險。

「我不感興趣。」卡索夫說道，這個回答令提爾感覺更不安。

他可能馬上就要知道，卡索夫醫師要跟派翠克·溫特爾算的是哪一筆帳。

或者是跟我算帳，如果他知道我實際上是誰的話。

「我很驚訝這本書被毀成這樣。」

提爾正想開口，但就在他張嘴之前，卡索夫的言語打斷了他的預期。因為醫師說的話和接下來發生的事，讓人難以理解並感覺無措。

「你還有五分鐘。」

卡索夫露出獰笑，闔上書本。

35

「莉卡妲？」

沒有應答，但提爾認得她的呼吸，想像起來至少與她如此親近。在過了這些年後。

一直如此。

莉卡妲還在聽電話，真幸運，她沒把電話給掛斷。她或許已經聽見了，理解提爾身陷怎樣危急的情況。而從危急情況下脫身的提爾，不知道為什麼醫師留了一線生機給自己。

提爾實在不知道，卡索夫何以不搜他的身，尋找偷渡進來的物品。正是因為對方的這種行為難以解釋，也太過愚蠢，才令他感到害怕，而更令他害怕的是莉卡妲要對他說的話。

「我很抱歉，親愛的。」提爾低沉的話語含括了一切：他沒對她開誠布公、他做出這麼瘋狂的事、他允許馬克斯出門去拜訪鄰居。

「那麼，是妳哥把我的下落告訴妳的？」

「是的。」

就一個詞，哽咽且過於簡短。兩個字實在太少，提爾無法聽出是什麼接在那些字後，是諒解還是拒絕？贊同或是責備？是愛或者是……**恨**？

「他不該這麼做的，我不想讓妳擔心。」

「他是我哥。」莉卡妲說。她的話比剛才多了點，畢竟說出了完整的句子。即使如此，提爾仍無法推斷出妻子的情緒狀況，直到莉卡妲說出了令他感覺心頭一鬆的言語，「我非常以你為傲。」

提爾抬頭，仰看貼著灰色布料的巴士車頂，把眼中的淚水抹去，但卻哭得更加悲傷。害怕與寬慰得到了宣洩的出口，等了一會兒，他才能與莉卡妲繼續交談。

「我很抱歉。」他又說了一次。

「不，抱歉的人是我。我知道。是我對你大吼，我說你是個失敗者，因為你如此墮落，碌碌無為。但那時我不知道自己還能做些什麼。」

「這點我明白。」

提爾把頭靠在窗戶上，感激妻子所說的每一個字。就算她朝他大吼，或者侮辱他，這都沒關係。總好過於帶走孩子，獨留他一人。現在她滿懷愛意地與他交談，試著解釋自己當初的行為，這些遠比他所奢望的還要更好。

「我很生氣，」莉卡妲說：「對那個奪走一切的惡魔滿懷恨意。我不能立刻找到他，但我的怒氣需要出口。我無法和你一樣坐在家裡，讀每一篇報紙，搜尋所有與馬克斯有關的網路文章，任由內心秩序崩毀。我必須去做些什麼，主動做點事情、去某個地方。只是我不知道該要做什麼？又能去哪裡？」

提爾沒有回答她的問題。他已經太久不曾從莉卡妲的聲音中聽見愛與溫暖，因此不願出聲打斷她的話語。

「所以我才把不滿發洩到你身上，帶著艾蜜莉亞離開。我很抱歉，我對你亂發脾氣。」

「我會把事情導回正軌的。」

「不，」莉卡妲反駁道，堅決卻不帶責備。「你不會、也無法讓事情重回正軌，因為沒有誰能讓馬克斯再回到我們身邊了。」

「我知道。」

「但你能恢復平衡。」

提爾點頭，他知道莉卡妲的意思。

邪惡曾降臨在他們身上，以崔尼茲的外表，在他們家門口的庭院中具象，並幾乎奪走了兩人的生命意義。他倆之所以沒把手槍塞進自己嘴裡，最重要的原因是還有艾蜜莉亞，但平衡已遭毀滅。

天秤上的死亡秤盤中，放著以血與鉛所製，凝聚悲傷和心痛的砝碼；而在生存的秤盤中，只有被折斷的幸福殘羽。

「我會殺死他的。」提爾立誓。緊接著莉卡妲述說自己有多麼愛他，以及思念他，提爾知道，她言語中所說的不是將他們引領到婚姻聖壇前，那般澄澈純粹的愛，而且再也不會和以前一樣。

但他也知道，兩人之間的情感有了正向的改變。

「讓他受苦。」莉卡妲說。這是許久以來，提爾頭一次能夠想像兩人互相擁抱會是什麼樣的感覺。

只是擁抱，此外無他。

在遙遠未來的某一刻。

等他成功潛到崔尼茲身邊。

提爾摸了摸運動褲口袋中的針頭。

無論出於何種原因，卡索夫，他謎一般的敵人，給了他一個機會。

他必須搞清楚該如何利用它。

無論這條路會對他造成怎樣的痛苦——但從這通電話之後，提爾不再懷疑，他必將撐過那些加諸於他身上的種種折磨。

36

提爾走進咖啡館，室內對話與餐具的碰撞聲便安靜了下來，彷彿在場所有喝咖啡的人都內建了一具天線，能夠感應到提爾散發的威脅電波。

食堂內只有六名病患，沒有護理師，也沒有醫師。在晚間六點將臨的這一刻，餐廳尚未供應晚餐，而保溫壺倒出的濾煮式咖啡也沒有美味到令病患搶破頭。

提爾一下子就看到阿敏．沃爾夫在哪裡了。他有著身材過於高大的人常見的駝背體態，桌上放著一只大肚杯，正看著一份內容幾乎只有標題與照片的報紙。

阿敏是在座眾人中，唯一不把提爾看在眼裡的人，他一直裝作不曾注意到提爾的到來。

「嘿。」提爾說，俯視對方。阿敏抬頭，好似陽光使他目眩一般，表情扭曲，抬手遮在眼前。

「手機在哪？」他問。

「沒有手機。」提爾回答，事實上，他把手機留在圖書巴士裡。比起不可能藏住任何東西的病房，留在巴士裡更安全。

「那麼你死定了。」阿敏說。

「或者是你。」提爾說道，忽然刺向阿敏。

阿敏跳了起來，尖聲叫喊，比起疼痛，或許上臂的受襲更令他出乎意料。

「搞什麼鬼？」他揮舞著拳頭，但或許是想起天花板上安裝的監視器，所以只揪住提爾的運動服。「那是什麼？」

「一根針。」

他抓住提爾的手，掰開他的手指，拿走了注射針頭。

方才發生的事情實在令人難以置信，他說：「你簽署了自己的死刑判決，溫特爾。」

阿敏轉身，讓監視器只能拍得到他的背，這招顯然師出卡索夫。無論如何，他揪著矮了他一個頭的提爾，把針頭湊到他的眼前。

「下一次，我會用這東西戳穿你的眼睛，扎進你的腦子裡，你這白癡！」他推開對方，想回身坐下。

這時提爾才輕聲說話，「我有愛滋病。」

「什麼？」阿敏頓時臉色蒼白。

「現在你也有了。」

提爾等著，等到阿敏再次跳起身來，抓住椅子。他這才轉身，在走出去的同時，從十開始倒數。

數到八時，他離出口只剩兩步。

數到七時，他感覺到身後傳來的一股氣流。

數到六點五時，椅子砸破了他的腦袋。

37

聖格

「顱底骨折，裂縫直達顳骨。」聖格博士審視著螢幕上的核磁共振影像。

「那裡是個戰場。」西蒙證實。聖格很晚才把他請到辦公室來，他看上去顯然極為疲憊。

「我在溫特爾的血上滑了一跤，從他鼻子流出來的是腦脊髓液嗎？」

聖格搖搖頭。「就狀況來看，他沒有二級出血的症狀，硬腦膜上沒有裂痕。弗利德只要用骨膠把傷口覆蓋住就行了。」

西蒙的眼神轉為憂傷，吐了口氣。縱使他的膚色黝黑，卻顯得有些蒼白。

「要是我主動遞出辭呈，對妳來說會比較好嗎？」

聖格正按壓著後頸，以便舒緩緊繃的肌肉。她注視西蒙，就像他剛才問的是火星上的天氣如何。

「你這是從哪裡冒出來的念頭？」

他嘆了口氣。「都是我的錯，才讓溫特爾拿到針頭。若非我的疏忽，不會發生這件事。」

聖格注意到，西蒙正緊張地用食指摳著拇指的甲上皮。

她經常對西蒙的責任感與移情作用感到意外。當初她聘用這名塞內加爾難民時，他還幾乎不會講德語，但這並不妨礙他與其他德國同事一起工作，並能迅速建立對病患的情緒溝通管道。這很不容易，因為他得注意最微小的手勢與表情變化，並留意察覺每一絲細微的情緒波動，這些都因為他所具備的同理心使然。要是西蒙覺得，聖格之所以滿懷憂慮地望著自己，用沙啞的嗓音說話，是因為打算炒他魷魚，那他就錯了。

「每一個人都會犯錯。我必須為今天的事寫報告，但絕不會因此解雇你。正好相反，你對我來說一直是個很好的顧問，相較於往日，今天的我更需要你的意見。」

西蒙遲疑地望著她，當他確認她所說是認真的，臉上露出了極其開懷的笑容，笑容誇張到令聖格擔心他的兩側嘴角會直翻到後腦勺。

但這也是這位優秀護理師的性格，犯錯之後不會在自我質疑中過度糾結，而當聽到好消息時，很快心生喜悅。

「我可以怎麼幫助妳？」

聖格闔上筆電。「看到那邊那座書山了嗎？」

她指向辦公桌旁的兩堆檔案，其中一堆有半公尺高，另一堆也沒有矮到哪去。「那裡聚集了溫特爾的相關檔案。」

「這麼多？」西蒙不由得吹了聲口哨。

「過去的幾個晝夜裡，我把所有關於溫特爾的檔案都閱覽了一次。醫學鑑定、官司記錄，還有證詞。」

她嘆了口氣，堅定地直視西蒙的眼睛。「即便如此，我還是不了解他。」

「對我來說，這裡大部分的病人也是如此。」

聖格回應了西蒙的微笑。「是的，我知道。這是個笨拙的表達方式。但他究竟在盤算些什麼？」

「妳問我這個？」

她站起身來，走到面對庭院的窗子。她已經很多天不曾拉上百葉窗了，柏林以往微弱的葭月陽光，現在被人造的燈火取而代之。

現在，午夜將至，公園裡的路燈已經關閉。她彷彿凝視著一個幽暗、被雨淋濕的孔洞，而其中反射出來影像只有自己與辦公室裡的布置。

「我想知道，他到底在計畫著什麼。」聖格說道，一隻手扶在玻璃上。

她的手臂感受到窗戶上的冷冽溫度。她很想打開窗戶，解開梳著高髻的頭髮，把頭探入大雨中。**但這也沒辦法平息我心裡的風暴**。

「溫特爾向我詢問了崔尼茲的事，你覺得是為什麼？」

她又朝向西蒙看去，他正盯著雙手，顯得猶豫不決。

「我、我不知道。」

「但你可以猜測得出來，不是嗎？」

西蒙抬頭看著聖格。「是的，妳看到了咖啡館裡的監視器畫面，也聽了證詞，看起來確是如此，是溫特爾故意挑起攻擊。」

聖格點點頭。「不只如此，他還背對著沃爾夫。我放大了他嘴脣的動作，他看起來好似在倒數。」

「倒數計時，」西蒙彷彿自言自語。「他早知道會發生什麼事。」

聖格聽見遠方的雷聲隆隆作響，直到打雷結束，她才說：「至少溫特爾預料到會遭到攻擊。」

他是有意忍受這些傷害。

「他現在躺在醫療區裡，就跟崔尼茲一樣。溫特爾曾短暫打探過他的事情。」

「這意味著什麼？」

她與西蒙交換了一個心照不宣的眼神。「我不知道，但我擔心，這一次我們必須更加小心，否則所有人遲早都會被捲入這該死的大麻煩。」

38

提爾

又是那股熱柏油味，令他回憶起煉獄。他經常踏入那個地方，那裡的看門人認得出他的名字。又是那座酷暑之中的停車場，他懸浮在離地數層樓高的柏林上空，從假想的安全距離向下俯瞰停車場。夢境中，那是一座新的停車場，寬廣且空曠，上頭唯一一輛黑色休旅車的閃亮車頂，映出了玻璃帷幕大廈的天際線。

提爾感到一陣劇痛，那種感覺彷彿是一陣閃耀升起的光芒。他想從窗邊退開，但想必是動到了肩膀或者頭部。無論如何，疼痛如同鑽入大腦的充電式電鑽，把他趕出睡眠。

過了好一陣子。

黑暗、疼痛、酷熱、柏油、疼痛、黑暗。

提爾彷彿是在疼痛萬分的清醒，與鎮痛劑麻醉的睡眠之間來回遊走，直到他對永遠困處在這種中間狀態感到強烈驚恐，用盡全力睜開眼睛。

錯了。

大錯特錯。

頂燈射下的刺眼光線，刺激得淚水湧出，他立刻閉上眼睛，但卻又犯了另一個錯。

就在他想要探手抹去眼角殘留的淚水時，感覺到斷掉的手指傳來一陣輕微的刺痛感。而在他摸到頭上纏繞的繃帶時，那種感覺彷彿比被球棒給擊中更糟。

這一次不是裝出來的。

這一次他是真的受了重傷，疼痛如此劇烈，令他確信自己的頭骨碎成兩半。千萬別解開繃帶，那顯然是唯一能把他的頭骨固定在一起的事物。

想到此，提爾一陣暈眩。

疼痛讓他想要嘔吐，但他知道吐過後的感覺會更糟，於是勉強壓抑住噁心感。

救命。他在腦中呼喊，忽然想起醫療區的病床旁通常有一顆紅色緊急按鈕，按下就能夠喚來護理師。但願他們有一整車的鎮痛劑，最好是嗎啡。

如果他在醫療區的話！

他因持續緊閉眼睛，難以確定身在何處，但他們還能把他送到哪裡去呢？他記不起所有的細節，只記得自己在咖啡館裡意志堅定地挑釁了阿敏，結果要不是死，要不就是成為重症病患。既然仍舊感受得到世間的痛苦折磨，他不認為自己已然魂歸西天。

現在到底情況如何——他完全無法確定！

說不定，自殺是件毫無意義的事。

要是人們都弄錯了，疼痛並不會隨著死亡而停止呢？

這令人驚恐的念頭刺激著提爾再次嘗試睜眼，只是這一次，他以慢動作緩緩睜開眼皮。

只是他雖然謹慎，卻仍免不了因為眼前的景象而驚訝，身軀不由得顫抖。雖然疼痛如影隨形，但他還是成功辨認了身處的環境：他身處於一間四壁刷著白漆的病房中，躺在一張頭頂吊掛著扶手的病床上，身體裹在漿洗過的棉被裡頭。緊接著，他看見方才還站在床邊，因此嚇著自己的身影，經過嵌入式櫥櫃，穿過虛掩的門扉。

「嘿。」提爾嘶啞地對著那具有女性曲線的背影發聲，希望那名女護理師會回到病床邊，替他施打麻醉劑。

他不敢勉強移動身體，而是微微把頭盡量轉向門那一頭。朦朧的視線受到一塊金屬邊角遮擋，又過了一段時間，他才辨認出那個邊角是可傾斜式床頭櫃的托盤架。

再過一段時間，他才搞能看清托盤上那包裹狀物體是什麼。當他發現床頭櫃上的東西，是詹姆斯・喬伊斯那本包著真皮書封的《尤里西斯》特別版時，赫然明白行動悄然無聲，偷溜出病房的那道身影是誰。

「塞妲。」他提高嘶啞的聲音，但依舊喚不回人來。他朝書本伸出左手，令人驚訝的是竟然能夠搆得著書。翻開書封，雖然因為身體疼痛而再次閉眼，但無礙於他的觸覺感官，他觸摸確認，手機還藏在原來的位置。

塞妲給我送來了手機！他想著，心中懷有感謝與不安。

她知道書中所藏的內容？還是只是想要幫我送來那本我在巴士裡翻閱許久的書？

不，不會有這麼剛好的巧合。

提爾的第一個念頭是在疲勞前屈服，再次入睡。

第二個念頭則是打電話給斯卡尼亞。但這兩種行動，都太過冒險。

不管是入睡或是使用手機，如果有人前來探視，結果發現手機的話，會出什麼事？

不，他必須等，直到他的腦袋真的清醒。直到他知道什麼時候、在哪裡，他才不會受打擾，而且他有多久的時間可以使用。

他必須馬上藏起手機，最好是連書一起，但要怎麼做呢？

要藏哪裡呢？

也許最好的方法是把書交給塞妲，讓她把書送回巴士裡。

希望她還在醫療區，即使斯卡尼亞曾經警告過不准信任她，但與她交談也許不會帶來什麼壞處，畢竟她是唯一的接頭人。

而且她似乎知道所有部門的通道。

或許她知道崔尼茲在哪？

因為情緒激動，提爾的感官顯得異常敏銳，雖然他一直感覺自己彷彿在用頭阻擋火車，但腎上腺素的作用抑制了噁心感，以至於當他掀開棉被時，不再有馬上就要吐出來的感覺。

他認為此刻最好別把手機連著書到處亂放，於是把它藏到床頭櫃抽屜的最上層。

之後他咬緊牙關，握著垂吊式扶手，撐起身體，感覺腦袋裡的某樣東西好似正從腦殼的一頭滾到另一頭。他把腳探出病床時，鼠灰色的睡袍滑落到膝蓋上。

腳趾一觸地便感覺到寒冷，他試圖壓抑顫抖，興奮的冷顫隨著他逐漸走近房門而越發強烈。

幸運的是病房很小，提爾先扶著病床，接著換扶一張椅子，最後握住壁櫃的把手。

他驚訝地發現，這間病房裡還有專屬的浴室。

聖格不是說過床位不足嗎？

回頭看向窗外，他試著推斷時間，不過那只是白費工夫。唯一能看出的是此時並非夜晚，這是下了多天暴雨之後，透過窗戶，唯一能夠確認的訊息。根據窗外柔和渾濁的光線，此時應該介於晨曦與日落之間，伴隨著暴雨，是典型柏林秋去冬來時的日子。

但不知道是出於想像，或是真的，病房裡聞起來有股潮濕與黴味。

就連出口的門把也感覺有些濕意。他扯動房門，但打不開。

門當然鎖上了。

等一下，不太對勁。

黑暗中，他想起了醫療區的規定比封閉區寬鬆。

也許是因為這扇該死的門太過厚重——或者是他太虛弱。總之，精疲力竭的他不由得顫抖地倚著門板往下滑。

接著差點向外跌到走廊上。

我真是白癡。

他推開門。當然，門可以從外部開啟，以便醫護人員在病患崩潰時能夠把門打開。

走廊上空無一人，提爾只能費勁地勉強保持站姿，否則縱使牆上有與輪椅同高的扶手，他還是會力竭倒在堅硬的油氈地板上。

但意志力無法令他免於疼痛之苦，痛的感覺隨著每個步伐，擊打在他眼睛後方。止痛劑的效果迅速消退，他感覺頭像個鍋蓋隆起的鍋子，因為疼痛找不到出口。

但即使疼痛至極，也無法抵消兒子失蹤以來他所承受的精神折磨。

馬克斯！

想到兒子，提爾就能忍住不喊出聲，以免引起醫院醫護人員的注意。他咬著那隻緊握成拳的沒受傷的手，壓低嗚咽的聲音，劇痛有如陰影一般籠罩他的視網膜。接著躡手躡腳地往前走。

提爾的病房位在一條小側廊裡，他沿著通道，行經另一扇鎖上的門，走向與側廊呈T字交叉的主幹道走廊。

走廊的盡頭立著某樣東西，令提爾不由得心跳加速。

那是一輛附輪推車。

與常見的醫院供餐推車一樣，只是那輛窄小、與腰同高的推車上放滿了書本。

塞妲！提爾幾乎要喊起來。

他的接頭人還在醫療區中，似乎正推著活動借書車為病患提供書籍。

提爾勉強走到推車旁，他大汗淋漓，直接靠在走道交會處的轉角。距離他所站之處半公尺距離之外，有一扇虛掩的房門，門上寫著房號二一七，底下方有一塊牌子，寫著：「限住病患一名。」

找不到塞妲，提爾猜想她可能進了那間單人病房。他擔憂自己是否受到監視，但抬頭尋找天花板上的監視器，卻一台也沒看到。

他的目光落在走廊盡頭，裝備生物特徵辨識系統電梯前的兩道身影。

最初，提爾看不清楚是誰在那裡聊天，但當他仍泛著淚水的眼睛終於能夠聚焦，他恨不得拔腿狂奔，撲向那個在腦海裡反覆折磨、殺害過數百次的男人。

但他忍住，沒讓一時衝動毀掉這絕無僅有的機會。這費了他極大的意志力，好在沒有因內心的衝動而大吼出聲。

他保持靜默，一動也不動。率先有反應的是卡索夫，他轉向提爾的方向，緊接著崔尼茲也轉了過來。

兩人彷彿都感覺到，有誰正在暗中窺伺。

39

崔尼茲

「怎麼回事？」崔尼茲問。他們的話才說了一半，卡索夫便轉身他顧。

「我不知道。」卡索夫的回答令人一頭霧水，崔尼茲順著他的目光朝走廊看去，卻沒發現什麼，除了圖書推車以外，走廊上一片空空蕩蕩。

「我好像看見了某個人。」

「塞妲？」崔尼茲猜測，滿面淫笑，抓著胯下。

卡索夫搖搖頭，「不，那婊子沒有離開你的房間。我有種感覺，是其他人。」

「衝著我來的？」崔尼茲惱怒地問。這白癡曾向他保證過，可以在病房裡不受干擾地享用那個蕩婦。「我以為所有人都去開會了。」

「他們是在開會中。」

昨夜南側大樓的排水管爆開後，卡索夫召開了第二次全體大會，主題為「洪水與氾濫」。除了一名在護理站待命的護理師之外，此刻所有醫護人員都聚集在交誼廳裡，而其他病患則安排住在其他建築，所以崔尼茲可坐擁整個樓層。

那個頭殼破洞的傢伙除外。但根據卡索夫的說法，他離能下床還早得很。

「你不是承諾過，不會有人來打擾我，留守在護理站的人只有在緊急情況下才能離開嗎？」

「是的，當然，不然我哪能如此自由的與你在病房外閒逛？」卡索夫回答。「不過為了安全起見，請你在浴室裡和她做愛，沒有任何人能夠闖進那裡。」

醫師再次露出微笑，笑容很符合財富增長兩千五百歐元的人所有，這筆財富由崔尼茲所支付。

琵雅將「額外收入」親自送到這名腐敗的醫師家中。她認為支付給卡索夫的這筆錢，是用來換取緩解牢獄之苦、更好的飲食與更長的自由活動時間。縱使琵雅寬容大度，但她可不會為崔尼茲召妓。

「你還有什麼想跟我說的嗎？」崔尼茲繼續說下去。

「你將會得到我提供的一個月免費服務。」

崔尼茲皺起額頭。「什麼免費服務？」

「我會提供你一切所需，古柯鹼、妓女和A片。」

「而我不必付錢？」

「是的。」

「為什麼？」崔尼茲問。

這背後有什麼陰謀嗎？

「去看看你藏東西的地方吧。」

卡索夫之前曾經告訴過他，可以把日記本藏在哪裡，以防止被搜查。

「我在那裡放了某樣東西。」

「什麼東西？」崔尼茲懷疑地問。

「你會看到的，請你使用它。」

「為了什麼？」

卡索夫壓低音量，小到耳語的程度，這看在崔尼茲眼裡，十分啟人疑竇。他要怎麼樣把這場低語交談，透露給偶遇的窺伺者？

「為了解決一個麻煩。」

啊哈，現在我們離正事又更近一步。

「這個麻煩有名字嗎？」

「派翠克．溫特爾。」

「距我兩間病房之外的那個傢伙？」

「根據流言，他刻意讓人打破頭，以便接近你。」

「流言也傳說是你給了他室友偽造的訊問筆錄，讓對方以為溫特爾殺死了自己的兒子。」

「我為什麼要那麼做呢？」卡索夫露出獰笑。

「為了激怒那名室友，讓他替你處理掉這個殘殺兒童的凶手。但恐怕效果不彰，所以你現在才找上我幫忙，我說的對嗎？」

「我不予置評。」

「這也是一個答案，醫師。我明白你在盤算著什麼，但這個派翠克・溫特爾到底想要拿我怎樣？」

卡索夫的微笑冷若冰霜。「如果我是你，就不會在這個問題上浪費太多時間。只要用你最感興趣的手法解決那個麻煩就好了。」

我該把他塞進保溫箱，然後用樹剪刺穿他嗎？

崔尼茲露出微笑，隔著褲子搓了搓已然硬挺的陰莖。

「好吧，我想一下這件事。現在我必須先去『關照』那個瞇瞇眼婊子，希望她能吃得了苦。」

「不可以留下肉眼可見的外傷。」卡索夫再次提醒，但崔尼茲卻把他丟在那裡，好像聽不見主任醫師的低語。

40

提爾

塞姮瞠大眼睛，嘴巴張著，表情像是在說：「**你到底在這裡搞什麼鬼？**」要不是從闖進病房開始，就覺得彷彿有燒紅的鐵針從體內刺穿瞳孔而出，令他分神，否則提爾還真想問她相同的問題。

「馬上滾出去！」塞姮嘶啞地說。

提爾此時犯了兩個錯誤：他點了點頭，然後想要轉向剛才拖著腳步走進來的那扇門。就在同時，他感覺一陣暈眩，接著失去平衡，向前傾倒，撐在迎面靠過來的塞姮身上。她的肩胛骨難以置信的單薄，提爾害怕自己可能會壓斷她的肩膀。

但塞姮成功把他架到床邊，讓他坐在床上。

「你必須立刻離開這裡！」她擠出這句話，顫抖的聲音讓人毫不懷疑她的恐懼與提爾的疼痛一樣強烈。

她對什麼如此害怕？為何她慌亂的眼神不斷瞟向房門？

「我不能離開這裡。」提爾幾近無聲的低語。只要崔尼茲還在外頭，他就無法出去。

我必須躲在這裡，直到他離開為止。現在的我還沒有能力訊問他，必須先恢復體力與理

智，才能……

時間彷彿隨著思緒凍結。

提爾瞇起眼睛，至少想像著這麼做，接著好不容易抖動嘴脣，提出一個最重要的問題，以釐清剛才想到的疑問：「這是誰的房間？」他含糊地說。

妳為什麼站在這裡？

畫著紅脣，半露酥胸？

「你必須馬上走。」

「誰？」提爾需要答案。

塞妲翻了翻白眼，她的回答令提爾幾欲昏厥。

「是崔尼茲。現在……」

老天爺啊。

「……快滾出這裡！」

他直接鑽進了那個瘋子的巢穴。

「要是他在走廊上看見了我，會有什麼後果？」他思考著，卻沒有意識到自己大聲且含糊不清地把問題說了出口。

我身處陷阱之中。

他原先認為無法完成的計畫，現在做到了，只是時機不對。

要是崔尼茲將提爾視為闖入者，在房間裡發現了他，那麼他既無法贏得崔尼茲的信任，也沒有辦法痛扁他一頓，逼他吐實。**該死**，現在他光是走幾步路就感覺快昏倒了。

現在呢？

他聽見由遠而近的腳步聲，橡膠鞋底在油氈地板上踩出刺耳聲響。

「該死。」塞妲咒罵著，命令他從床上站起，把他推到窗邊，塞進床墊底下。提爾咬緊牙關，他不是起身離開，而是蜷起身體，緊抓著金屬床架，讓自己往下滑。那種疼痛真讓他想要爆出嘶吼，像隻因受射擊而重創內臟的野獸一樣，吼聲響徹整座醫療區。

當他背部著地時，身上隨意綁著的睡袍鬆開了。

「躲到那裡面去。」他聽見塞妲低聲說，於是爬到病床邊的床頭櫃。背靠著病床和櫃子之間的牆壁，寒氣有如使人癱瘓的毒藥，沿著他的脊椎往上爬。

提爾再次發抖，只聽塞妲低語，「別離開那個位置。」

緊接著，崔尼茲走進病房，大聲叫罵：「為什麼妳還不把衣服脫光？」

41

提爾躲在那裡所聽見的一切，就像是有誰幫他戴上了隔音耳罩。

崔尼茲命令塞妲進入浴室，那扇厚重、以人造材質包覆的門顯然緊貼地板，只有特別低沉或是高亢的聲音能夠穿透。而對提爾來說，嚴重的頭痛彷彿是深海壓力一般，削弱了那些聲響，阻絕了他的部分聽力。

結果提爾只能透過臆測，推敲浴室中的塞妲與崔尼茲正在幹什麼。塞妲的裝扮、崔尼茲粗俗下流的招呼，還有那成竹在胸，好似無所畏懼的態度，在在說明了為什麼女病患會在他病房裡等待他、她是為何而來。

但這是真的嗎？塞妲對這頭野獸投懷送抱？

出於自願？

提爾曾讀過一篇探討監獄裡性事的報導，幾乎所有國營收容機構都有非法買春（不然能從哪裡找對象？），或許這間精神病院裡也有同樣的事。

所以斯卡尼亞才警告他要小心塞妲？因為他把她視作妓女，不值得信任？

而卡索夫為何也攪和在其中？

提爾的胃咕嚕作響。

諷刺的是，現在他身體最想去的地方，也是他最不能靠近的地方，他很想衝進浴室裡去吐一場。

我必須離開這裡。

但要是他現在起身（天曉得怎麼做才能辦得到），他害怕自己會吐在地上。

提爾往上望著床頭櫃，咒罵著那沒有稜角的光滑表面。托盤架太高了，沒有可以讓他撐起自己的支點，除了……

那些抽屜！

他拉開附輪三層櫃最底下的那一層，是空的。

他想要找一樣能夠支撐自己的東西，可惜這個抽屜顯然派不上用場。提爾才剛把左手放進抽屜裡，櫃子便順勢滑到一旁。更糟的是櫃子因此傾倒，一本雜誌與兩個水瓶掉落。幸運的是，水瓶由人造材質所製成，因此幾乎沒有發出破裂聲。

儘管如此，提爾還是屏住呼吸，生怕崔尼茲會從浴室裡衝出來，然後發現蜷縮在病床後的他。

但他聽到的，是一陣動物般的低沉哼聲。**還有……**他想像著，是塞妲正在呻吟？

提爾把床頭櫃推到牆邊，如此櫃子便不會再滾開，接著他又試了一次。再一次撐起身子，嘗試站起身來，但後果與之相反。

他首先聽見抽屜底板裂開的聲音，接著感覺手穿過了一層木質內襯。

該死！

他咬住嘴脣，從抽屜中抽出左手，幸運的是左手沒有受傷。他仔細檢視過每根手指，忽然看見：

紙張。

書皮。

那是一本綁著蝴蝶結的棕色本子，方才因為用力過猛，意外了找到了抽屜底板夾層的藏匿處。

幸運並非與勇敢之人同在。

而是瘋狂的人。

提爾馬上就明白這本子與什麼有關。他不自量力地扮演假病患，卻因為頭蓋骨裂使他得以接近這個畜生，接著又偶然找到了凶手的日記。

當提爾奮力以單手將夾層撕開時，木屑板的稜角劃傷了他的手，但他無所謂手上流血。

他抽出本子，解開黑色蝴蝶結，翻開日記。

這本日記看起來與提爾想像不同，很新、紙張平滑，不知怎麼搞的簡直就像沒用過一樣。

事實上，只寫了不到百分之十的內頁。

要是崔尼茲為每一個受害者編寫一本屬於他們的日記，那他手裡就握著這名暴虐精神病患的最新作品。

與崔尼茲迷人外表相襯的手寫字體，美觀而秀氣，從第一個句子開始，便證實了他的瘋狂。

用黑色墨水筆寫下的話語，摧毀了提爾對慈悲神祇的最後一丁點信仰。

今天保溫箱裡的男孩向我透露了他的名字，他嘴裡滿是鮮血，我幾乎無法聽懂他說的話。但我幾乎可以確定，他自稱名叫馬克斯。

42

一陣尖叫。

並非由提爾發出，如果他能夠吶喊發洩精神上的痛苦，或許比起在浴室承受肉體疼痛而呼喊的塞妲還要更大聲。

他的尖叫是往心裡去的，他的內在因痛苦而崩潰。

提爾雙手顫抖，遺憾與悲傷的淚水流過臉龐。

他達成了目的，不僅將崔尼茲的犯罪證據握在手心裡，還可能包括他兒子臨死前的詳盡描寫。這是一樣在他沒確定馬克斯最終如何、屍體在何處之前，絕不會交出去的東西。

馬克斯受了很久的苦嗎？

崔尼茲之所以殺死他，是出於樂趣還是預謀計畫？

或許是出於一時衝動，只因為他受夠了馬克斯的嗚咽聲，就和提爾從一個 Podcast[5] 那裡聽過的連續殺人犯案件一樣？

我的老天爺！

---

5 一種數位媒體軟體，可將音訊、影片、電子電台或文字檔案透過網路發布。讀者與聽眾透過智慧型手機等電子裝置，訂閱已下載或聽讀其中的電子檔案。

莉卡妲也許會無法面對現實，掩住耳朵走出房間，不聽也不想知道馬克斯是如何死去。

但自己呢？

提爾搖搖頭，忍受著這件事所帶來的悲痛。即使結果會令他希望破滅，他也必須有所確定。

提爾知道自己必須立刻離開，他不能把日記本再放回去。

但也不能在這個地方繼續讀下去。

塞妲和崔尼茲做了多久？

提爾望向浴室，有種感覺，當讀到兒子名字時所凍結的時間，現在如箭一般飛逝。

他想把床頭櫃歸位，關上抽屜，以便崔尼茲躺回床上時，不會立刻發現少了什麼東西。

就在此時，抽屜裡那個閃爍著金屬光芒的小物體引起了他的注意，那是絕不可能在精神病患病房裡找到的東西。

提爾沒有多想，抓起了藏在夾層中日記本底下的剃刀。

找到日記本令提爾增強了行動力，他完成了先前他覺得不可能辦到的事。他對崔尼茲的憤怒如此強烈，真恨不得立刻衝進浴室，將他連人帶頭撞向洗手檯。一而再、再而三的猛砸，直到他那口白牙漂浮在陶瓷面盆裡的血骨濃湯中，能夠透過破裂的顱骨看見他的大腦灰質為止。

但那股力量只夠讓他手腳並用地爬向門口，頭顱裡噬人的疼痛漸漸褪去，他奮力撐起身體，推開門，跌倒在外頭的走廊上。

空無一人。

沒有一個人影。

真是幸運！

抱著日記的那隻健康的左手抓得更緊，剃刀就藏在日記本的內頁間。要是他仍受幸運之神眷顧，或許能在精疲力竭倒下、在昏迷中因嘔吐而窒息以前，成功返回自己的病房。

但提爾甚至沒能繞過轉角。

行經塞妲的圖書推車時，他聽見身後一扇門猛然打開，有人呼喊出他的臥底身分。

43

「派翠克．溫特爾？你發生了什麼事？」

提爾把日記本塞進睡袍底下，轉過身來，雙手交叉按在肚子上，藉此夾住那本日記。

「我……我只是迷路了。」他低語著，上半身因疼痛而前傾。

「看得出來。」護理師說道，飛快朝他走來。他比提爾矮一個頭，有著一頭黑髮，還有往上翹起、與女人相似的睫毛，與友善卻總是顯得有些訝異的表情不合。

對方口若懸河地問：「為什麼呢？為什麼你不能好好躺在自己的病床上呢？老兄啊老兄，我一個人守醫療區，本該待在護理站中，隨時都會有緊急呼叫，你是知道的。要不是我出來上廁所，根本不會發現你，溫特爾先生。」

提爾朝他伸出手。

「拜託，我需要一點止痛藥。」提爾誠心實意地懇求。

「可以想見。換我是你，也會想要吃止痛藥。老天，那你為什麼不直接按床邊的按鈕呢？自己跑出來是會出事的。一月的時候，有一次我的病患走錯了門，大半夜跑到零下十二度的戶外。當然不是在這裡發生的，而是在聖約翰尼斯會的醫院，但他穿的可沒比你多。你是要跟我回病房，還是我去幫你推一張病床過來？」

提爾為了不做出任何反應引發頭痛，於是咬緊牙關，一聲不吭地繼續走向自己的房間。

「你等等，我馬上就拿安眠點滴過來。」他剛躺上病床，護理師就給了他所需要的。「那是能夠帶走疼痛的好東西，會把你帶到花花公子大廈，或者是你想去的任何地方。從休・海夫納過世之後，花花公子大廈也許有些乏味。」

因為護理師即使走開也沒停止說話，提爾顯得越發安靜。

而頭蓋骨底下的氣動錘正相反。

他利用空檔，以僅存的力氣把日記本連著剃刀，塞進床頭櫃抽屜裡那本挖空的書上。接著滿頭大汗地躺倒在枕上，齒間不斷打顫。

突然襲來的力竭感變成了癲癇，即使注射了護理師為他帶來點滴，也無法抑制。注射之後，顫抖還持續了一段很長的時間，最終漸漸平息，心跳與呼吸也歸於平靜。緊接著，彷彿體內驅出寒氣，疼痛的野獸收回了攀在提爾大腦上的利爪。

如果不是昏沉入睡，他應該會喜極而泣，為自己的逐漸好轉而感到開心。

當提爾再次恢復意識時，雖然覺得身體極端不適，但不再有上次清醒時那般的痛苦難當。

老天，無論那名護理師給他注射了什麼東西，那真是好玩意兒，效果持久。

因為先前頭痛掩蓋了其他的感官意識，所以現在他終於注意到受傷那隻手的脈搏，聞到身體的氣息，甚至對此感到歡喜。

他不再感覺自己像是打了十二回合綜合搏擊的暈船者。但他並不敢完全相信這種平靜感，所以在短暫瞇眼後，又再次閉上眼睛。房間的氛圍舒適，宛如晨曦，無論他睡過去多久，在清晨或黃昏時分都亮起一盞夜燈提供照明。

下一次他敢完全睜開眼睛時，看見了床頭櫃上的那本書。

《尤里西斯》。

大腦運作緩慢，卻很清晰。對於原本藏在抽屜中的書被取出的事實，生出不祥的預感。

他立刻打開抽屜，找尋日記本，卻什麼也沒翻到。

就在這時，一個聲音從右手邊傳來。

「你在找這個嗎？」

提爾轉過去，認出坐在病床旁的訪客椅上，朝他友善微笑的人，是崔尼茲。

他的腿上正放著那本翻開的日記本。

44

「我得說，你相當沒禮貌，趁我在忙的時候，未經告知就闖入我的病房。我不排斥會客，但我們根本不認識彼此，不是嗎？」

提爾難以置信，罪惡之物怎能看起來如此無害？他面前坐著的，是一個外表友善、看似沉穩的年輕男子，臉上帶著討喜的微笑，眼裡沒有一絲光芒洩漏他黑暗的想法。要如何才能警告孩子小心這種自然界的亞種生物？一個行為乖張的暴虐狂，有著臘腸狗般的目光與和藹的法令紋，就是在脖子上纏上繃帶，看起來也像是個時尚飾品。除了面色稍微蒼白之外，沒有一點跡象顯示崔尼茲數天前曾有過生命危險。

「你是誰？」崔尼茲詢問，他感興趣地把身體前傾。窗外一架飛機正在降落，引擎聲穿過窗戶，和緩地傳進來。

提爾望著門，有些猶豫不決，不確定是否想要找護理師來幫助自己，從崔尼茲手中掙脫出來；或許，他再也不會有比此時更好的機會來探查真相。在前所未有的強烈恨意，與害怕無法克制恨意而搞砸一切的恐懼之間，內心天人交戰，因此保持了沉默。

孩童殺手露出微笑。「別害怕，沒有人會來打擾我們，卡索夫為我們爭取了一些時間。那麼，你叫什麼名字？」

「派翠克．溫特爾。」

「你是……？」

「我是……」提爾思考了一會兒，忽然閃現出一個想法。「我是你的粉絲。」

崔尼茲從喉嚨深處發出笑聲。「是的，顯然是。」

「不，是真的。我讀過很多關於你的事，也在電視上看到你，很想要認識你。」

要是亡者有靈，而馬克斯能夠在旁傾聽這場對話，提爾希望兒子可以讀出他真實的想法，並且明白撒這個謊對他來說是多麼的沉重。他得要多麼強自壓抑，才能不大吼大叫著跳下床，打爛崔尼茲那張俊秀的臉龐，或者至少試著這麼做。

「我很欣賞你，還有你的作為。我也想要跟你一樣。」

「你的意思是，被一張椅子砸腦袋上有助於此？」崔尼茲咯咯笑著，摸著額上的金色頭髮。

「這是唯一能夠靠近你的機會。我們不在同一個科裡，打的不是一個等級的聯賽，所以我必須想辦法讓自己移入你所在的醫療區。」

「這樣啊，你**必須**。」

「是的，在這裡我們可以自由活動與聊天，就像現在，除此之外的地方全無可能。」

「聊天，」崔尼茲重複一次。「你選擇了一個奇特的**聊天**形式，從別人那裡偷走他的日記本。」

提爾狀似抱歉地抬了抬手。「那是偶然落到我手裡的。」

「你**偶然**砸開了我的櫃子？」

「我踉蹌了一下，我發誓。接著我讀了最前幾句。老兄，這可真吸引人。全世界都想知道你和馬克斯發生了什麼。很抱歉，我情不自禁。」

尾隨其後的是一陣停頓，崔尼茲站了起來，走到窗邊，按下牆上的一個開關，電動窗簾隨著微弱的嗡嗡聲升起，室內頓時明亮許多。

「你知道我在想什麼嗎？」崔尼茲反問，目光望向繚繞在樹木與醫院公園之間的晨霧。雨已經停了，但低矮的雲層肯定蘊含著足以致災的充足雨量。

「我在想，你跟我說的都是垃圾話。」他轉向提爾。「你知道我為何這麼想嗎？因為我聞得出來，你的恐懼比爆開在成人尿布上的退休者腹瀉還臭。」

崔尼茲走回他的椅子，再次坐下，露出微笑。「這點我很喜歡。」

他考驗般的目光停留在提爾身上，然後補充：「我愛恐懼，以及它的味道，這是少數能讓我感覺興奮的事。」

提爾把左手握成拳頭。「嘿，你是我的榜樣。」他感覺暈眩。「離你這麼近，我當然很激動。」

崔尼茲歪著頭，懷疑地端詳著提爾，臉上帶著一絲淘氣的微笑。「那你所說的都是實話囉？」

「當然。」

提爾點了點頭，並不覺得頭痛。如果不是藥劑效果顯著，就是對崔尼茲的害怕，抹去了他意識裡的負面感覺。

「嗯，」崔尼茲思索著，搓了搓下巴。「那有可能是卡索夫說了謊。」

提爾聳聳肩。「我不知道那位主任醫師跟你說了什麼。」

「他說你裝病，只是在玩角色扮演，你根本不是你所宣稱的那個人。」

「當然不是這樣。」

「為什麼比起相信醫師，我更應該相信你呢？你闖入我病房的這件事，不足以讓你得到我的信任。」

「我知道。」提爾試著表現出知錯的眼神。

「也許你根本不是粉絲，而是奸細？」

「什麼？不、不，我沒有在打探東西。」

「那你在巴士裡是和誰在聊天？」

「你說什麼？」提爾裝作一副不明白崔尼茲所問的意思。

「卡索夫聽見你在巴士裡頭說話。他說，你說了『反正我要不了多久就會知道真相的』。」

「那是……」

「也是謊言？你人不在公車裡，還是只是在自言自語？」

不，我在打電話。

「要是你所說的都是實話，我很為我們親愛的大夫感到憂心。看來卡索夫的大腦沒有比他的病患好到哪裡去。你怎麼說？」

提爾沉重地吞口水。

「他覺得，你抓住了他的小辮子。」

「什麼？」

「他相信你發現了他的妓女小祕密，他的額外收入來源。你是想向聖格博士告發他嗎？」

「你在說什麼啊？不，我根本不在乎卡索夫。」

「是啊，或許是因為偏執，導致他對你有不同的看法。畢竟對他來說，很多事情岌岌可危，尤其是他那美妙的雙倍工資。」

「我不懂你在說什麼。」

「哦，是嗎？」

這場訊問持續越久，崔尼茲似乎越享受。「好吧，既然我們都這麼熟了，我可以告訴你這件事。」他大笑。「這與歐盟灑給藥廠的數百萬研究經費有關，但前提是，投藥者必須要證明他們昂貴的新藥測試多麼有意義。而我們的主任醫師就牽涉其中。」

「他怎麼做的？」

「卡索夫設法令經費生效。精確來說，他為藥廠的人提供實驗所需的白老鼠。」

他從哪裡找來自願成為病患、關在精神病院裡的人？提爾欲言又止，將挖苦的話語藏在激動的情緒之下。在他提問之前，崔尼茲先回答了他。

「他把妓女引進醫院，編造適合的病史。例如塞妲這個飯桶，吃的是治療躁鬱症的藥，事實上她根本沒得躁鬱症。唯一與事實不符的是，如果有人對她來硬的時候，她會很痛苦。」

提爾感到燥熱，掀開棉被。

「卡索夫引入健康的病患來做非法的藥物測試？」

這根本是個天才計畫。一旦測試結束，病患就會從他們從未有過的症狀中好起來。而藥廠得到證明，申請的研究經費便得以發放下來。

「除此之外，他還讓她賣身，使自己的獲利最大化？」

「十分有說服力，」崔尼茲稱讚道。「人們還真以為你是第一次聽到這檔子事呢。」

「你為什麼會知道這些？」

「我的女律師曾為卡索夫辯護，他在前雇主那裡時曾有過類似案件。」

「她不是應該遵守律師保密義務嗎？」

「做愛的時候不會。」

在得知這麼多荒誕的新鮮事後，提爾對於這個答案不再感覺驚訝，令他起疑的是其他事情，「你為什麼把這一切都告訴我？」

「為了找出你們兩人之中是誰在惡整我。」

「我沒在惡整你，我發誓。」提爾將一隻手放在胸膛上。

「嗯。」

崔尼茲將手伸入運動褲的口袋，當他再次張開手掌時，掌心上是提爾從祕密夾層裡找到的那把剃刀。

「卡索夫之所以給我這個玩意，是為你準備的。」

「用來做什麼？」

崔尼茲翻了白眼。「你不必這麼大費周章地盡問些不正常的問題，我們不是都在瘋人院裡了嗎？卡索夫當然不是請我來修剪你的男童鬚。」

提爾不由自主地摸了摸下巴，同時把雙腳抬離病床。但他立刻就後悔了，因為這個動作引發嚴重疼痛，直刺入兩眼之間。

「聽好，你弄錯了。卡索夫犯了個錯，我不知道他怎麼會有這種想法，也不知道他為何會對我產生懷疑，把我置於監視之下。但你不必對我施暴。嘿，我之所以在這裡，只是為了想要接近你而已。」

提爾站起身來，他已經很久沒有感覺到如此脆弱。半裸著身子，光著腳，身上只穿一件睡袍。

「嗯。」崔尼茲思考著，也從椅子上站起。「我不知道，卡索夫至今為止從沒愚弄過我，但你呢？你監視我、偷聽我說話，還偷走我的東西。我要怎麼確定，即使幹了那麼多錯事，你還是那個你想要成為的人：派翠克．溫特爾，我最大的粉絲？」崔尼茲裝出思想家的姿勢，輕輕摳著下巴。

「啊，我有一個好主意，過來。」

他走向提爾，近到提爾能夠聞到他那檸檬香的洗髮精氣息，同時把日記本湊到提爾的鼻子前。

提爾不由自主結巴。「我、我該怎麼做？」

「讀它。」

「為什麼？」

崔尼茲翻開那本薄薄的小冊子。

沒打橫線的空白內頁上，那些細小的手寫字在提爾眼前逐漸模糊。

「粉絲都想知道有關偶像的一切，不是嗎？派翠克，要是你真如你所說的那般仰慕我，現在眼前就有一本偶像親撰的美味佳餚。對健康的人，就是那些有理由憎恨我的人來說，可能無法忍受這裡面的描述。」

崔尼茲輕輕點了點開始閱讀的章節，把日記本塞進他的雙手裡。

「你說過，你對馬克斯．貝克霍夫的故事難以自拔，那就讀吧。我也很想知道，你對我與那小屁孩共度的最後一個鐘頭的記錄，有什麼感想。」

45

日記　第九頁

真是冷、冷、冷。要是爸爸，他會說冷得彷彿小便在老二中結凍。天色漸暗，不知道那小子在街上遺落了什麼。畢竟我們身處布可夫區，而不是溫度計街區，要是那裡每個晚上報數時都少了一個野孩子，家長會很開心。

我使了個簡單的把戲，但這小子可不是個白癡。「通關密語是什麼？」他嚴肅地問我。他的恐龍家長教過他，要是校園圍牆邊有男人問他想不想去看家裡的小狗，他應該說什麼。幸運的是，這些問題有個通用的密語，叫作氟硝西泮，也就是迷姦藥。這對所有孩子都有效，最好能為他們都打上一針。

提爾點點頭，閱讀中並未抬頭。他害怕崔尼茲一眼看出他眼底的憎恨之意。

「你喜歡這種寫作風格嗎？我將它寫下，以便日後能夠出版成書，我的律師正在商議版權。」

真是瘋了。提爾想著。

「這太棒了。」他說。

崔尼茲自戀地笑了。「好的，我們廢話少說，立刻跳到本篇吧。」

這個精神病患嚴肅地搓著手，手指顯得勻稱有力，是雙最好能生在按摩師身上的手。

「再翻一頁，翻到第二章。」

「這裡？」提爾給崔尼茲看日記位置。

「正是，我們第一次聊天的回憶錄從這裡開始，那是馬克斯初次清醒過來。」

「我在哪裡？」

「在你的新家。」

「我、我會害怕。」

這個小搗蛋不知道，他這句話為我帶來怎樣的喜悅。鼻子周圍黏滿鼻涕，他幼小的胸膛說話時，就像挨揍一樣顫動著，這些都是恐懼的徵兆。但要讓我的病人大方承認自己害怕，那就另當別論了。

「這、這個東西是什麼？」

「保溫箱，我父親稱它作特里希。雖然直到今天，我還是不知道為什麼它叫這個名字，我就不會為一個保溫箱取名。」

「保溫箱是做什麼的？」

「它會給你安全、溫暖以及呵護感。我會好好餵養裝在裡面的你。」

「用什麼餵養？」

崔尼茲再次打斷提爾，但反正提爾本就讀得斷斷續續。

「我不太確定這時候馬克斯是否大哭，所以我聽不太懂他說的話，也可能是更晚一些，治療開始的時候才哭。寫這種回憶錄比我原本所想要來得困難。」

提爾必須收緊下顎，才能不叫喊出聲。他沉重地吞著口水，希望崔尼茲沒有注意到他顫抖的眼皮和在皮膚下跳動的頸動脈。

順從殺人犯的命令，提爾繼續往下閱讀。

「你想出來嗎？」

「是的。」

「很好，沒有問題。但你聽過袋鼠式護理嗎？」

「一隻袋鼠？」

「是的，從袋鼠而來的，這是早產醫學的一個術語。早產兒是非常特別的小孩，他們需要極多的關照，就跟你一樣，我的小可愛。」

「你要帶我去動物園嗎？」

「才不是，小笨蛋。袋鼠式護理的意思是，父母親時常將他們的嬰兒從保溫箱取出，緊貼赤裸的胸膛，感受彼此的存在，就像育兒袋中的袋鼠寶寶一樣。這種家庭溫暖是很重要的。」

我一邊說話，一邊將燈光轉暗，幾乎不比色情電影院亮上多少，氣氛就像菲爾紹醫院的新生兒部門。

我慢慢脫下衣服，當我全裸時，就打開保溫箱的側窗，用束帶綁住馬克斯的手腳。

「我們要來試試看嗎？」我問他，答案並非必要。至少在這個年紀，所有孩子都喜歡依偎感，之後他們就會變得固執。

當然，有些孩子既笨拙又沒安全感。他們害怕身處新的環境，不習慣突然感受到太多的愛。他們的父母會在黑暗中放他們外出上街。所以才需要束帶幫助，以便他們不會弄痛自己。

我將馬克斯取出保溫箱，以他的年紀來說，他算是相當重的。但他的味道如此柔和，就像他先前沉睡時，我用來替他洗澡的嬰兒沐浴乳一樣。

我覺得，嬰兒沐浴乳與恐懼混合成一股神聖的香氣，必須把它裝入瓶中，在羅斯曼連藥品連鎖店裡販售。

我感覺到馬克斯正顫抖著，保溫箱外的寒冷對他來說是很大的衝擊。

但到了某一刻，他停止啜泣，痙攣減緩。當我們兩人躺在保溫箱旁的躺椅上時，他的身體疊在我身上，兩人赤身露體，有如受神所佑。血液在我的雙腿之間脈動著，我因喜悅而歌唱：

「一個父親有四個孩童，

春天、夏天、秋與冬。」

內文到這裡結束。提爾往下翻，但接下去的內頁都沒寫字。

「如何，你怎麼說？」

提爾抬起頭，藉著集中精神，嘗試表現出超乎常人的反應，說：「多完美的文章，充滿詩意，真希望我也身在當場。」

提爾對著兒子未知的墳墓補上這句話。

他真想抬手掩嘴，或者把嘴唇咬出血來，才不必說這些話。他突然覺得自己跟無臂男一樣，視舌頭為嘴裡的異物，恨不得一塊一塊把它切除，直到再也發不出聲音，只剩無法理解的痛喊為止。但不需要這麼做，提爾無法違背自己的心靈，他的身體已經道出了實情。他震動、顫抖並眨著眼，卻無法阻止那一滴眼淚流出。

「現在，」崔尼茲說道，謹慎地扣住提爾的臉，為他拂去眼淚。「我明白了。」

提爾放下日記本，哭得更加淒厲，心裡很清楚：

我失敗了，我沒有通過測試。

「你到底是誰？」

提爾也知道自己的體格遠不如崔尼茲魁梧。儘管如此，他還是從床墊上扯起床單，從頭套住滿臉驚訝的殺人犯。然後像港口邊圍繞著繫纜樁的繩索，轉了一圈又一圈，把他的頭往下壓，接著使勁痛打崔尼茲被蒙住的臉。他聽見一陣斷裂聲，可能打斷了對方的鼻子。

染紅床單的，是血嗎？

他更加用力地繼續毆打。

但……

這傢伙為什麼不反抗？

為什麼隨著每一次攻擊，他在床單之下發自內心的大笑？

46

提爾停手。

這除了因為緊抓床單的右手已經無法再出力了。手指繃帶鬆開，感覺起來好似阿敏再次折斷他的手指一般。更主要是因為提爾覺得，繼續毆打崔尼茲下去也沒有意義。他有種異樣的感覺，而當他把床單從崔尼茲的頭上扯下時，他也看見：痛毆無法把惡意驅出他的身體。崔尼茲的鼻孔裡流出濃稠的血，染紅了他的嘴唇、牙齒與脖子，但這個瘋子卻彷彿毫無所謂。情況正好相反，他不斷發出大笑，搖著頭，像個對兒子的笨拙行徑感到歡快的父親一般。

「所以卡索夫是對的，是你在搞鬼。」

提爾從他面前退開，站在病床邊，染了血的床單落在他光溜溜的腳旁。

是的，是我在亂搞，但不是你想的那樣。

「你的名字不是派翠克．溫特爾。」崔尼茲再次確認，抬高鼻子，吐出一團帶血的痰，他問：「你到底是誰。」

現在因為失控的行為已經暴露了自己的身分，提爾覺得說謊再無意義。

「提爾，」他嘶啞地說著。「我的名字是提爾．貝克霍夫。」

一陣停頓，孩童謀殺犯片刻間失去了說話的能力。

「等等，你是……？」

驚駭又持續了大約一秒左右，緊接著崔尼茲再也無法自制。「你就是馬克斯的父親？」

他前仰後合，放聲大笑，然後坐到床上，雙手用力拍打自己的大腿。

「我居然能碰到這種好事，喔，多麼美妙！」

他的笑聲誠心得令人反感，那是純粹的喜悅。「我必須說，佩服你。你該不是想告訴我，你把自己弄進這裡來，是為了要殺死我？」

提爾搖搖頭，因為這個動作所引起的疼痛感而按住了太陽穴。「不，是為了得知真相。」

崔尼茲嘟囔著。「是的，那就有意義了，比起愚蠢的粉絲故事。這至少能解釋，為什麼你情願被人打成重傷，也要把自己弄進醫療區。只有身為父親才會用如此絕望的方法。」

「馬克斯到底在哪裡？」

提爾不想再顧左右而言他，崔尼茲卻毫不在乎。顯然比起回答問題，他更情願提問。

「可是這解釋不了為什麼卡索夫想要你死？你是不是只想要推託責任？我的意思是，我還沒告訴你卡索夫是如何讓健康的病患混進來，你就突然成了那個自己偷渡進來的人？」

崔尼茲離開床墊，只是藉由接近提爾，便將他逼到牆角。

「我說的是實話。」

「你五分鐘前就這樣宣稱過了，那是個謊言。」

「我必須見到馬克斯，親自與他道別。」提爾聽見自己這麼說。

「這我理解。」崔尼茲點點頭，他的白牙在鮮血流淌的口中閃耀著。「真的，我非常能夠理解。只是你的計畫……」

他按著鼻子，觀察著指尖上的那抹鮮紅。

「你的意思是，在經過通盤考慮之後，你決定在最好的時機點痛扁保守祕密的人？」

不，那是一個錯誤，我缺乏對衝動的控制力。

「我想，你還需要更多的證據，日記以外的事情都記錄在這裡。」他拍了拍自己的腦袋。「一點額頭碰撞還不足以讓我對你公開更多事。來，試試看這個。」

令提爾訝異的是，崔尼茲把他從祕密夾層中，連著與日記本一起偷出的那把剃刀遞給了他。

「我該拿它來做什麼？」

「如果我是你的話——很幸運我並不是——就會再一次肘擊我的臉，然後抓住我的手，把剃刀塞進指甲底下，大概是這樣。」

崔尼茲使盡全力扳起提爾的手，跟隨話語行動。

「把它撬起來。」

「什麼？」

「那片指甲，你已經懂了。最好是從側面來，慢一點，才會更加疼痛。」

提爾的手指感覺像是石化了一般，他無法令手和掌中的剃刀多移動一公分。

「老兄，別這樣。」崔尼茲說著，然後做出了令人難以置信的事。他自己行動了起來。

他把剃刀插進指甲底下，刀尖深深戳進肉裡，如槓桿般移動它。

「我的老天爺！」

「嗯，怎麼了？」崔尼茲狀似震驚。「嗯啊，這種小事根本不會弄痛我。」

他用滴著血的手指，指著地板上被剜出來的指甲。

「不過，我說了謊。」他微笑著。「這其實有一點痛，我並非完全無感，只是我的痛覺已經極度減弱了。」

你說得對。

提爾迷茫地呆望著崔尼茲，他企圖找出為什麼這瘋子在經受折磨時，不會疼痛啜泣的科學解釋。與此同時，崔尼茲已自行做出說明。

「我的第一個精神科醫師給我媽的解釋是，這是邊緣性人格障礙患者的特有症狀。後來又發現，我大腦裡的視丘有點不太對勁。但我所講的這些醫學術語，一定讓你頗覺無聊。」

他緊緊扣住提爾的下巴，就像之前抓住他的手一樣，用沾滿血的粗大手掌緊緊握著。

「重點是你要知道：我需要極端的刺激，才會有感覺。」

所以你才會把小孩折磨至死？

「我和你不同，提爾．貝克霍夫。一個輕推就足以令你支離破碎，不是嗎？」

隨著這句話，崔尼茲的拳頭朝提爾的額頭揮去，他的腦袋瞬間爆裂開來。

47

提爾再次恢復意識時，真希望崔尼茲能再朝著他的腦袋打一下，最好是用一把大錘子，狠狠地敲下去，讓自己再也別醒過來，也不必再感受這種痛楚。

疼痛的強度難以用言語形容，或許除了在沒有麻醉的情況下，牙醫用鉗子把嚴重發炎的門牙硬拔出來，途中弄斷了牙齒，而神經末梢裸露，痠澀至極，可堪比擬。

馬克斯在哪裡？

那畜生讓他遭受了什麼痛苦？

崔尼茲沒有離開，正好相反，就像疼痛一般，他一直在病房內逗留。利用提爾失去意識的空檔，他走進浴室，洗去了臉與手上的血跡。經過一番梳洗之後，他的外表又恢復了原本的清新，更顯得身材高大且孔武有力。他走近提爾倒臥的病床前，彎身貼近，幾乎貼著他的嘴脣說話。

「好吧，小子，你說服了我。」他用氣音說道。「我留你一命。」

「為什麼？」提爾反問。

為了折磨我。他在心底得出結論。

這符合邏輯。**這傢伙很享受我的痛苦**。

「因為你讓我覺得好奇。」

然後這個精神病患者竟然親吻了提爾的額頭，有片刻時間，噁心感成功壓倒了頭疼。

對什麼感到好奇？一個人能夠忍受多少失去嗎？

崔尼茲站直身子，退了一步，雙手背在身後，皺起眉頭。

「我們必須加快速度，我已經在這裡待得太久。五分鐘內就會有人來查房，在那之前我必須回到自己的病房裡。這一次我姑且相信你不是在說謊，你確實是提爾．貝克霍夫，那個在我最後一本日記中擔任主角，討人喜歡的小傢伙——馬克斯的老爸。」

提爾的胃有如痙攣一般緊揪在一塊。

「為了找到我，你已經走了很長的一段路，承受了不少痛苦。但這個的問題將決定一切結果：你能撐到最後嗎？」

「我、我……」提爾不由得語塞，對自己的這種反應很是厭惡。「我不知道。」

我真的能撐到最後嗎？我可以用正常人的頭腦，去理解精神病殺人犯的思路嗎？

尤其是在這種大腦裡彷彿塞了一台電鑽的時候。

「我曾與弗利德醫師見面，我們稱那叫做『會談』。」

提爾思索片刻。「那名外科醫師？」

「正是那個酒鬼。他要我做一件事，他說我應該告解自身的罪孽，但不是對他。」

「那是？」

「他要我告訴那些父母，我對他們失蹤的孩子做了什麼。我必須承認……與你所說的相比，他要求的方式更具說服力。」

崔尼茲摸了摸自己脖子傷口上的繃帶，聽見提爾問：「你是想告訴我，馬克斯發生了什麼事？」

你究竟讓他承受了怎樣的痛苦？我要到哪裡去才能找到他的屍體？

「出於自願？」

「比那更好。」崔尼茲露出獰笑。「讓我們來玩個小小的腦筋急轉彎吧。我假設你真的是提爾．貝克霍夫，小馬克斯的父親；作為回報，你必須自問以下的問題：你能走得多遠？你願意為此做些什麼？要是我在此刻透露答案給你，你或許還有一絲絲微小的機會。」

「什麼機會？」提爾低語道。

「還能有什麼機會？說不定，你的兒子還活著！」

48

提爾不由得張開了嘴——這個動作毫無意義，除了一聲嗚咽，他根本無力發出任何聲響。

還活著？

他的字典裡早就沒有了這個詞。活著，根本無法與他的兒子，或者與自己聯想在一起。

他試圖抗拒，不讓希望的毒箭在意識中扎得太深，但倒鉤刺已經勾上。

他說謊。

他這麼做，目的是想折磨你。

「怎麼可能？馬克斯從一年前就……」

「失蹤了？嘿，我也說過了，他不一定還活著。我已經被關了一陣子，我也不知道。但仍有一絲微小的機會，他仍在呼吸。」

站在窗邊的崔尼茲，眺望醫院圍籬外的世界，接著問道：「那麼，為了得知我是否說了實話，你能走多遠呢？但是，在你回答之前，提爾．貝克霍夫，馬克斯的父親，我警告你，別對我說謊！」

他再度轉向提爾，臉上的友善消失無蹤。「別再來一次。要是我發現你又耍了我——相信我，我很擅長看人——那我們的對話就到此為止。我會按下警鈴，然後讓醫師看你毫無理由對我的臉與指甲做了什麼。」

提爾沉重地吞了口水。

「你可以想像接下來會發生什麼事。」

他們會把我們隔開。

「你連聞到我放屁的機會都沒有。」

直到永遠。

提爾不知道這意味著解脫，還是已成定案的終局。

談這些有任何意義嗎？難道斯卡尼亞錯了？但從一開始，這個未經通盤考量的莽撞計畫，不就與自殺突擊無異？

「那麼，為了確知你兒子的遭遇，你會做什麼呢？」崔尼茲問。

你能撐多久？

「任何事。」提爾毫不遲疑回答。「我可以付出自己的生命。」

「喔，沒有這個必要。有個簡單許多的方式能夠獲得真相。」

「誰可以向我保證，你不是在對我扯謊？」

「沒有人能保證。我也不知道**你**說的是不是真話，提爾．貝克霍夫，馬克斯的父親。」

「好吧，我到底該做些什麼，你才會告訴我，我兒子發生了什麼事？」

「不，我什麼也不會**告訴**你，只能**展示**給你看。」

「什麼意思？」

「我可以直接帶你去找你兒子，或是到他屍身所在之處。」

提爾感覺到高壓血液竄流過血管。

「那我要做什麼？」

「還能有什麼？」崔尼茲露出惡魔般的獰笑。「把我從這裡弄出去！」

49

莉卡妲

「你是從哪裡知道的？」

「什麼？」

「我把拜訪你的事賣給媒體？」

莉卡妲坐在車裡，在漢堡店前等著基甸，直到這名自稱眼光銳利的速食店員工下班。他穿過員工專用門踏入雨中，鴨舌帽緊貼臉龐，莉卡妲幾乎難以辨認出他。在通往街道的路上，基甸穿過亮著燈的得來速招牌，一排停候點餐的飢餓駕駛，在薯條、雞翅、漢堡與其他心血管殺手之間做出選擇。莉卡妲在這裡擋住了他的去路。

「妳可能期望我會能告訴妳一些無法說明的天賦，但真相其實很普通。」

雨衣下，穿著制服的基甸靦腆一笑。

在滂沱大雨中再次見到莉卡妲，他看起來似乎毫不驚訝，隨手指向右方的一個停車位。

「我們會面當天，有一台掛著科隆車牌的廂型車停在那裡。擋風玻璃上的貼紙顯示該車可以駛進RTL與WDR電視臺，那顯然是一輛電視製作公司的車。」

莉卡妲將淋濕的頭髮從額頭撥開，雨水擊打著她的傘面。

「事情不是你所想的那樣，我並不是想要引發大眾注意。」

「妳不知道我在想什麼。」基甸反駁她，繼續往前走。「妳我有別，而我能夠像讀一本攤開的書一樣讀懂妳。」

「喔，是嗎？」莉卡妲跟著他，同時注意不要踏進地上坑坑疤疤的水窪。

「每個有同理心，且受過基礎心理學教育的人都辦得到。」

「那麼當你看見我的時候，你讀到了什麼？」

基甸回頭望著她。「妳不僅在精神上，就連經濟上都玩完了，貝克霍夫女士。妳為了尋找馬克斯耗費了一筆錢財，其中包括私家偵探和網路上的協尋廣告。現在妳必須自立自強，因為連妳的丈夫也走了。」

這一切都寫在報紙上。莉卡妲心想，儘管如此，她還是反駁了他。「我老公沒有……離開。」

「沒有嗎？那他現在人在哪裡？」基甸好奇地問，話語中不帶譏諷。

「我……」莉卡妲頓時語塞，最後只能迴避他的問題。「我需要點空間。我現在也不知道他在哪裡。」

基甸端詳著她，任由雨水打濕他的褲管。這一刻，他倆是唯一站在得來速車道中的人。

「妳的女兒在一名女性友人家中等待？」

「男性友人，」莉卡妲老實回答。「情況不是你所想的那樣。」

他們走到車道入口。

「我沒有新的伴侶，那只是我一個很要好的朋友。」

「妳現在失去了兩個人。」基甸斷定，並沒有對她說的話做回應。「妳的丈夫以及小孩，但妳只想要兩人中回來一個，對嗎？」

「你怎麼這麼說？」

「妳必須找到妳的兒子，否則保險將不會付錢。」

要過一會兒，莉卡妲才理解他這說法的嚴重性。與此同時，基甸又朝前走了兩步，而她必須加快步伐才能趕上他。

「你怎麼會這麼想？」

「妳簽了個保險，但沒有屍體，就不會給付賠償金。」

莉卡妲大笑出聲，笑聲本該充滿譏諷，並且回應這個猜測的荒唐性，但聽起來卻單純只是歇斯底里。

「不，你搞錯了，沒有保險。我只是需要錢來繼續搜尋，比如付錢給你。」

基甸做了個拒絕的手勢。「我不會拿妳的錢，我幫不了妳。」

他走到克萊大道旁的公車亭，候車亭裡空無一人。他摘下鴨舌帽，莉卡妲再次注意，對一個自稱能夠看透世間，遠比芸芸眾生更透徹的人來說，他看起來年輕得令人難以置信。

「你不能，還是不願意幫我？」她問道，同時將傘收起。

候車亭頂下的雨聲聽來，如同豌豆火炮齊射。

基甸讀著時刻表，並不轉向莉卡妲，回答道：「所有我感覺到的一切，都搭不起來。妳，妳的丈夫，還有錢，也許事情和妳說的完全一致，貝克霍夫女士，但我無法查核。我感覺有事情不太對勁。」

「什麼事？」

他往手錶瞥了一眼，接著轉向她。「這與妳、妳的丈夫，還有妳的兒子無關，而是有另一個人。」

莉卡妲突然覺得呼吸困難，彷彿雨水將周遭空氣中的氧氣全都抽走一般。原本一次吸氣就能飽足的肺，忽然缺氧，必須連吸兩次才夠。

「你的意思是綁架者嗎？」她想要知道。

基甸聳了聳肩。「有可能，妳上次拿來馬克斯的照片，我就看見他附近有個患病的人。」

「你是說那個有病的畜生綁架了他？」

「我不會這麼下定論，但有一種預感，這個人很快會帶著妳去找到馬克斯。」

基甸撇臉旁顧，朝街道望去，顯然是在查看下一班公車是否即將抵達。遠方兩道光束穿過毛毛細雨掃來。

莉卡妲緊抓住他的肩膀。「馬克斯還活著？」

基甸搖搖頭。「我不知道，感覺太短暫了。」

她慌忙指向她車子與手提包所在的位置，她把手提包放在車裡。

「我有帶那張照片，我把它帶在身上了，還有其他馬克斯玩過的東西，樂高與……」

基甸戴上鴨舌帽，同時搖了搖頭。「今天不行，我不在狀態內。拜託妳，我才剛結束辛苦的工作。」

公車駛得更近，那是一輛發出隆隆作響的柴油巨獸，即將把莉卡妲的談話對象帶走。

「那上一次呢？」莉卡妲急著問：「你還看到了其他什麼嗎？」

「沒有看見，只是聞到。」

「聞到什麼？」

「血、槍擊，我無法做出詳細解釋。但我看見照片時，感覺好似有顆子彈打穿了一顆腦袋。」

什麼叫做他聞到了槍擊？

「誰的腦袋？」

公車煞停，濺起的水花潑到路緣磚上，但莉卡妲和基甸都不在意。

「這我不清楚，只是……」他直視莉卡妲的眼睛。「妳會再見到妳的兒子。」

她的心跳漏了一拍。

「他還活著嗎？」她已經問了第三次。

「很難說。地窖裡，許多死人底下有東西存活著。我真的不清楚妳兒子是否身在其中。」

公車的液壓車門開啟，朝著路緣微微傾斜，以利乘客上車。基甸掙脫莉卡妲。

「要是我能找到馬克斯呢？」她問道，徒勞地試著扯住他的手。「到時會發生什麼事？」

他慌張地拂過頭髮。「我清楚看見，妳在一扇上鎖的門後哭泣。」

「在哪裡？為什麼門是鎖上的？我人在哪裡？」

基甸上了公車，莉卡妲仍扔出一連串的提問。基甸緩緩轉身面朝向她，聲音幾乎被大雨聲所覆蓋，儘管如此，卻直擊莉卡妲大腦的恐懼中樞。

「在一幢監獄裡。」他說。

車門關上，公車遠去，莉卡妲仍站在候車亭旁，不祥的預言令她喘不過氣來。

50

提爾

「我能做什麼？」

「你已經明白我的意思了。」崔尼茲說：「我們的交易非常簡單，要是你把我從這裡弄出去，我就帶你去找馬克斯。你的速度越快，你兒子存活的可能性就越高。」

他的話語引發巨大震動。

提爾陡然間感覺整個房間都在晃動，他試著緊握床架，才不至於倒下。他當然知道這種感覺只是錯覺，但與崔尼茲的對話內容也已經超乎現實。

他正在與殺人犯討論協議？

無論提爾之前如何想像與崔尼茲相遇時會如何，但那些零碎的想法都像是高燒後產生的妄想，不連貫的畫面，再加上許多不受控制的強烈情緒影響。但即使當時他知會道有這樣的發展，事先做好理性分析的準備，也不可能預測事情會走到**這種**程度。

「這太蠢了。」他喘息著說。

「為什麼？」

「因、因為……」原因太多，提爾不知道該從哪裡說起。最後他說出對方一定能夠理解的理由，「我們是被高度監視的囚犯，我要怎麼做才能把我倆給弄出去？」

崔尼茲噘起下唇，聳聳肩。「你能把自己弄進來，顯然不是你獨自辦到的。幫助你的人明顯擁有特殊的關係。說服他們，利用這些關係把我弄出去，然後我就帶你去找馬克斯。」

提爾聽見那些關鍵字詞。

弄進來，不是你獨自，幫助，關係。

他明白這些詞的含意。這些詞就像圖釘，把一張想像中的字條釘在他理智的告示板上，崔尼茲的說詞是字條上唯一的內容，不斷在提爾的意識之中迴盪，那最重要的部分是：

「……然後我就帶你去找馬克斯。」

所以他才身在此地，所以他才忍受一切，注射、毆打、疼痛、恐懼。到目前為止，他所聽到的都是絕望的聲音，憑什麼這時候他應該順從理智呢？

「好。」他用一種奇特的單調聲音說道。

他感覺，這聲音好似不屬於自己。

更糟的是，理智彷彿已經從體內被抽離開來，以旁觀者姿態，看著自己為了渺茫的希望，想要再一次擁抱兒子入懷，不惜與眼前這個孩童虐殺犯達成協議。

「我會試試看。」他低語道，走向床頭櫃，用顫抖的雙手伸向那本厚重的書，將《尤里西斯》從中翻開。

他只覺得身體發冷，當他看著崔尼茲時，房內的溫度好似又降低一級。

「那東西在哪裡？」他問崔尼茲。

「**什麼**在哪裡？」

「我的手機。」

「你的手機？」崔尼茲的話聽起來頗感意外。

「是的，你一定在書裡找到了它。」提爾拍拍他闔起的那本厚重且中空的書。

一開始，他彷彿看見崔尼茲的眼中流露出如陰影般不解的困惑，但緊接著他聽見對方發出笑聲。

殺人犯走向靠牆的電視，踮起腳尖，搆住電視上緣，抽出夾在螢幕與牆壁之間的物體。

「你的意思是這個嗎？」

不然還有什麼？

提爾如釋重負地握住崔尼茲交還給他的手機。塑膠框的感覺不太一樣，有點粗糙變型，好似手機在藏匿期間變了樣。

「你把它藏了起來？」

「我覺得，你不想讓任何人在你病房裡找到它。」

「為什麼你沒把它留在身邊？」

「原因與你的狀況正相反，我不知道要打給誰，才能把我這裡弄出去。」

「我也不知道。」提爾說道。

「嗯，那可就糟了。」崔尼茲再次靠近他，輕柔的把手放在他的肩膀上，低聲且懇切地說道：「所以你真打算因為無法下定決心，這輩子都背負著兒子因你而死的罪惡感存活？」

說完，他鬆開手，但他手指彷彿穿過睡袍，在被碰觸的部位上留下烙印的痕跡。

「快打電話！把握你的機會！」

什麼機會？我他媽的到底該怎麼做？

提爾感覺到手指流汗，手機好似要在手中融化一般。

「我該走了，」崔尼茲說：「我已經超過時間了。」

提爾等到他離開房間，才做出絕望的決定，按下快速撥號鍵一。

斯卡尼亞。

51

話筒內的聲音響起。

六聲、七聲，然後第三次嘗試撥號。

提爾在忙線音響起前，至少讓鈴聲響了三十次。

搞什麼鬼……

「斯卡尼亞，你躲哪去了？」

而且為什麼把語音信箱給關了？

提爾想告訴他真相，說果然有一本日記，而且崔尼茲還誇口知道藏匿馬克斯的位置，可能不是屍體，而是還活著的馬克斯。想要獲悉真相的唯一可能，就是在祕密監視的情況下，把那傢伙弄出醫院。

要是斯卡尼亞能把他偷渡進來，一定也有能力安排一場實際是暗中調查的逃亡行動。

提爾心知他的大舅子會對這個主意做何反應，要是斯卡尼亞接起電話談起來，他一定不可能容許他把自己的想法說完。

「**你是徹底瘋了嗎？**」

光是要讓斯卡尼亞承認，他是如何把提爾送入精神病院假扮病人，就很難進行「計畫」。提爾所得到答覆，必然是「我現在就把你弄出來，你已經完全失去理智了」。況且斯卡尼亞先前給他安排了二十四小時的期限，如今算來已經超過很長一段時間。提爾不知道，他的大舅子現在正在檯面下安排些什麼。

但此時此刻，提爾還未遭到對方大吼、斷然拒絕，因為斯卡尼亞一直沒有接電話。

他嘗試了存在手機裡的第二個號碼，但結果更詭異。

這不可能啊。

「您撥的電話是空號，請查明後再撥。」

不應該這樣。

他清楚記得莉卡姐的號碼，但輸入手機撥打，結果亦然。

無法接通這個號碼？

這個簡單的號碼是以她的生日所組成，莉卡姐用它超過二十年。從第一份電信合約開始，即使換電信業者，她也都會攜碼轉移。對她而言，這個號碼就像吉祥物，根本不可能自願放棄這個號碼。

但……

「您撥的電話是空號。」

提爾不知所措地看著手中的諾基亞手機，再次察覺手機與先前不同，他這才漸漸明白……

當然。崔尼茲一定動了手腳！

他不曉得是怎麼辦到的，但只有這樣才可能說得通。

這傢伙想要看見你不知所措、心煩意亂、痛苦難耐。他激起不可能的希望，讓你在絕望地試著知曉真相的過程中，踏入他設下的心理陷阱。

當提爾不抱任何希望，試著撥打第三個，也是手機裡存著的最後一個號碼，以聯絡公證人時，忽然聽見一陣威脅的聲音響起。

這個聲音實在太近了。

它不是電話裡傳出來的聲音。

而是發自於進入病房內的聖格博士。她在提爾打電話時，把他逮個正著，問道：「你到底在做什麼？」

52

「也就是說，你的真名是提爾．貝克霍夫？」

在聖格要求其他職員讓她與病患獨處之後，他們兩人在醫療區護理站中一張圓桌旁坐下。

方才病房裡幾乎上演了一場大亂鬥，之後聖格便將提爾帶到此地。提爾無論如何都不願意交出手機，就連威脅要強制隔離他也行不通。聖格或許是有鑒於病患的身體狀況不佳，也想要避免強制隔離。最後他們達成共識，要是聖格願意帶他去室內電話機旁，讓他撥通電話，提爾就交出手機。

所以他雖然因疼痛而恍惚，但情緒平靜的與她來到護理站。這裡或許是這個部門裡唯一看起來不像診療室或病房消毒得那麼乾淨的地方。在聖格眼中，這裡也許特別適合密會。

但提爾對於聖格試圖建立信任的舉動並不領情，也拒絕了聖格提供的咖啡和蛋糕。他唯一想要的是那支電話，就在面前桌子上的充電座中。但在聖格把電話交給他前，理所當然想要先問一些問題。

「是的，我不是派翠克．溫特爾，這只是一個偽裝。事實上我也不是保險精算師，而是消防隊隊員。」

聖格即使內心感到訝異，表面上也不會讓人察覺。或許她為了與病況複雜的病人對話，加以訓練，將訝然藏在精神科醫師的職業面具之下。

「你為什麼要用其他名字呢？」

提爾避開她的目光，轉而觀察護理站的擺設。醫護人員們顯然費盡心思，用繁盛的植栽緩解了醫院枯燥的氛圍。大窗前的木架上，放了許多棕櫚樹以及仙人掌盆栽，讓人幾乎看不見後方的鐵欄杆。

「不只有名字。」提爾終於開口回答聖格的問題。「我借用了派翠克・溫特爾的身分。」

「為什麼？」

「拜託妳，在讓我與妻子講完電話後，再向妳解釋一切。」

他之前曾試著聯絡斯卡尼亞，現在他發現，聯絡順序不對。

莉卡妲必須最先得知他發現了什麼，以及還有解救兒子的機會。要是他能成功點燃她的希望，為了得知真相，她必然會站在自己這一邊，就像隻母獅一般為之奮戰。況且莉卡妲身為母親，有權先從他口中得知與馬克斯有關的消息。

聖格壓抑住一聲嘆息。「如果你不是派翠克・溫特爾，那我們的檔案裡就沒有你妻子的聯絡資料。」

「我把電話號碼記得很熟。拜託妳！請試試看！」提爾背出了電話號碼。

令人驚訝的是，聖格真的這麼做了。她將手伸向電話，把話機從充電座裡拿起，輸入號碼。提爾聽見電話響了四聲後接通時，心跳彷彿漏了一拍。

我就知道是崔尼茲對電話動了手腳。

透過醫院的有線電話，就能聯繫上莉卡妲。

「哈囉？我是精神病院的聖格博士，日安。妳的丈夫坐在我面前，他想跟妳說話。是的，是的，我知道，我知道，我很抱歉。」

她抱歉什麼？

提爾正訝異於聖格的道歉時，她把電話機遞給了他。

他清了清嗓子，吞嚥口水時，嚐到某個苦澀的東西。

「哈囉？」

對方一陣安靜。

他閉上眼睛，不去看聖格與護理站，以及整間醫院，專注在此生最重要的這通電話上。

「哈囉，親愛的，是我。」

「我知道。」

有鑒於是丈夫所住的精神病院院長打來的電話，莉卡妲的聲音聽起來格外憂心忡忡。

「妳別擔心，一切都好，我過得很好。」

又是一陣寂靜。莉卡妲似乎失去了說話的能力，這也是可以被理解的。

「我、我不知道該從哪裡說起。我知道，我現在要對妳說明的事情，內容聽起來很瘋狂，我自己也不敢相信。但說真的，我很想要相信。」

「我不明白……」

「我知道，我也不明白。」他打斷了妻子聽起來嘶啞的話語聲。「我不知道該怎麼委婉地說清楚，所以就直說了吧：我辦到了，我與崔尼茲取得了聯繫。」

「崔尼茲？那個殺人犯？」

「正是，就和我答應過妳的一樣，然後他說……」

提爾把眼皮閉得更緊，卻阻止不了眼淚找到出路，流滿臉龐。

「他說，我們的兒子可能還活著。」

莉卡姐嗚咽著。「拜託……」

「我知道妳在想什麼。這不太可能，可是……」

「為什麼？」

只一個詞，卻足以使提爾感到詫異。他睜開眼，瞇起眼睛。

為什麼？

如此冰冷，具侵略性，幾乎滿懷恨意。

「妳說什麼？」

「你為什麼要這麼做？」她用冰冷的語氣問道。

提爾開始結巴。「我、我想要眼見為憑，親愛的。我們談論過這件事，那也是妳想要的。」

妳甚至想要我讓他受苦。

又是一陣哀嘆，這次少了些折磨感，更多是緊張與憤怒。

「聽我說，我已經跟聖格博士談過了。我再也受不了了，住手吧！」

「住手？」

「是的，別打擾我，別打擾**我們**。然後永遠別再打給我，派翠克。」

緊接著，最恐怖的事發生了。她掛上了電話。一陣短促的咔嚓聲，對提爾而言，這意義等同牢門關上的聲音。他對莉卡妲掛電話的理由，如同她稱他為「派翠克」一般難以理解。

「你還有什麼事情想要跟我說嗎？」

提爾抬起視線。有一刻，他忘記自己並非獨自一人。而那個隔著淚水看去，宛如透過柔焦鏡頭般的女人，正向他要求證據，以證明他的說法，但他卻無法給聖格提供任何證據。

「我是提爾．貝克霍夫。」他固執地說著，像是一個企圖用「因為」回答「為什麼」的孩子一樣。

「但你的妻子否認此事。」聖格冷靜確認。「她告訴我，你的名字是派翠克．溫特爾。」

「然後永遠別再打給我，派翠克。」

「那是我的臥底姓名。妳瞧，我、我不曉得發生了什麼事。但我沒病，我只是裝病被送進來而已。」

「你為何這麼做呢？」

「因為我想要接近殺死我兒子的人。」

「你的兒子叫什麼名字？」

「這是哪門子的蠢問題？他叫馬克斯。妳都不看報紙的嗎？馬克斯一年前被擄走了。」

「馬克斯・貝克霍夫？」

「正是。為什麼妳說起這事的樣子，好像我談論的是飛碟？妳也知道，古伊多・崔尼茲為何被關進精神病院。」

「他來這裡接受治療。」聖格試圖糾正，好似這麼做會有什麼差別一樣。被關就是被關，況且謀殺孩童的人無藥可救。

「他不僅如他所承認的，殺死了兩個小孩，也擄走了我的兒子，折磨他，然後殺害了他。」

他有嗎？

「但他保持緘默。」

「而你想要確定？」

「是的，當然，哪個父親不想？」

然後永遠別再打給我，派翠克。

「所以你偽裝病人，被送入這裡？」

「是的，當我聽說崔尼茲有本日記，這個點子便應運而生。而且妳知道嗎？他真的寫了日記，我能證明就是他殺了馬克斯。」

「就憑那本日記？」

「正是，妳必須搜索他的病房，他的床頭櫃裡有個祕密夾層。」

或者曾經有過，因為我把它給毀了。

「祕密夾層？」

又是那種懷疑的語氣，聖格的問題聽起來要不是在跟孩子說話，就是與得了妄想症的人對談。

天啊，我說話聽起來真像個瘋子。

「好吧，我知道妳不相信我。這我可以理解，換作是我也不會相信。但我的大舅子可以作證，他是個警察，為我弄到派翠克·溫特爾的身分，然後把我偷渡進來。」

聖格深吸了口氣，想要令自己平靜下來。「他叫什麼名字？」

「奧利佛·斯卡尼亞。」

「你也熟記他的電話嗎？」

提爾否認。

「但是他在第四十四分區，請打電話到滕珀爾霍夫區的分局，電話都登記在網路上，然後找奧利佛・斯卡尼亞。」

聖格搖搖頭，說：「你最好自己這麼做。」同時第二次，也是最後一次把電話交給他。

這一次，她開啟了電話免提的擴音功能。

53

「哈囉，我是提爾．貝克霍夫，我要找奧利佛．斯卡尼亞。」

「有何貴幹？」

「私事，斯卡尼亞警官是我的妻舅。」

「請稍等。」

取代女人冷靜嗓音的是經典等待循環音樂，隨後一個年紀稍長，聲音聽起來頗有些不耐煩的男性，沒有自我介紹，就接起了電話詢問。

「哈囉，你想跟斯卡尼亞警官談話？」

「是的。」

「他已經沒在這裡工作了。」

喔。

該死，他幫助我的事曝光了嗎？

「你說什麼？」

聽到對方的反問，提爾才發現，自己可能一時口快，把內心恐懼之事給說了出來。

「斯卡尼亞幫過你什麼忙？」

「沒什麼。」提爾簡短應付，很害怕自己又說溜了嘴。

對方起了疑心，繼續追問，「可否請問你的姓名？」

「派翠克……呃，提爾．貝克霍夫。聽著，我有急事想跟斯卡尼亞談談，他有其它連絡電話號碼嗎？」

「奧利佛是你的妻舅？」

「是的。」

「那你不知道這件事？」

警察的聲音聽起來更顯懷疑。電話聲中充斥著人聲、鍵盤敲打聲和繁忙大辦公室的背景聲。

「我不知道**什麼**？」

「請幫我轉接你的醫師。」

「什麼？」

「我查詢了你的來電位置，這支電話號碼登記在一間精神病院底下。你附近有任何醫師嗎？」

提爾望著聖格，她接過電話，關閉免持聽筒，向警察介紹自己是醫院院長。

「要是我們打擾了你，很抱歉。這通電話出於治療的緣故，有其必要。我稍後再致電，向你解釋清楚。」

必要？

出於治療的緣故？

提爾環顧護理站，目光在醫護人員的私人物品上游移——大肚咖啡杯、冰箱上的海報、暖氣下方換穿的鞋——接著定睛注視妝點鐵窗的那些植物上，突然心生恐懼。

他害怕永遠被關在這裡，再也無法得知馬克斯的真相。

他再次望向聖格，她在通話中，不時搔著後頸。

喔，天啊，她不相信我，她覺得我是派翠克．溫特爾。

「完全明白，我了解了，不會再發生這種事。」

聖格掛上電話，站起身來。

「請等一下，妳必須聽我說。」提爾說道，跟著起身。

「當然，我會的。要是你的健康狀況允許，我們明天會有一個漫長的治療。」

「不，明天不行。」他用拳頭捶打桌面。「就是現在！妳不明白，這、這是一個……」

「陰謀？」聖格替他說出這個字眼，使得提爾的說詞聽起來更加不可信。

「我不知道現在是什麼狀況。我們必須先聯絡上斯卡尼亞，他能向妳解釋一切。」

「算了，那名警察在電話中把事情都告訴我了，我情願不相信你說的話。」

提爾看著鐵窗，接著把目光移回到女醫師身上。

「他說了什麼？」他問。

「你真的想知道？」

「當然。」

「奧利佛・斯卡尼亞死了。」

提爾的喉嚨像吞了一根電湯匙般突然啞住。

「死了？」他嘶聲反問。

「是的，他沒去上班，之後在公寓裡發現他時，已經沒有生命跡象。根據現場痕跡判斷，他是自殺的。」

54

他們沒有為他進行鎮靜，沒有注射藥劑或穿上拘束衣，更沒有派護理師把他帶回病房。提爾的外表雖然沉靜，內心曾有一瞬間想要把護理站亂砸一通：把冰箱拽離固定位置，翻倒它，把布告板連同那些可笑的度假明信片扔出房間；最好能用帶著長刺的仙人掌，劃過聖格那張帶著憂慮表情的偽善臉孔，然後在走廊上尖叫奔跑，西蒙與其他護理師必然已經在那裡等著他。阻止他將衝動付諸實行的，並非自制、理性，或者出於理解這種行為毫無意義，純粹是心力交瘁的力竭感。

他感覺暈眩，腦子嗡嗡作響，眼睛淚水直流，像是個脫水的人。聖格博士攙扶著他走回病房的每一步，對他而言都是沉重的折磨。

他的思考如同濃稠黏液般流動，基本上反覆想著的問題只有一個：

到底發生了什麼事？

莉卡姐不認他，**而斯卡尼亞……死了？**

這根本不可能，他昨天才與斯卡尼亞通過電話，況且他也不是那種會自我了斷的類型。

另一方面他也懷疑，真的有某種特定類型的人嗎？

是不是每一個人的體內，都有一個只要負荷過重就會崩潰、自我否定、受傷、自殘的臨

界點？

為什麼他讓人把自己送進醫院裡？

如今最進維谷的是自己的處境：他把自己弄進了一座無法逃出的監獄裡。他越是執著於真相，這裡頭的人就越覺得他瘋癲。

結果很清楚：提爾陷在毫無退路的窘境中。

他只是不明白，**為什麼**？

這場陰謀背後的計畫究竟為何？拆掉他的退路，把他永遠困在這裡，誰會因此得利？

尋找答案的過程中，心底生出的另一個問題，令他幾乎喪失理智：崔尼茲有可能說的是實話嗎？馬克斯果真還活著、哭著、呼吸著或受苦著？

除了崔尼茲之外，還有誰知道這件事？

大概是否認他、忽略他、將他留在這座自己選擇的地獄裡的那些人？

聖格將他送回病房時，他自願服用止痛劑與安眠藥，然後墜入沒有夢境的黑洞裡，但反覆驚醒。他醒來的次數頻繁，感覺沒有睡滿過一個小時。次日，當室內頂燈亮起，兩個人走入他的病房時，時間已經過了中午。

「塞妲？」提爾喉嚨乾渴。他首先注意到圖書推車，但長時間睡眠使得他的眼縫有些沾黏，好像罹患了嚴重的結膜炎一般，這使得他沒有注意到屋裡有其他人。那人在塞妲關門時，代替她開口。

「我們的時間不多。」

提爾坐起身來，發現陪著塞妲來的人是西蒙。

「你們想做什麼？」也許是殘餘安眠藥使然，他感覺自己的舌頭腫成了兩倍大，發出的聲音連自己都覺得到陌生。他迫切想要喝點東西。

彷彿讀懂他的想法，西蒙說：「我為你帶來了水。」黑人護理師提起一個五公升的水桶。

給我一瓶水也就夠了。提爾覺得訝異。

情況變得有些脫離現實，當西蒙緊張地注視手表時，他聽見塞妲低聲說道：「我需要你的幫忙。」

我在作夢，我根本就還沒醒。

但提爾並不確定自己的判斷是否正確，因為此刻他的感官敏銳，不像是身處於夢中。當塞妲把圖書推車推近病床時，提爾聽見滾輪吱嘎作響，聞到她身上擦的淡淡花果香水味，看見她悲傷的深色眼珠旁的紅色血絲。

「幫忙？」

如果提爾不在意他那彷彿小火慢燉般的疼痛再度爆發開來，他一定會為之放聲大笑。事情簡直不能更糟。他躺在這裡，被人關著，而且受了傷，對於解救自己脫離困境，顯得無能為力。然而，這個身形嬌小，臉色蒼白有如瓷器般易碎的女人，卻偏偏向他請求幫助。

「不好意思，我們的時間緊迫。」西蒙開口。「轉送將在幾個小時內開始，因此……」

「等等，」提爾的目光從塞妲轉到西蒙身上。「什麼轉送？」

這名護理師指向好似被蓋住的窗戶，窗外的天色晦暗，令視線無法穿透。

「許多戶外水管因洪水而破裂，阻礙了醫療區的供水。」

所以才用水桶送水。

「我們雖然試著用儲備的水硬撐，希望能夠熬過水災，但病房裡不能洗澡，馬桶的水箱還能再沖一次水，接著就必須手動裝滿它。醫院難以負擔這種狀況，所以必須把病患們疏散到其他醫院。」

「我要去哪裡？」提爾詢問的同時，塞妲將已經無用的《尤里西斯》從床頭櫃上拿起，放進圖書推車。

「你嗎？」西蒙問。「哪裡也不用去。你的情況沒有危急到第三科無法治療的程度。事實上，你只需要一張病床與止痛藥。在淋浴裝置恢復作用之前，簡單洗個澡也就夠了。」

「崔尼茲呢？」

提爾閉上眼睛，不想聽見答案。

「他會被轉送。」

不、不，不能……不可以這樣！

「為什麼呢？」提爾抗議。「他的情況極好。」

與我正好相反。「我甚至和他對談了一陣子。」

「我正是為此來而來的，派翠克。」塞妲說。而她口中所提起的臥底姓名，令提爾心生絕望。

「別這樣叫我。」

她將烏黑的頭髮撥到耳後，說：「好吧，就如你所願。但我們可以把話攤開來談。我鼓起了所有勇氣，向西蒙傾吐心事。我告訴他，我在崔尼茲那裡時，你也在那間病房裡。」

「然後呢？」

塞妲吞了吞口水。「你願意為此作證嗎？」

「為妳在這裡賣春的事？」

「是的，而且不只是這樣……」她羞恥地看著地板。「我希望，你能證明我並非自願這麼做。」

突然間，塞妲的模樣看似完全洩了氣一般，彷彿不僅她的衣服，就連整個房間都變大了。鼠灰色的針織毛衣像斗篷一樣掛在她的身上，在孔武有力、皮膚黝黑的護理師旁，塞妲看起來就像個羸弱的小女孩，光是說話就費了她好大的勁。

提爾突然覺得，他好似已經認識塞妲許久，而不是被送進醫院後這寥寥數日、短暫聊天而已。他深深同情塞妲，溫柔地說：「我知道卡索夫讓妳受了什麼苦。」

塞妲點頭應是，西蒙用力吸氣，他的顴骨明顯暴起，氣憤得咬牙切齒。

「妳根本沒病，塞妲。卡索夫為了讓妳參加能讓他獲得豐厚報酬的藥物測試，才把妳引入這裡。」

提爾望著西蒙，表情冷若冰霜。

「我猜，這座醫院因為連帶獲利，所以才放任他這麼做，不是嗎？只要視而不見，任由他威脅病患，將病人與暴徒關在一塊，或是逼迫女性為他賣身就行了。」

「這些都是崔尼茲告訴你的？」西蒙問。

「是的，他是重要證人。無論如何你們不該讓他走的。」

「我們無能為力。他的女律師因為『情況難以忍受』，堅持要把他轉院。事實上，就她的立場，她有權這麼做；況且崔尼茲出於某種原因，頭跟手指都受了傷。你能不能跟我們說清楚到底是為什麼？」

提爾根本沒有聽見西蒙的問話，他正忙於苦思。

有沒有搞錯？

使他被關在這裡、甚至有可能出不去的唯一理由，現在快要消失了。就算崔尼茲哪一天被送回來，也會被安置在提爾無法接近的高度戒備院區。

西蒙嘆了口氣。「我們剛才在他那裡時，塞妲帶著針對卡索夫的指控，與他當面對質。但果如預期，崔尼茲只是大笑，不願證實此事。」

該死！

提爾掀開棉被，想要站起身來，雖然他不確定自己打算怎麼做，但感覺比昨天好了一些。

他不像前晚那樣精疲力竭，疼痛尚在可以忍受的範圍，但現在的他無力阻止崔尼茲轉院。

「請你躺著吧，」西蒙要求提爾。「好好分配用水，必要時，你還必須用這些水來沖馬桶。但別擔心，很快就會有人到你這裡來，把你帶回第三科。然後，也許明天早上，我會請你對聖格博士當面陳述你的說辭。哈囉，溫特爾先生，你同意這麼做嗎？」

恍惚中聽見這些話語的提爾，想要再次提出抗議，大吼：「我不是派翠克‧溫特爾！」

他的目光落在床前的圖書推車上。

塞妲已將《尤里西斯》分類上架，放在兩本直式印刷的圖畫書中間。其中一本好似疏忽一般，稍微向前滑出。

提爾瞇起眼睛。

那本書約為Ａ４大小，是唯一不用書背，而是以內頁面對著他的書。也因此他才能夠認出那本與地圖冊相似的著作封面之間，還夾著另一本書。一本薄薄的棕色小冊子，打著黑色蝴蝶結。

提爾望著塞妲，看出她那雙深色眼眸中知情且贊同的眼神。然後，當她微微點頭時，提爾輕聲問道：「待在這裡的時間，我還可以再借幾本書嗎？」

55

崔尼茲

「發生了什麼事？」卡索夫的臉部照片，或許很適合拍攝以「狂犬病早期階段」為主題的紀錄片。他的眼珠彷彿要迸出眼窩，說話時吐著白沫，聲音比平常更加嘶啞。「這他媽的到底是在搞什麼鬼？」

崔尼茲從退開窗邊，裝腔作勢地嘆了口氣：「是的，因為供水問題實在嚴峻，我馬上就要轉院了。」

事實上，辦好轉院手續，準備好運輸工具後，崔尼茲等待的不是卡索夫，而是作為治療醫師、負責押送病患的弗利德。

「別愚弄我！」激動的卡索夫勃然大怒。要是看見他那張鳥臉的雙耳中竄出紅煙，崔尼茲也不會覺得驚奇。

「你知道我說的是派翠克‧溫特爾。你應該搞定他的，我甚至為你爭取了與他相處的時間，但你卻讓自己被他痛打一頓？」

崔尼茲摸著輕微發腫的鼻子，除此之外，溫特爾笨拙的攻擊還留下了發紫的眼睛。接著他檢視著包紮好的指頭，貼在甲床上的ＯＫ繃令他發癢，但不知怎麼搞的，他喜歡這種感覺。

「他脾氣有些暴躁，腦子裡一定進了水，我能確定的就這麼多了。他還聲稱，他是提爾·貝克霍夫，馬克斯的父親。」

「我對他不感興趣。我寧願你告訴我，你跟西蒙說了些什麼？」

「西蒙？」

「那個高大的黑人，我看見他先前與塞妲闖進你的病房裡。他想幹麼？」

崔尼茲裝出一副絞盡腦汁思索答案的模樣。「西蒙帶水來給我，塞妲則想收走我的書。」

「我說過，別愚弄我。他倆到底想要什麼？」

「一份供詞。」

「什麼供詞？」

卡索夫皺起眉頭，令他的模樣更醜，鼻子彷彿變得更長，看起來更像一隻烏鴉。

「要是你能想出來，你就不會站在這裡了。塞妲告發了你，而且她有個證人。」

「誰？」

「還會有誰。我在跟那個婊子辦事的時候，他就躲在我的病房裡。」

主任醫師不自覺摸了摸脖子，試著用堅定的嗓音掩飾自己的不安。

「這也無法證明什麼。」

「是沒辦法，可惜的是溫特爾暗中偷聽到了我們的對話。」

崔尼茲對自己的機智感到開心。當然他沒向卡索夫透露自己在其中擔任猶大的角色，把卡索夫的所有詭計都說給溫特爾聽。如此一來，才有可能令卡索夫感到不安。

「哪些對話？」

卡索夫上鉤了，而崔尼茲必須強迫自己別露出獰笑。喔，他熱愛玩弄人類的恐懼感，特別是像卡索夫這一類混蛋。**雖然**。他本來更喜歡好人的恐懼感，他們常常會因此而深陷泥沼。

「在走廊上。那時你向我提議，要是我替你解決掉溫特爾，就不需要為古柯鹼與妓女付任何錢。」

「怎麼可能，他在哪裡……這根本解釋不通。」

「我也不知道當時他在哪裡，但事實是，他都聽見了。是他自己告訴我的。之後他溜進我的病房，當場逮到我和塞妲。」

「慘了。」卡索夫咬緊牙關。

「對你而言，是的。對我來說可就有趣了——嘿，你做什麼？」

醫師繞過崔尼茲的病床，直接把床頭櫃的抽屜給拉開，一個接著一個。

「喂，你想怎麼樣？」

「它在哪裡？」卡索夫問，把最下層抽屜中的東西全都倒在病床上。但他在祕密夾層裡什麼也沒找到。

「**什麼**在哪裡？」

他檢視床具，先扯下棉被，用力抖動它，接著摸索枕頭，最後還拉開床單。

「你瘋了嗎？」崔尼茲問。但當醫師扯開床墊上保潔巾的拉鍊時，他就知道卡索夫在找什麼，因為他正好將剃刀藏在觸手可及的床墊上端。

「你以為，我會讓你帶著武器從這裡出去？」卡索夫以勝利的口吻反問，用拇指與食指夾住銀色的剃刀刀片。

媽的。

「我和你不同，我知道該怎麼用它。」卡索夫把刀片塞進醫師袍胸前的口袋，隨即轉過身去。

他這話是在說什麼鬼？

崔尼茲並未覺得不悅，但困惑的念頭引發一陣幾乎難以察覺的輕微搔癢。

「你有何打算？」崔尼茲從身後喊住卡索夫。

「還有什麼？我要去找溫特爾。」

該死，這根本與我的計畫不符。

「為了什麼？」

搔癢的感覺更強烈了。

卡索夫將門禁卡湊近門鎖。

在進行撤離準備時，將大幅縮限醫療區內的活動自由。從現在開始，病房房門只能從外部開啟，要想從內部開門則需要數位鑰匙。

在卡索夫離開病房、緊閉房門的過程中，視線始終不離崔尼茲。臨走前他回答道：「為了完成你沒辦到的事。」

56

提爾

手寫字體與它的主人相襯，帶有運動員的勁道，毫無矯飾卻不死板。筆芯留在奶油白色紙張上的明確壓力，證明他是個生氣蓬勃且有自信的人。而內容文字卻如它的創作者一般，令人深感困惑。

若非提爾知悉真相，他會從完美的字裡行間，推斷這是一個年輕且受過教育的聰明男人，可能是未來的醫師、工程師或法學家，是社會棟梁，而不是暴虐的連環殺手，嗜好是把小孩放在自行製作的保溫箱中，虐殺他們。

我猜，你什麼人也聯絡不上。提爾讀著崔尼茲的日記。他一直翻到最後幾頁，才讀到那篇先前沒看過的最新文章。

顯然，崔尼茲不知怎樣在短時間內寫下了新的內容，然後透過塞妲將它偷偷運進提爾的病房裡。為了不再被聖格逮個正著，提爾把自己鎖在浴室裡，坐在馬桶蓋上，將日記本安放在大腿上閱讀。

你撥的電話是空號，你的聯絡人要不是封鎖了你，就是根本不存在。而現在，你在黑暗

中摸索著，自問：為什麼？到底發生了什麼事？

你知道嗎，提爾，馬克斯的父親，我替你感到惋惜，因為這些問題的答案如此清晰。但我不想成為幫你解答問題的人，因為當你領悟這件事後，事情還會變得更糟。我指的是對你而言。

你尋尋覓覓的真相並不會減輕你內心的痛苦，那就像是癌症診療，沒有它，人也能活，但不會痛苦地意識到死亡正潛伏在體內。

可我不願如此，看著你痛苦，將為我帶來樂趣。可是我們之間相隔數道防守嚴密的安全門，如果他們真的把我給轉送的話，也許甚至會有數公里的直線距離。

我不是個大嘴巴，不會把答案告訴你。我希望你能自行找到答案。以下是我給你的第一道提示，但你必須先問自己為什麼。

不是問：馬克斯在哪裡，與他受了什麼苦？

而是問：馬克斯的持續失蹤，誰能從中得利？

讀到這裡，提爾抬起頭來，盯著浴室裡的瓷磚，好似能從灰色的瓷磚接縫間找到解釋。為什麼這幾行字，比起那畜生先前描寫遇見馬克斯的數頁，更加令他心煩意亂。

也許是因為這幾行文字很……**真誠**？奇特的是，他想不出其他的形容詞。實際上，他感覺，崔尼茲試圖在日記中點明一個難以證明的真相，尤其是在接下來的自白中。

生命中的一切皆是動機問題。我殺人，是因為只有極端的刺激才能表示我還活著；我喜歡受害者與家屬眼裡的淚水，所以我才坦承犯行。當他們在法庭中滿懷恨意地看著我時，我能感受到被害者雙親的痛楚。當然，這也得要他們還活著——因為我已經處理掉了蘿拉的母親米利暗——但那種愉快的感覺深深觸動了我。我發現，當起訴書上鉅細靡遺地描述我的所作所為時，遺族的悲傷與絕望有多麼強烈。而當他們終於意識到，當無罪責能力的證明得到准允通過，我將永遠被關在他們可及範圍之外的時候，被害者的父親、母親、兄弟姊妹……他們所有人都想殺了我，劇烈到近乎癲狂的悲痛從他們眼底升起。

現在，你奮不顧身地來到我這裡，提爾，馬克斯的父親。但在此之前，我能預料到我們會在此巧遇嗎？為什麼我會為了可能在精神病院醫療區裡與你相遇，而特別保留你的痛楚與絕望呢？

為何我不想承認？

提爾不寒而慄，因這些問題而全身起雞皮疙瘩。

生命中的一切皆是動機問題。

他再度抬頭。過去的日子裡，他大部分時間都因疼痛，或偶爾因思念兒子而哭泣，哭到淚水已然乾涸。此刻，他連瞇著眼睛都覺得疼痛，彷彿乾澀的虹膜被刨絲器刮過。

為何我不想承認？

提爾站起身來，把水拍在臉上，擦拭眼睛，然後喝了水，卻未感到身體舒緩。他依然覺得口渴，眼睛仍舊發疼，好似它們暗示提爾，警告他停止閱讀日記。

但提爾必須讀下去，他很明白，崔尼茲僅用寥寥數語，便成功令他感覺恐懼。

這個殘忍的人知道如何重創受害者的弱點。與許多精神病人一樣，他能像閱讀攤開的書本一般，審視他所折磨的對象。他對於那些人所懷抱的希望、祈願與懼怕的理解，可能更勝於治療他們的心理治療師。

我真是瞎了。提爾想著，他再度坐下。**如此盲目。**

「就我們的猜測，目前可能性約有百分之九十九。但一個小時前，我們有了百分之百的確信。」

提爾先前從未將共犯結構納入考量中。

雖然這個念頭很模糊、完全不合理、沒有意義、可笑，但顯而易見，那個人極有可能是誰。不過他先清除了每個與此人有關的想法，繼續閱讀下去，希望日記中的最後幾行文字，能顛覆心底的猜測。

為何我不想承認？

要是你對此提不出有意義的答案，

那麼你只好回到我的推論假設：

什麼人不想要馬克斯回來？

莉卡妲。

想法一出，提爾用手摀著嘴，好似這樣就能把想法壓回去，或是禁止它衝口而出。

她不肯認我，用她從斯卡尼亞那裡得知的臥底姓名來稱呼我，而斯卡尼亞後來就自殺了。

提爾的鼻尖縈繞一股苦中帶甜的香味，那是他自己的汗水，吸足了恐懼、悲痛以及絕望，現在又加上背叛。就連提爾也無法想像原因，以及她這麼做的理由。

或許，我倆的氣氛過於緊張，而我太寵馬克斯，所以她想要第二個孩子。

連報紙上都寫過這些事，結合他暴躁易怒的性格表現，混合成一篇爆炸性的新聞，用大字標題書寫。一本週刊在第三頁這麼問：「哪一種關係能夠承受住這些事？」接著還說：「在馬克斯失蹤之前，這段婚姻就已經走到了終點？」

那女記者還頗為樂在其中地對讀者群散播了如下細節：莉卡妲想要第二個孩子，如此馬克斯便不再是獨子；父親太過依順他的兒子，允許他做任何事，畢竟他倆是如此相似。

難道是因為太相似了？

日記本從提爾手中滑落，他把臉埋入手掌之中。

她討厭馬克斯，是因為馬克斯令她想起我？

越是努力地想著妻子，她的畫面就越加蒼白。

是的，她想要第二個孩子；是的，我們吵了架。但她到底有多麼厭惡我，為了令我陷入瘋狂，才把馬克斯從我身邊奪走？

「不！」他嘶吼著，聲音在窄小的浴室裡低沉迴盪，刺眼的燈光似乎每一秒都越發明亮。他感覺身體越來越熱，慢慢覺得自己彷彿在烤箱裡面，有人蓄意將他最深層的內在給煮熟。

「這真是瘋了！」

這毫無意義，莉卡妲不可能是罪犯，也不是超級天才，她不可能事先預知丈夫偽裝成病患的計畫。

或是透過斯卡尼亞促使我這麼做？

提爾以搖頭做為自問的回答。

不，他的大舅子曾堅決勸阻過他，直至最後一秒。

或者，那是個充滿矛盾的干涉？就像是立起一塊「禁止進入」的牌子，令他更強化了這個念頭？

可是斯卡尼亞怎麼會死了？他並不沮喪，有自殺念頭的人才不可能把一名臥底病人偽裝成住院病患送進精神病監獄。**或者，他真的有病？**

當然，人無法看透他人的想法。但，不，**斯卡尼亞不可能把我丟在這裡面不管！**

這一切根本拼湊不成一張畫。但如果這張圖的樣子比孩童塗鴉還要難解，提爾便可以用最狂野的惡意加以幻想，把莉卡妲描繪成這場陰謀的共謀者，或把她視作綁架自己兒子的犯人？

她還解決了知情人士，如斯卡尼亞，她的哥哥？並成功把這一切安排得像是自殺？**不，**這根本難以想像。

沒有意義，太冒險了。沒有初犯能犯下這種重罪。

馬克斯，他，斯卡尼亞。

太多犧牲者，太多錯誤根源。

提爾想起，他只要做個基因鑑定，就能證明自己不是派翠克．溫特爾，他們遲早會相信他的說法。

或者不會？

另一個可怕的想法捲入他的假想之網中：

要是這場陰謀不在這間醫院裡結束？倘若這裡還有其他共犯存在？

然後他繼續自問：**如果這醫院裡的陰謀根本只是個開端？**

如果真正的藏鏡人是醫護人員，對引入程序、床位分配、治療選項與接觸病患擁有影響力？

卡索夫！

這當然是他想起的第一個名字，他從一開始就在身心各方面威脅提爾，公開坦承對他的憎惡之情，令他與危機共處，在入院的第一夜掙扎求活。

提爾再次坐下，因種種兜著圈子且看似通往虛無的猜測而精疲力竭。日記本在他手中顫抖著。

「你過於偏執了。」他如此診斷自己。

接著他讀了崔尼茲寫給他的最後一段，企圖使自己從瘋狂可笑的胡思亂想中分心。

在此我必須承認，很抱歉，我對你並非完全公平，提爾，馬克斯的父親。所有的問題都是正確的，必然如此。但僅透過思考，你永遠也無法得到正確答案。我明白這很殘酷，但我別無他法，只能這麼做。

不過，嘿，我會讓一切回到正軌的，我們的協議依舊有效：

要是你把我從這裡弄出去，我就帶你去找出真相。

同時去尋找馬克斯的屍體，但我不能保證他體溫依舊。

所以加快你的腳步。我接到通知，今晚七點半將進行轉院。在那之前，我會等著你，以便我們能夠平心靜氣地討論細節。

57

提爾移轉視線，不再死盯著地板瓷磚，下意識地看著沒戴表的手腕，因為手表在他入院時就被取走，他不確定現在是幾點。

且無論他現在不能自由行動，也許已經沒有時間去完成崔尼茲的瘋狂要求。他的目光又落在日記最後一行。

P.S.啊，還有一件小事，為了讓你知道我與馬克斯聊得有多麼深入，他最後又有多麼信任我：密語是「冰塊」。

提爾還沒搞清楚這段內容的意思，就因外頭門上的聲響而嚇了一跳。那細微的聲音幾乎不比翻頁聲大上多少。要是此時他不是正屏住呼吸，或許根本沒有注意。

門鎖正在轉動，更精確地說，轉動的是可以從內部上鎖的球狀門把。但只要有一把螺絲起子或一枚硬幣，就能從外側打開門鎖。

門鎖轉動得很緩慢，像是時鐘指針背後潤滑良好的輪軸一般，無聲無息。闖入者顯然不想太快被人察覺，但眼下情勢迫使他不得不立刻下決定，到底是不是應該起身，製造出比攻擊者更大的聲響（若非攻擊者，還有誰會如此隱密地闖進他的病房？）。

或者他應該繼續坐著，至少等門開了條縫再做反應，但此舉有可能讓敵人先下手為強，佔據攻擊優勢？

隨便吧，怎樣都行。

提爾的做法簡單迅速，他剛受到驚嚇時，沒有立刻做出反應——可能是因為崔尼茲的日記令他太過震驚，導致他邏輯思考反應遲緩，但現在他恢復如常。

他按下沖水馬桶把手，裡頭還是滿水位，目光當然不離門鎖，接著他的身體貼近門板。站在門邊，他才發現那是一扇往外開的門。

這使得提爾無法將門堵住，但也給了他另外一個機會：他可以奪門往外逃。

沖水聲漸小，正如他的預測，對攻擊者來說，這是加快速度的信號。門把被快速轉開，緊接著門板移動，對方即將把門拉開。提爾不再等待，用盡全身的力氣撲身而上，用身體的重量把門向外推，鋁框門板迎面撞向闖入者。

他聽見一陣類似木材碎裂的聲音，緊接著是一陣悶喊。失去平衡的提爾蹣跚爬起，走出浴室，看見跪倒在地的卡索夫，方才的反擊如他所願，門迎面砸上對方的臉，想必撞斷了卡索夫的鼻子。

「你來做什麼？」他對醫師大吼，一腳踹向他的胃，卡索夫朝另一邊翻了過去。

「我要讓你完蛋。」卡索夫呻吟著，口中威嚇的言語與現實處境完全相反。雖然提爾受了傷，頭部與手上都纏著繃帶，而且拜血液裡的鎮痛劑所賜，行動能力頗受干擾，而且他還穿著睡袍、光著腳。但在卡索夫面前，提爾情願冒著再次折斷手指的危險，把對方痛揍一頓。

「你想幹什麼？我知道你藉著控制女性賣春，還有偽造藥物測試來賺錢。但為什麼針對**我**？我對你做了什麼？」

「**我**想幹什麼？」卡索夫氣喘吁吁。「媽的，我要你住手！」

「住手什麼？」

「別再這麼做了，你這個偽裝者。你還想要在這裡演多少次戲？」

「我演了什麼？」

「喔，你很行嘛。我猜，我就算在你身上接一台測謊機，也測不出來你在說謊。」

「我不懂你的意思！」

「老兄，別演了！」

「**別演什麼？**」提爾忍不住大喊，他受夠了眼前堆積如山的謎團。要是這座以未解之謎堆疊而成，搖搖欲墜的高塔最終倒下，足以擊潰他。

「啊，好的，當然啦，這對你來說不是演戲。我換個方式問你：你想被送進來多少次？」

碰！

提爾感覺雖然只是一個問題，但產生的力道驚人，彷彿他與醫師調轉身分，是卡索夫把門摔到他的臉上。

我把自己送進來……

「什麼？」

提爾眼角瞥見卡索夫的手探向醫師袍口袋。

「我已經來過這裡一次了？」他驚慌失措地問卡索夫。

「不。」卡索夫說：「不是一次，是好幾次。」

「但……但這不可能啊。」

「這當然可能了。所以要是沒人這麼做的話，我得把你的嘴給封上。」

一道閃光掠過，是原子筆的金屬部位反射光線，還是一把鑷子？當卡索夫如蝗蟲般朝提爾彈跳而起時，提爾這才發現，他從口袋裡摸出的來的，是那把剃刀，刀鋒幾乎刺中了他的左眼。

提爾在最後一刻把頭往後縮，他聽見頸椎發出咔嚓聲響，感覺腦海中掃過一陣拉扯的刺痛，接著整個人失去了平衡。

該死，別倒下，千萬不能倒下。要是倒了下來，你就只是個受害者了。

但提爾實在無力控制身體，所以非出於自衛，而是身體自然反應，他在倒下時右腿抬高，朝卡索夫的胯下踢了過去。

這一踹將卡索夫踢倒在地，動彈不得，他趴在油氈地板上痛得直喘氣，嘴邊流淌著口水。方才還大言不慚揚言要殺他的傢伙，這下倒地不起，原本拿著剃刀的那隻手，現在抱著胯下，而刀子摔在地上，離提爾的腳邊不過數公分。提爾並沒有搶過剃刀，將刀鋒頂在這傢伙的脖子上，他不是會這麼做的人，也沒有這麼做的餘裕。

比宰了他更重要的，是趕緊找出答案。與之相比，卡索夫暗示提爾曾多次進出醫院、妻子不肯認自己、懷疑他們所有人是否集體撒謊之類的事情，都顯得微不足道。

他只在乎一件事，那件把他帶進此地的關鍵問題：

馬克斯在哪裡？他到底發生了什麼事？

提爾已經確定，去外頭尋找解答的機會，會比關在這裡多上許多。沒有一個神智清醒的人，能在醫院這種地方找出答案。

但也許有病的人可以？

就像崔尼茲的大腦一樣？

提爾知道，與凶手合作，找出逃離醫院的方法，實在瘋狂得可笑；但這本來就是一場冒險，而且現在，這個方向至少與他的計畫相符：離開此地，逃離卡索夫與阿敏的威脅，逃離他根本不需要的癌症治療，逃出生天，重獲自由。

以及尋找真相？

你尋尋覓覓的真相並不會減輕你內心的痛苦。

無所謂，他必須盡快逃出這裡。

想明白這一點，提爾便朝卡索夫那已經斷掉的鼻子上再揮一拳，藉此令他昏厥過去。

接著他靈光一閃，把醫師脫得只剩內衣褲，穿上對方的褲子、襯衫與醫師袍。這身衣服對他來說太寬也太長，但健走鞋倒是非常合腳。

提爾從沾滿卡索夫鮮血的油氈地板上拾起剃刀，握在手中，朝房門走去。

他用力轉動門把，但當他確定出口上鎖時，不由得心生驚懼。

他們顯然更改了安全規定！

提爾急忙尋找鍵入密碼的設備，但無論是在門框或是牆壁上都找不到電子鍵盤。**這下子可好了。**

也許他在卡索夫醒過來以前，一輩子都找不出正確密碼，輸入錯誤三次也許還會引發警報。

身後的醫師雖然一動也不動，但口中哼哼唧唧的。提爾摸索著醫師袍，找到一支沒有密碼也無法解鎖的手機，而在卡索夫的褲子口袋哩，則是找到了一張沒有記號的白色門禁卡。它看起來就像是名片大小的旅館電子房門卡，只是有點厚，以硬塑膠製成。

現在呢？

頭部繃帶底下流出了汗水。

我要把卡片塞到哪裡去？

既沒有輸入鍵盤，也沒有螢幕，更沒有刷卡槽。

卡索夫再次呻吟，接著輕聲咳嗽。這驅使提爾豁出去嘗試，他首先把卡片靠向門把，然後又貼到門鎖邊，就在此時，門上發出了輕微的喀啦聲。

房門開啟，但隨即響起警報，聲音並不響亮，但嗶嗶聲有如鬧鐘，使人心焦。

難道是……

手機？

提爾從口袋中抽出聲響來源，按下卡索夫的手機螢幕，響鈴聲便停止了。

只是一通來電！提爾忍不住想笑出聲來。

他看著手機螢幕上的時間，好不容易鬆了一口氣，這才發現時間已經來不及了。

十九點四十三分。

崔尼茲一定已經被轉送走了，同時帶走了提爾逃離醫院、探索兒子下落的唯一希望。

58

走廊上空無一人，醫療區的撤離行動可能已經結束。只要卡索夫還沒清醒過來，發布警報，這裡還會有一陣子安靜。現在唯一能夠聽見的，是提爾的橡膠鞋底踩在走廊地板上發出的吱喳聲。他聽不見雨水擊打氣窗的聲音，只有風還帶著動物般的嚎叫，不時颳過電梯井的接縫。

提爾覺得通往崔尼茲單人病房的路，比前一次還要更短。即使經歷了與卡索夫的扭打，但這次他的腦袋不再像先前那般疼痛，整個人也得到了較充分的休息。

唯一像鉛塊一樣影響著他，使之心情低落的，是無論怎麼努力都可能成空的悲觀念頭。走到兩條走廊T字交叉的位置，提爾地目光掃過右側的電梯。上一次，他便是在這裡窺看到崔尼茲與卡索夫在電梯前交談。他急忙向左拐向護理站，還記得崔尼茲的病房是左側的第一扇門。而這一次房門前沒有圖書推車，塞妲也與西蒙一起離開了。

提爾感覺既孤單又寂寞，腦中念頭浮現：人們可能遺忘了他，把他單獨留在這棟建築裡，單靠口袋裡的門禁卡，他是找不到逃跑的路的。如果沒有人來找他，他唯一的談話對象，就剩下那個莫名其妙想要取他性命的卡索夫醫師了。

提爾像隻淋濕的小狗一般，不由自主地抖個不停，再也沒心情管那些悲觀的念頭了。深呼吸之後，他打開崔尼茲的房門。

59

「你還在？」

這一連串發生的種種事情，與這個句子，以及隨之浮現、充塞提爾心底的情緒毫不相襯。光是那那個略帶親密的稱呼「你」字就顯得矛盾，提爾沒有辦法想像與殺害兒子的凶手以「你」相稱，也無法對崔尼茲的存在感到開心。

但他鬆了口氣，顯然計畫有所推遲，他們還沒送走崔尼茲。

「你真是個幸運兒。」精神病人露出獰笑，看來昨天他的鼻子並沒有被提爾打斷，現在只有輕微發腫。除了脖子上的繃帶，以及膚色略顯蒼白之外，崔尼茲看起來十分健康，就連發紫的眼睛看起來也並不礙事。他脫下了院內衣物，身上穿著的也許是他被送進來時的穿著：一條服貼且顯露出肌肉的黑色襯衫，配著藍色的品牌牛仔褲，腳上套著一雙刻意作舊的無鞋帶半筒皮靴，看樣子大概沒穿過幾次。他正忙著穿上帶有皮領的防雨夾克，看起來就像在為了拍攝時尚型錄進行準備，而不是一個準備移送另一間醫院，被嚴密戒備的精神病連續殺人犯。

「所以，你收到了我的訊息。」

崔尼茲看著窗外，窗戶宛若深海中的潛水艇舷窗一般昏暗。

「之前抽水馬達有問題，但現在渡橋已經開通。我的救護車已經在等著了，任何時候都可能出發。」

他將包紮的食指朝提爾伸去。一時間，提爾還以為這個畜生是想要跟自己道別。但緊接著他才明白，崔尼茲要的是其他東西。

「請把我的日記還給我。」

「好的，當然。」提爾勉為其難把那本帶在身上的小冊子交還給對方。

「所以你也躲過了卡索夫的攻擊。」崔尼茲冷靜確認，對於其中細節顯然不感興趣。「做得不錯，但那個白癡也不是個必須認真應付的對手。他太容易被預測了，你不覺得嗎？」

提爾驚訝地發現，崔尼茲把一個信封夾進日記本前幾頁，然後把日記塞進床頭櫃，動作平心靜氣，好似時間十分充裕。

「接下來會怎麼樣呢？」提爾催促著問。「卡索夫隨時都會開啟警報，你馬上會被帶走。」

「然後呢？」

「什麼**然後**？你告訴我，應該來找你，以便討論細節。」

「沒錯，討論計畫的細節，希望你已經做好了準備，親愛的提爾，馬克斯的父親。」

「我？」提爾膝蓋幾乎一軟，差點坐倒在崔尼茲精心整理過的床上。

「我們上次分別時，不是已經談好了工作安排嗎？你打幾通電話，疏通關係，把我們弄出這裡。」

「你知道這根本行不通，卻還把這件事情丟給我處理。」

崔尼茲一臉饒富興味的表情，伸手一拍額頭。「啊，當然了，我真蠢哪。那麼現在你這路顯然是白走了，因為我不知道該怎麼才能把你藏進救護車裡，然後在全速前進時跳車逃逸。」

就在此時門開了，一個男人踏入病房。

「發生了些意外，我必須……」當他注意到病房裡並非只有崔尼茲一人時，未完的話語在空中停頓。

「出了什麼事？」男人問。要是提爾沒有看錯，對方和自己一樣，眼中都亮起了認出對方的細微火花。醫師替他開刀的時候，他是全身麻醉的，但是他從報紙和電視認識這張臉。先前在報導崔尼茲緊急手術的新聞中，他曾留意到這個人對玫瑰色 Polo 衫的偏愛。現在，提爾想起了對方的名字：哈姆特．弗利德，自行開業的外科醫師，必要時也在精神病院裡執業。

「你在這裡找什麼？」弗利德問，一手握著門把，另一隻手則從褲子口袋中掏出手機。

「你為什麼穿著卡索夫醫師的醫師袍？」

他指向提爾在慌亂中忘記取下的名牌。

「聽著，我能解釋。」提爾急忙說道，卻不知道該從何解釋起。

他該據實以告嗎？

「我叫提爾．貝克霍夫，那個男孩的父親，這畜生拐走了我兒子，可能還把他給殺了。而我是偽裝病患被送進醫院的。我為了逃離卡索夫主任醫師，不能總穿著睡袍跑來跑去，所以才借了這件醫師袍。對了，我還把那個醫師給揍倒在地，因為他想要殺了我。」

就是最具想像力的人，都很難相信這套解釋，更何況是讓人信任一個精神病患。即使對方相信了，又能怎麼樣呢？

他的目標是和崔尼茲一起逃離此地，好讓他帶自己去找馬克斯。剛才崔尼茲是怎麼說的？

「……我不知道該怎麼才能把你藏進救護車裡……」

提爾感覺到鼻水因激動而流出，考量到他的頭痛，這反應不足為奇，也許他鼻子流出的是血？他摸索著手帕，但在卡索夫的衣物中遍尋不著。

「把你的手放在我看得見的地方。」弗利德警告。「我最後一次問你：你在這裡是想做什麼？」

「來吧，告訴他吧。」崔尼茲大笑，站到病床前，觀察著對立的兩人，就像是馬路上的圍觀群眾一般，毫不掩飾他的好奇。

「快告訴他，你到底是誰。」他要求提爾。

我走投無路了。提爾想著，然後掏出了找尋手帕時，在醫師袍口袋裡找到的東西。

「我是他的人質。」提爾說著，把剃刀丟給崔尼茲，緊接著在弗利德踏步上前時，背對崔尼茲，在他前方站定。

「這樣啊，好計畫。」提爾聽見崔尼茲微笑地說著。他把握機會擒住了提爾，剃刀抵在他的頸動脈上。

60

崔尼茲施了比所需更大的力氣，從背後把提爾的手臂往上扭。自願成為人質的提爾雖無意反抗，但這虐待狂似乎很享受把他置於掌控之下的感覺。提爾害怕他的動作會導致肩膀脫臼，而且剃刀如此貼近脖頸肌膚，就像崔尼茲真想切開它一般。

他想這麼做嗎？

「好了，弗利德。」提爾聽見崔尼茲說道：「我希望你好好熱身過了，你可不能因為那口用來壯膽的酒，妨礙了我們的計畫。」

「這是什麼廢話？」與殺人狂對峙的弗利德，從現實案例中得知，對崔尼茲來說殺人確實只是兒戲。在這種情況下，弗利德還能鎮定說話，實在令人訝異。即使此時外科醫師並沒有直接遭到安全威脅，但根據職業經驗，他也知道刀傷多麼危險——如果崔尼茲想要換個受害者，下一個就輪到他。

「電梯裡有兩個護理師，他們配備有電擊槍與胡椒噴霧，你走不遠的，崔尼茲。」

提爾困惑，那些男性護理師為何沒有陪著弗利德進入病房，但問題顯然在於外科醫師沒有料到會有意外的發展，更沒想過他的病患會握有武器。

崔尼茲從提爾的脖子上移開剃刀，指著弗利德的手機。「打電話給你的看門狗，要他們立刻消失。」

「如果我不這麼做，你會殺了他嗎？」弗利德指向提爾。他正踮著腳尖，以減緩肩膀關節扭曲的疼痛。

「沒錯，我會把他的血放乾。我的靴底紋理分明，但穿著帆船鞋的你則會滑倒在他流淌的血泊中。在你說出『請給我一杯琴湯尼』之前，我會先割開你的股動脈。」

崔尼茲的語速急促激動，他那變態的幻想輸送帶顯然正全速運轉。「嗯，然後你就會看著我用你的腸子玩跳橡皮筋，這景象聽起來如何？」

弗利德吞嚥口水，自信從他臃腫而富裕的臉龐上消失，整個人看起來就像是隻挨了打的狗，情願躲在一張長凳之下。

他拿起手機按下一個鍵，吩咐道：「請讓我與崔尼茲單獨使用電梯。」

一陣停頓後，弗利德翻了個白眼，嗓音變得更大。「我知道這麼做違反規定，但是……」他嘆了口氣。「但是這裡出了意外，他挾持了人質。不，不是我。無論如何，我不是直接受制於他，是一個病患，我相信那是派翠克．溫特爾。」

崔尼茲搖頭，也許還朝弗利德的方向投以嚴厲的目光。提爾無法看見他的反應，但無論如何，他成功利用肢體動作，提醒外科醫師搞清楚情況的嚴重性。

「崔尼茲持有武器，要是你們不撤走，他會殺了我跟那名病患。」

「告訴他們，我們現在要出去了！」崔尼茲大吼。「我不想看到他們任何人，無論是電梯旁，還是樓下的救護車都一樣，否則我就會開啟一場血肉橫飛的派對，至少讓他們津津樂道談論上二十年。」

弗利德依令行事，崔尼茲則將提爾朝出口方向推。醫師結束通話後，用門禁卡打開病房的門，領頭步入走廊，沒做任何反抗。

「別做傻事。」崔尼茲語帶威脅地低聲說道，一面繼續把提爾往前推。要是提爾不想折斷手肘或是肩膀關節，他別無選擇，只能跟著崔尼茲離開病房。

走出病房，崔尼茲把他推向電梯。

空空蕩蕩。

走廊上確實空無一人，電梯前沒有醫護人員看守，也沒有武裝增援，更沒有試圖拯救人質者。

「快、快、快，我們可沒有一整天的時間。」崔尼茲催促。

「你不會成功的。」弗利德在開啟電梯門時提出警告，很明顯，電梯已經在他們這一層樓等著了。

「哦，會的，我們有你的眼睛與門禁卡。」崔尼茲命令弗利德把臉湊到樓層按鍵旁的攝影機前，以便虹膜掃描器確認通行授權。

這時，一股奇特的感覺從提爾心頭浮起，他有片刻時間忘卻了那隻被扭拽著臂膀的疼痛。

我是不是忽略了什麼？

「救護車在哪裡？」崔尼茲問。

「我正要說這個。」弗利德回答。「電梯門一打開，他們就會制服你。救護車停在入口通道。想要接近救護車的話，我們必須到中間樓層，可是你看不見裡頭的狀況，他們正好可以從後方把你打昏。」

提爾的眼角瞥見電梯的鍍鉻內壁反射出崔尼茲的微笑，電梯門緩緩關起。

「所以我們不會開那輛救護車逃走。」崔尼茲說。

「要不然呢？」

「你的保時捷停在地下停車場的第幾層，弗利德？」

61

琵雅．沃費爾

未顯示號碼的來電？

琵雅不喜歡接到非通訊錄裡的陌生人所打來的電話。如果是個間接得到她手機號碼，並在不恰當時間打來徵詢律師建議的煩人客戶，那就太討厭了。

她連人帶車已經在薩特文克爾停車場裡等了超過一個小時。這不是距離通往斯潘道區那座橋最近的停車場，在那裡等太顯眼了。而這座停車場距離醫院通道不過兩分鐘的車程，所以琵雅不由得懷疑，為何耗了那麼久時間。

「哈囉？」她接起電話，期待聽見他的聲音。

為了不讓她成為脫逃幫凶，在上一通電話裡，除了「晚上八點在露營區的停車場」之外，古伊多並未透露更多。雖然他沒有必要這樣體貼，但感覺卻很甜蜜。琵雅對古伊多的愛極為強烈，如果必須讓她在古伊多與律師執照之間做出抉擇，她一定會選擇古伊多。雖然她的寶貝不知如何才能成功逃出醫院，但反正在現實生活裡，他倆也不可能完全不受外界干擾，自由享受愛情。**至少在德國不行。**

如此看來，她犯不犯法也無所謂了。

愛情不懂法律。

她失神地微笑。

古伊多是少數了解此事的男人，也許是唯一一個。琵雅的家人從來不能理解她，尤其是她那煩人的姊姊。在琵雅就學期間，她就猜測她是因為拯救者情結而想成為刑事辯護律師。因為她與犧牲者向來是同一類人。但她姊也只能這麼說說，因為她不認得古伊多。他當然有缺點，原因在於身旁缺乏能力與之匹配的強悍女性，聰穎到足以與他為伍，而且有能力改變他。從她在警察局訊問室中初次見到他，心中便感受到強大的愛情之力。

「嘿，寶貝。」她聽見古伊多說話，心中的大石落下。

「你們在哪？」

「妳轉個身。」

她照著他的請求做了，不由得露出微笑。

頭燈的光芒穿過森林，首先照在圍繞停車場的楓樹樹冠上，接著一輛跑車轉過街角，駛進入口車道。

「我的寶貝，你在那裡。我們已經在等你了。」

琵雅微笑著撫過肚皮，懷孕時間還早，還看不見隆起，然後她下了車。

那是一輛賓士高級轎車，並非十分低調，但總好過橘紅色的低底盤保時捷 Panamera。

「妳有帶來我要求的東西嗎？」

她沒有回答，而是把手放進貂皮外套的口袋，掏出一把小口徑手槍。

黑色的槍把如石油般在車頭燈光中閃耀，她自豪地朝光芒那頭抬手揚起武器。去年，她成功為之辯護的一名毒販把武器交付給了她保管——只有電影裡的罪犯才會把武器丟進湖裡，真實世界中，那些武器都安全地藏在律師的保險箱裡，以躲避警方的查緝。

「你最好了，我親愛的。」

她隔著電話送了一個飛吻，然後說：「你必須為它裝彈，我不知道該怎麼做，但還有一些子彈……」

就在琵雅臉上還掛著充滿愛意的微笑時，保時捷的保險桿已經向前撞碎了她雙腿的脛骨。擁有五百五十四馬力的猛獸如致命的箭般朝她衝來，把她從高跟鞋中撞飛出去，拋向自己的賓士。最後她滾落賓士車前，躺在水窪之中，脊椎斷成數節。

她仍在呼吸，嘴裡含著鮮血，但頸椎第六節以下再無任何知覺，相較之下聽覺尚且無礙。

我們的孩子。這是她最後的想法。

在意識消逝之前的最後一個聲音，是跑車倒退，輪胎發出的刺耳聲響。

62
提爾

「媽的，你在做什麼？」

弗利德用力搖晃著上鎖的後車門。在地下停車場中，崔尼茲逼他坐在後座，同時開啟了不讓兒童隨意開門的兒童安全鎖。在至此的短暫路途中，他們沒有受到任何攔查，路上有兩道柵欄，使用弗利德的門禁卡便可駕車通過。

「讓我下車！」

「樂意之至。」崔尼茲大笑著，按下車門扶手上的按鈕，弗利德幾乎摔出開啟的車門。

「你也下車。」他命令提爾。提爾彷彿被催眠了一般，透過副駕駛座旁的後照鏡，緊盯著地上那個扭成一團的人，她像從舊衣回收箱裡掉出的爆開布袋，散落在停車場上。

「下車！」崔尼茲再度命令，這一次他把剃刀湊到提爾眼前。他在開車時把剃刀夾在握成拳頭的手指之間，準備用刀鋒插進每一個試圖抓住他的方向盤，或企圖做出其他蠢事的人臉上。

提爾毫無反應，崔尼茲乾脆下了車，繞過車子，用力拉開車門，拽著提爾身上的醫師袍，把他扯下車來。暴風吹來，吹拂著衣領與褲管，提爾則聞到土壤、樹葉與湖的味道。

「快、快、快，我們不是來這裡野餐的。」

崔尼茲把他推向陌生女人的賓士車。這個瘋子先打了電話給她，然後在通話時將她撞死。

「你為什麼要這麼做？」弗利德企圖追問。他蹲在死者身旁，毫無意義地為死者診脈。崔尼茲俯身撿起女人幾秒前還握在手裡的手槍。

在開始時的衝動情緒下，提爾很氣自己錯過了撿槍的機會。但他很快明白，武器在他手中毫無用處。崔尼茲對疼痛無感，朝他大腿開槍恐怕也無法令他開口招供，而提爾也不想射殺他。

不能在他領我尋找出真相之前殺掉他。

弗利德不該浪費時間照顧死者，他應該拔腿就跑。提爾還在思索的同時，崔尼茲已經打開了賓士車的駕駛座。那個女人就是駕著這輛車來的。

「來吧，你們還在等什麼？」

他用槍來回指著提爾與醫師，用另一隻手作勢召喚兩人。

醫師站起身來，驚恐的目光無法從屍體上移開。他恍惚著一步一步倒退，眼睛不離地上的女人。走到賓士車前時，他回過身來。

「為什麼？」他低聲問道，眼中含著淚水。

他的額頭因為撞擊時撞上了前座的椅背，所以有塊紅腫。提爾雖然繫著安全帶，但也因為衝撞刮傷了脖子的皮膚，隱隱發疼。

「你上車，我就告訴你。」

提爾坐上副駕駛座時，弗利德還顯得有些遲疑，但被槍指著，他別無選擇，只能再次跌進後座，但沒繫上安全帶。

「真是混帳，」他喃喃自語著。「該死的混帳！」然後把臉埋入雙手中。緊接著引擎發動，在外科醫師的抱怨聲中，崔尼茲入檔，大笑地踩下油門。賓士車向前暴衝幾步，忽然崔尼茲踩下剎車，好似他忘了什麼。

我忽略了什麼？提爾再次自問，盯著倒臥在地，被賓士的車頭燈照亮，像個戶外腐朽藝術品的女人。

崔尼茲轉頭對弗利德。「你想知道為什麼我解決了我的律師嗎？」

「是的。」

「因為我再也不需要她了，」他大笑。「她令我像動物一樣緊張。」這名精神病患流露出沉思的表情。「如果我的想法是對的，這也適用於你。」提爾聽見他說。

崔尼茲點了點頭，好似附和自己的想法一般，接著朝後座的弗利德腹部開了一槍。

63

聖格

「他**怎麼**了？」

「逃脫、越獄、離開了。」

「這……這是怎麼發生的？」

聖格在崔尼茲人去樓空的病房中轉來轉去到處張望，好像這小房間裡還有哪個角落被西蒙遺漏了。

「我應該帶他去搭救護車，但當我到這裡來時……」西蒙沒有把話說完。

「你按下警報器了嗎？」聖格亟欲確認。

她的臉色變得蒼白。**崔尼茲不見了！**她醫院裡最危險的精神病患居然人間蒸發了。

「當然了。」西蒙說，雖然他似乎正確地做了每一件事，但模樣看起來卻十分愧疚。

醫院的每個部門都設有隱藏的緊急按鈕——其中一個就在走廊上的滅火器旁。情況緊急時只要按下，便會透過專線通報警察。「一分鐘前，就在我打給妳之前。」

「很好。」聖格說。

短短不到三分鐘，醫院的車道上已經停了六輛警車，車頂的藍色警示燈在庭院裡不停旋轉著。

但警察們要搜索什麼地方呢？

聖格走到窗戶旁，朝外望著四下無人、天氣很糟的公園。透過路燈的光線照明，她看見潮濕的草皮與因風揚起的樹葉，被暴風折斷的樹枝如漂流木一般滿布在小徑上。

「也許那該死的傢伙還躲在這裡。沒有外人的協助，他怎麼可能通過安全柵欄？」

昏暗玻璃窗的倒影中，聖格注意到西蒙滿是悔恨的表情，她對他的信任勝過這座醫院裡的每一個人。

「怎麼了？」

「很抱歉，有個更糟的消息。」

「什麼？」

「卡索夫！」

聖格飛快轉過身子。「他是這場越獄的始作俑者？」

西蒙嘆了口氣。「倒不是這樣，卡索夫身受重傷，倒在溫特爾的病房裡。他顯然是被打倒在地。崔尼茲與溫特爾結夥逃亡，而這還不是最糟的。」

我的老天，一天之內跑了兩名病患？

她並不擔心報紙上刊登的那些譏諷文章，或許明天她會拿碎紙機把那些報紙都絞碎；相較之下，她更擔心市民的安危。

西蒙清了清喉嚨。

「千萬別告訴我，還有誰不見了。」

「我一直聯絡不上弗利德醫師。不過，我在床頭櫃裡找到這個。」

「一本日記？」

所以溫特爾是對的？

聖格從西蒙手中搶下那本小冊子，解開蝴蝶結。翻開日記時，一封信落到她的眼前，收信者是：

聖格博士（如果她還沒被開除的話！）

親愛的聖格女士，還有那些想對他人私人記事一探究竟、親愛的好事者們，如果你想這麼做，這是我的日記——詳細且幽默地描述了古伊多．崔尼茲的生活。

聖格簡直能聽見這個混帳厚顏無恥又自戀的哼唱聲。

如你們所見，我的歷險記有數十頁之長。而且我頗費了一番心思，在敘述擅長反抗的小馬克斯時，特別強調他在保溫箱中的最後經歷。如果你們現在趕時間——我能夠想像，因為每秒鐘我的優勢都在增強——我給一個提示，先跳過那個絕妙的部分（事後，你們還可以在火爐面前，舒適地搭配紅酒享受它）。

但要是妳想藉此找出我人在何處，我奉勸妳乾脆略過這封信。

在翻閱的過程中，聖格手中的信紙不斷顫抖，情緒如此激烈，令她幾乎無法讀完信紙背後的內容。當她終於能夠翻閱信紙並讀完內容；當她理解崔尼茲的縝密計畫，並到底做出了何種暴行時，她再也拿不住信紙，任由它落到地上，在西蒙面前喊出了她的憤怒與絕望。

這時停在不遠處的警車再度傳來警笛聲。

64

提爾

提爾爬到後座，手裡拿著從副駕駛座的置物箱中找到的急救包，竭盡所能以棉花等敷料緊壓住弗利德的傷口，但他的腹部依然血流不止。

太多了，實在是流太多血了。

紗布與棉花，以及他所能找到的一切，都像潮濕海綿一樣在滴血，就連他手指上的繃帶也都吸飽了血。

車內的味道聞起來像是鮮血、汗水以及恐懼的綜合體。提爾懷疑，死亡的氣味必是如此，雖然坐在駕駛座上的死神剛洗過澡，而且心情甚佳。

「救命……」

弗利德發出呻吟，他嗚咽著、嘟囔著，氣喘吁吁地呼救。細密的汗珠從額頭滴落，右腿不由自主地抖動，眼球則像遭受電擊一般，在闔起的眼皮下顫抖。

「停車！」提爾大吼，但崔尼茲反而開得更快。如果提爾沒搞錯的話，他們正駛向斯潘道或夏洛滕堡，但此刻這些都不重要，因為他們顯然不是開往能夠挽救弗利德性命的地方。

「他必須進醫院。」

「他就不能早點說嗎？」崔尼茲諷刺地說。「我們才剛從醫院出來。」

「他會死的。」

「我就希望如此，」崔尼茲對著後座的提爾眨了眨眼。「你也一定不會反對。」

為什麼？

又來了，又是那個問題，正當他盡力阻止醫師陷入昏迷的時候，有什麼東西是他沒有注意到的。

我忽略了什麼？

他看著車窗外，昏暗的路樹從旁掠過，向天空聳起的粗大樹幹宛如驚嘆號。

你！忽略了！一些事！

驚嘆號掠過的速度並不算快，因為崔尼茲為免引起他人注意，嚴格遵守行車速限。儘管如此，提爾覺得車行經過的路程如同白日夢一般，結束的快得令人訝異。而在行車過程中，弗利德不時發出嗚咽、呼嚕、嚎叫與呼救的喃喃聲，濕漉漉且緊握的手越來越冷，漸趨無力。

他們停在一條小巷裡，兩側聳立著獨棟住宅。當提爾透過老舊街燈的光線觀察著新環境時，迷濛間忽然有種似曾相識的感覺。

就像是閱讀一本曾讀過的書，覺得很熟悉，但一頁接著一頁翻閱的過程中，卻無法確定是否在哪裡看過這本書。

我在哪裡？

此區大部分的房子都建於上個世紀初，令人印象深刻的是老建築那壯觀的屋頂，和上方高聳的頂棚與木製平台。

特朗尼茲選擇停車的房子，在周遭造型一致的建築物之間顯得格外醒目。那是一幢新建的屋舍，建築正面寬大，頂樓的屋頂鋪得平整，沒有一點燈火，連門牌號碼上也不裝照明。

「打開庭院的門！」崔尼茲下令，用武器指著提爾的額頭。

提爾的右手擺出防衛動作，但因此先鬆開了按壓在弗利德身上的紗布等敷料，反正怎麼按也沒用。「把槍拿開些，我不會逃掉的。」

崔尼茲咯咯直笑。「不，你想去找馬克斯。」

提到這個名字，弗利德再次呻吟，他把手朝提爾伸去，像是乞求他別把自己與這個瘋子單獨留在車裡。

提爾把醫師的手放回在他的腹部。「別擔心，我會回來的。」

他下了車，打開虛掩的庭院車道鐵門。這幢房子看起來陰暗且無人居住，如果有個保全防範擅闖者，那會更加符合邏輯。

我忽略了什麼？

伴隨著隆隆引擎聲，崔尼茲緩緩駛入碎石車道，停在緊鄰地下室入口的一座車棚下。兩盞自動感應的戶外照明燈點亮，讓人能夠看得清院子裡的景象。

崔尼茲下了車。

「馬克斯在這裡？」提爾問道。

他渾身感覺難受，不是因為手上的鮮血，也不是因為後座正在死去的男人，或是他們剛才在停車場上撞死的女人。

他之所以渾身不對勁，是因為他知道，自己與最終的答案距離不遠。

「馬克斯在這棟房子裡嗎？」

沒有什麼比不確定更糟了。

「是啊，這是個大哉問，不是嗎？」

崔尼茲關上車門，後座車門突然打開，弗利德像個濕透的包裹一般跌出車外。

「喔，你看，多可愛呀，他想跟來呢。」

事實上，弗利德曾有片刻成功地撐起四肢站了起來，踉蹌朝前走向崔尼茲與地下室的階梯。

但虐殺犯走到一邊，狠踹了弗利德一腳，他因此摔下了通往地下室的樓梯。提爾原本猜測這就是外科醫師的結局，他會摔斷後頸。但就在腦袋直接撞上地板前，弗利德適時用手抓住了一旁的欄杆，即使如此，他也無法再站起。

這可怕的情形令提爾回憶起他養過的狗，牠在被獸醫全身麻醉後，不停嘗試站起，整整超過了一個小時。無論牠如何努力，四隻爪子卻一而再、再而三地在抗菌地板上打滑跌倒。弗利德徒勞的努力看起來與回憶裡的那隻狗一般可憐無助。

「饒了他吧！」提爾驚慌大喊，但崔尼茲卻揪住他的衣領，把他拖過敞開的地下室大門，從弗利德背後走了過去。這次走道上的自動感應器為入口提供了必要的照明。

又是一扇虛掩的門。

「讓他躺著。」崔尼茲命令。「**讓他躺著！**」當提爾試著查看傷者時，他憤怒地嘶聲下令。而弗利德現在一動不動地倒在一張地毯上，那張地毯襯托得地下室走道異常溫馨明亮。

崔尼茲關上外面的門，沿著走廊走過有可能是通往一樓的階梯。

「竭誠歡迎！」他往後朝提爾大喊。

潮濕的灰塵與舊書的氣息令提爾鼻子發癢，雖然屋裡的溫度比外頭溫暖幾度，但他每隨著崔尼茲走一步，顫抖就越發強烈。

幾天前，他或許會為了追尋放棄一切。不，他為此**已經放棄**了一切，包括他的自由、他的自主權。

我的理智呢？

他的心裡有股預感，這個精神病患為自己所安排的路，以及他尾隨前進所見的一切，都會讓他發現，現實比想像的更糟。

「我們到底在哪裡？」提爾空洞的嗓音散落在一路敞開的壁櫥之間，之前這裡面也許放滿了鞋子、冬季大衣以及衣物，但現在空空如也。極為寒冷。

死亡的感覺。

「一間接著一間。」

穿過通往右方走廊的門扉時，崔尼茲忽然低下頭。

「你去看看，我都為你準備了些什麼。」

65

搔癢感越來越強烈，此外他還聞到了化學藥劑的氣味。某種腐蝕性的味道刺激了他的鼻子，使得他不得不用力擤鼻。

縱然內心滿懷抗拒，他的腳步沉重如鉛，但提爾還是一路跟著崔尼茲前進。他忽略了最後一級階梯，腳步踉蹌了一下，走進一個看似是臥房的地方，也許是富裕屋主提供訪客使用的客房，而這幢房子絕不可能屬於這名精神病患所有。

崔尼茲的財產一定早就被沒收、拍賣掉了，不是嗎？

雙人床上罩著天藍色的床單，窗前的木窗台上積滿了厚重的灰塵，證明已經很久沒有人打掃過這裡。

「沿著這邊走。」他聽見崔尼茲在一旁呼喊著，這間客房透過一扇拉門與地下起居室相連。

「拜託！有種點！走近一些！」

提爾閉上眼睛，卻無法壓抑心底那陣乞求他別這麼做的聲音。

轉過身去！別再繼續走了！不要看！

但他當然還是一路尾隨著那名殺手有如禽獸般的咯咯笑聲。惡魔的女妖歌聲。

提爾朝前踏出一步，眼睛依舊緊閉。此時想來是站在連接兩個房間的門框中。他閉著眼睛，就像從前耶誕節時，父母告訴他還得稍等，等他們打出信號，才能把眼睛睜開。

只是地下室裡沒有耶誕樹，也沒有耶誕樹下令人感到驚奇的禮物，只有遺憾、折磨、**還有……**

「喔，天啊！」

無法忍耐的提爾，睜眼呆望房間中央的設備，除此之外這間房裡什麼也沒有，就連地毯也不見了。房間中央擺放了一張穩固的長方形金屬桌，上面聳立著一台地獄機器，實際所見，比報紙照片上看起來更加駭人。

側面挖鑿著透視窗的木箱，令人想起了鐵肺。

有一次，提爾參觀法醫博物館時，曾對這種古老的壓力箱感到驚奇。早先，他們把人放進箱子裡，以進行人工呼吸。

但躺在鐵肺中的病人，頭會露在外面，而這個箱子的每一端都被封死了。

「這是什麼？」提爾輕聲地問。

「不知為何，我父親總是稱它為特里希。但我沒有為我的保溫箱取名。」

提爾靠得更近些，手伸向棕色夾板。他摸索著那兩個位於側面隔板的圓窗，它們比桌球拍面大一些。圓窗上有玻璃，而箱子上蓋也有鑲嵌著玻璃的圓形切口。

「馬克斯？」提爾害怕地喊，他看不見設備內部是否有物體在動。這個設備的大小足夠容納一名六歲，不，現年七歲的男孩。所有玻璃都是幾近不透明的磨砂玻璃。**雖然……**

不，那不是磨砂玻璃。**那是……**

水氣！

玻璃上蒙著霧氣！

提爾靠得更近。

在裡面！

他把身體彎到鎖著的盒蓋上，清楚看見底下躺著一副軀體。

「那是……」他看著站在一旁，津津有味觀察著他的崔尼茲。「那是我兒子？」

「你認不出他？」

「我、我看不見他，玻璃上霧氣模糊。」

這是不是個好徵兆？意思是他在呼吸，還是沒有？

崔尼茲像個父親一樣，拍了拍他的肩膀，「來，看清楚些。」

「但……這怎麼可能？」

提爾抽了抽鼻子，用醫師袍的袖子抹過玻璃外部。這麼做當然沒有用，因為霧氣是附著在玻璃內側。

馬克斯不可能在這個房子、這個箱子裡待上一年，卻沒人救他出來？

「你真的不知道？」一旁的崔尼茲問道。他注視著提爾。「你不知道自己在哪裡？」

提爾搖了搖頭，像個站在黑板前的學童，無法解答派給他的習題。

「你也不知道一年前，馬克斯到底發生了什麼事？」

「不！」提爾低語，感覺心底的恐懼即將吞噬自己。

「好吧，」崔尼茲說：「那我再給你一些提示。」

66

回顧

馬克斯，一年前

「冰塊。」馬克斯一邊想著，一邊緊緊抱著他的組裝模型。

他走出家門，踏入寒風中，去年夏天父親和約好的通關密語，和凜冽的寒風倒是絕配。

他們一而再、再而三地練習，在森林裡健行時、開車時，或是等公車時。

「如果有陌生人告訴你，你應該跟他走，你會怎麼做呢？」

「那我就會問他通關密語是什麼。」

「我們的通關密語是什麼呢？」

「冰塊……」馬克斯一邊喃喃自語，一邊小心地踏下門前的三級階梯，走到前庭，他必須行動謹慎，才不會在安娜看到之前破壞了樂高積木，或是因為摔倒而導致零件脫落。安娜的氣味好極了，還會親切地將他抱起親吻。

「喂，孩子！」

他往右看著那名站在一盞老舊街燈下的男子。

「是的？」

「你知道六十五號是哪一家嗎？」

馬克斯不想在往安娜家的路上有任何耽擱，更何況室外溫度每一秒都在下降。

「通關密語是什麼？」他脫口而出。

「啥？」

男人怔怔地看著馬克斯，好似與他對話的這個男孩，說的是他與摯友一同想出的祕密語言。

「算了，」馬克斯頓了頓說。他決定幫那名男子一個忙。「六十五號嗎？」

畢竟那男人並沒有要馬克斯跟他走，而且通關密語的使用規則似乎也不適用於一個推著滿載包裹的推車、身穿制服的郵差。

「謝了，小傢伙。」馬克斯為他指路後，這名郵差便告別了。他不只是弄錯了門牌號碼，還弄錯了街道——不是萊爾辛巷，而是列爾辛巷。

但這一區本就錯綜複雜，所有路名都十分類似。

馬克斯等郵差再度登上郵車開走，這給了他一點時間，思考著該如何與安娜打招呼。

每當他面對安娜，總感覺非常害怕。安娜如此美麗，而他如此年幼。如果他直接按安娜家的門鈴，她會露出笑容嗎？她究竟喜不喜歡《星際大戰》？當然，安娜是個極好的女孩，一定會喜歡《星際大戰》。

馬克斯穿過街道，他是如此深陷於思考之中，所以沒有注意到那輛向他疾馳而來的跑

車。

喔不，**他想著。**我的千年鷹號！

而此時，樂高太空船飛過空中，散落在積雪上。他幼小的軀體瞬間被疼痛之海的浪潮所吞沒，痛苦拍打著他的身體，既響亮又劇烈，以至於他失去了意識。

數小時之後，他甦醒過來，除了眼睛之外，什麼也看不見。那個男人的臉部被綠色口罩所覆蓋。而他還需要一陣子，才能理解自己被束縛的那床硬墊子，是一張手術床。

一年前，馬克斯以為自己是在地獄中醒來的。他是被萬聖節怪物抓來刑求的。他從沒想過，真正的地獄離距離自己還有一年之遙，直到今天，地獄大門才為他敞開。

那個男人今早把他帶到這裡來，讓他待在這座奇特房子的地窖中。也是那個男人撞上他、為他斷掉的腿上夾板，並照料他的健康，只為了在最後將他殺死。

他的雙腿被人綁起，被迫躺在這狹小的木箱裡，上方突然出現一個身影。也許是個男人，看起來與看守他至今的那個人不同，更纖瘦，或許更年輕。但因為箱子上那該死的玻璃霧氣朦朧，馬克斯無法確切看清，也認不出那個男人的面容。

「爸爸？」雖然歷經數月之久的隔離，他早已將希望消耗殆盡，但馬克斯仍滿懷希望地喊出聲來。

67 提爾

「馬克斯？」

提爾敲了敲「保溫箱」的玻璃，他確信兒子在喊他，雖然從外面聽起來，那聲音只是含糊的嘟囔。這台地獄機器的隔音效果也太好了。

「打開它！」他厲聲喝斥崔尼茲，不相信他所說的鬼話。

一場肇逃意外？崔尼茲不是綁架者？

但馬克斯為何躺在這座地窖裡？藏在這個保溫箱中？

我忽略了什麼？

「馬上就打開！」

崔尼茲嘆了口氣。「喔，可惜我辦不到，我沒有鑰匙。」

提爾疑惑地眨眼。「為何沒有？」

「這不是我做的。」

提爾因疑惑而驚慌失措，結巴地問：「但、但……那到底是誰做的？」

他摸索著箱子周遭的螺栓，但無論是箱側，還是用來讓手探入的圓形玻璃，或是玻璃上端的頂蓋，沒有一個地方有把手、轉輪或是他能扳動的鉸鏈。他不禁憂慮。「空氣能進得去嗎？」

「可以，只要這個氣閥還開著。」

崔尼茲指向側面的一個金屬閥門，大小約略等同原子筆蓋。

「可是一旦把它轉緊……」

崔尼茲吐著舌頭，發出令人窒息的聲音，當他模仿完窒息而死的模樣後，便咯咯笑個不停。

「如果這東西不是你做的，那誰會有鑰匙？」

「等等，這當然是**我的**東西，這玩意兒的早期原型被我放在提爾托夫運河旁的車庫裡。但治療孔的螺栓與氣閥卻是新的，那可不是我裝的。」

「不然呢？」提爾大吼。「如果不是你，到底是誰？」

他們身後發出咔嚓聲響，接著弗利德弓著身子，跌進屋裡，因體力不支，呻吟地倒在走廊上。

崔尼茲雙眼閃光，就像得到女友允諾初嘗禁果的青少年一般。

「啊哈，說曹操，曹操到。正說到這個惡魔呢。」

68

血。

鮮血沾滿外科醫師的上半身、臉與頭髮，以及地毯，還有他所觸碰過的每一個地方。

從自己的皮膚、頭部和手指上的繃帶、還有雙手上，提爾舔到、聞到、感覺到鮮血，宛如澗水一般在耳中潺潺作響。

「你剛說了什麼？」弗利德嘶聲問道，彷彿喉嚨被人緊縛。

你尋尋覓覓的真相並不會減輕你內心的痛苦。

「唉，提爾，馬克斯的父親，你連一加一都算不出來嗎？」崔尼茲搜尋他的眼神。「為何我們的逃脫如此容易？為什麼沒有任何人阻撓我們？」

為什麼這裡的門都開著？

「是因為有人幫了我們。」

精神病患指著弗利德，他蹲在門旁，倚著兩間病房之間的牆壁。

「能容我介紹嗎？我們越獄的幕後主使，苦艾酒威爾慕特，呃，哈姆特．弗利德醫師。他不僅是匿名戒酒會成員，還曾經差點在手術檯上失去一切，去年他的保時捷撞上了可愛的馬克斯。」

「閉上你的狗嘴。」弗利德喘著氣，沾滿鮮血的雙手緊壓著槍傷傷口。

「事情就是如此。」崔尼茲走向弗利德，踢向他伸出的腿。

「他爛醉如泥地駕車衝進速限三十公里的住宅區。我可以想像，當你站在倒臥雪堆之中，身受重傷的孩子身旁，看著他的樂高積木散落一地時，浸滿酒精的大腦裡閃過什麼念頭：『媽的，這事要是穿幫，我就真完了。我會失去一切，工作、聲望、自由，所有的一切！』」

「是你？」

提爾從保溫箱旁退開，朝男人走近一步。幾分鐘前，他還曾試著挽救對方的性命。

我還握住了他的手！

「所以他把馬克斯塞進後車廂，然後開到位於布蘭登堡邦的度假小屋。」崔尼茲繼續解釋。「為了冷靜思考該怎麼做。」

他看著提爾。「無論如何，他為馬克斯進行治療，給他的腿上了夾板，治療期間總是戴著面具。我來猜猜看，你想等候時機，把他放走，不是嗎？」他嘆了口氣。「但有一天，這白癡穿著他的醫師袍為孩子治療，你能相信嗎？這傢伙真是犯罪行動的門外漢。馬克斯根本不必看到他的臉——反正他也不太可能認出對方的面孔——他只要照著念：哈姆特．弗利德醫師，精神病院，就夠了。」

殺手的話語忽然呈現詭異的模糊，原因是潛伏於提爾胸口中的夢魘，現在轉移到耳朵上了。他的大腦顯然並不想聽崔尼茲所述說的真相。

「這故事最諷刺的地方，在於馬克斯當時幾乎還不會閱讀，他還只有小學一年級。但這樣也就夠了。」

「你為什麼這麼做？」弗利德呻吟著，他已經放棄把手按在腹部傷口上了。

「你別搞錯我的意思，提爾。弗利德並不是個壞人，無論如何，他與我不同。他責怪自己，一方面不想因為綁架孩童而坐牢，另一方面又無法對馬克斯痛下殺手，所以直到今天都猶豫不決。然後，噠答——我出現了。」崔尼茲像在舞台上進行演出的演員一般，快速踩了個箭步。

「對他而言，這彷彿是天意，我突然落到了他的手術檯上。全世界都相信，是我殺了馬克斯。」

但他為什麼不想承認，並享受被害者家屬的痛苦？

因為崔尼茲不是凶手！

「於此同時，我們親愛的外科醫師一直將馬克斯藏在他的度假小屋裡。那是一間位於夏爾慕徹湖旁的偏僻釣魚小屋，在那裡，沒有任何人會打擾他。」

崔尼茲指著醫師。

「因此弗利德在手術後走進我的病房，向我提議：我可以把一切做得就像是我殺了馬克斯一樣，帶警察去找馬克斯的屍體。以此為代價，他會協助我逃亡。」

「那本日記呢？」提爾問道，他不確定自己該拿這個被揭露的祕密怎麼辦。

這是個好消息嗎？那意思是馬克斯真的還活著嗎？或者只是在他玩一這場極其殘忍的遊戲？這個畜生給他一個假希望，只是要捉弄他，滿足他的變態心理而已嗎？

「那本日記是協議的一部分。我在精神病院裡寫下一切，最後他們會在我的床墊下找到它。做為凶手不是弗利德，我才是凶手的明確證據。」

「為什麼是凶手？馬克斯還活著啊！」

提爾轉向保溫箱。

「是的，**還**活著。所以他才把我給弄出來，這樣我才能完成他的骯髒計畫。」

我的老天爺。

崔尼茲在日記本裡描述了他**未來的**所作所為。

他從沒見過馬克斯，卻想要殺了他，就在今天，此時此地。

崔尼茲繼續解釋：「我給了弗利德明確的指示，告訴他可以在什麼地方找到這具保溫箱、他要如何按照我的計畫完成它，如此才能派得上用場。然後我告訴他，要把保溫箱帶到哪裡，才能讓它看起來像是我的所有物。」

「所以我們到底在哪裡？」提爾問道，忽然想起房前的路燈，以及他踏入地下起居室時，鼻間感覺到的奇特搔癢。

「你一定知道我們在哪裡。」崔尼茲向他發誓。

是的，在惡魔的魔爪裡，在地獄的中心。

「當我知道你到底是誰的時候，琵雅為我調查了地址。」

崔尼茲舉起雙手，做了一個「嘿，沒必要為此過於激動」的手勢。「我知道這違反協議。」他朝弗利德說，而對方口中淌出一個帶血的口水泡泡。

提爾此時彷彿靈魂出竅，肉體站在地下室裡，身處於關著他兒子的地獄機器，以及兩名罪犯之間，而靈魂卻空轉著。周遭聲音漸趨模糊，彷彿來自遠方。他陷入驚恐之中，無力移動。

「我覺得這樣做會更有趣，所以沒安排在我家，而是在這裡發生。無論如何，我都希望他能陪著我們。」

「你為何告訴他這一切？」他聽見弗利德無力低問。

崔尼茲伸出握著武器的手，回頭走向蹲在地上的外科醫師。「這與我選定這座地下室的原因一樣，因為我覺得很有趣。當人親眼目睹最恐怖的真相時，所受的苦痛就也越強烈。」

他把手槍湊到弗利德的腦袋旁。醫師呻吟著，將一隻手從肚子前移開，浸滿鮮血的繃帶鬆脫開來，滲出血液。

令提爾驚訝的是，弗利德微笑起來，露出染紅的牙齒。

「來吧，開槍吧，反正我也這麼打算。」

崔尼茲疑惑地眨著眼。「你想死在今天？」

「結束這件事吧，我想了卻一切。」

弗利德看著提爾，渾濁的目光中似乎在說：「拜託，我很抱歉，我犯了一個錯。」

提爾不由得想起弗利德走進病房時說的那句話。「**發生了些意外，我必須……**」

「了卻一切？」崔尼茲不敢置信地說：「你瞧，這位高雅的先生到頭來還會良心不安唷，可惜已經太遲了。」

弗利德搖搖頭。「殺了我吧！但放了那個男孩！除此之外我別無所想。」

「我覺得即將失血而死的你，沒有談判的資格。」

外科醫師咳著血，重複說道：「請放過馬克斯！反正你的時間也不多了，警方一定正在追緝你。」

「那又怎樣，也許我根本不想逃跑？」

「但你想看見馬克斯受苦，還有他。」弗利德指向提爾。「要是你受到打擾，便無法享受樂趣。」

「我有的是時間。」

弗利德用盡最後一絲力量，把手槍從額頭前撥開，但崔尼茲立刻舉起槍來。

「不，你沒有時間了。我的門禁卡正在送出信號。為了防止卡片遺失，卡片設定有可追蹤模式。聖格知道我人在哪裡，他們馬上就會趕過來。」

崔尼茲大笑出聲。「胡說，你才沒這麼蠢。你一定抹去了所有能夠追查到自身的線索。」

弗利德用最後一絲力量做出抗議。「我還得要說幾次？我改變了主意。我覺得我做不到。我想投案。」

崔尼茲聳聳肩。「無所謂，你的門禁卡是磁卡，不會發出信號。你在吹牛，但相當出色，應該給予稱賞。我覺得你之前所做的一切也都不差，好像你真的打電話給護理師。」崔尼茲模仿弗利德，把手槍像手機一樣湊在耳邊，然後重複弗利德之前說過的話：「我知道這麼做違反規定，但是這裡出了意外，他挾持了人質。」

他再度把槍口指向弗利德的額頭。「所以，現在就結束這些蠢事吧。」

「不，等等，我求你讓馬克斯……」

這句未完的話語硬生生在弗利德的口中爆裂開來。

崔尼茲扣下了扳機。

伴隨震耳欲聾的巨響，子彈穿過弗利德的額頭，鑽進大腦，從後腦勺竄出，卡在石膏牆板上。

「但他是對的，我們必須快點。」崔尼茲說，彷彿對爆裂的骨頭，以及濺在死者後方牆上的鮮血與腦漿視若無睹。而詛咒也在此刻徹底解除。

提爾的耳朵擺脫了壓力的束縛，他從震驚的呆滯之中完全解放。

69

「你在做什麼？」他問崔尼茲，但並不指望得到對方的回答。

精神病患摸索著死去醫師的口袋，在褲口袋裡找到了什麼。

「看吧，我就說了。」

他讓提爾看了看那把粗糙且帶有長柄的四角鎖鑰匙。「這是關閉氣閥用的。」

他想走過提爾身旁，但提爾卻放膽擋住他的去路。

「住手，你不可以這麼做。」

崔尼茲點頭。「正是如此，我原本是為了娛樂而這麼做。但要是我**必須**這麼做，那就成了工作。」

他卸下彈匣，確認還剩一發子彈，重新裝上之後，讓提爾看過武器，便硬擠過他身旁。

「你要做甚麼？」

「還能做什麼？我要照顧馬克斯。」

崔尼茲用槍管敲了敲保溫箱頂端的玻璃。

「唷呼，你聽得見我嗎，小可愛？治療要開始囉。」

媽的，現在該怎麼辦？

提爾環顧四周，焦急尋找著能夠用來對抗那名武裝精神病患的東西。

他抓著頭，鬆開了繃帶。

「住手，或者我走。」

這次崔尼茲甚至沒有轉身面對他，而是把四角鎖的鑰匙放到氣閥上。

「你這到底是哪門子的可笑威脅？」

「弗利德是對的，不是嗎？你想要我跟到這裡來，以便能看著我受苦。」

「然後呢？」

「如果我現在離開，你就什麼也得不到。你感受不到我的悲痛，一切都是枉然。」

崔尼茲轉向提爾，脣邊滿是笑意。「喔，你高估了自己的重要性。你不是來這裡看這個男孩死去的。」

要不然呢？

「我想跟這個男孩找點樂子，你則是他之後的紅利。」

我忽略了什麼？

「當馬克斯死在這座地下室時，你搞不好能有幸再次感受，把你徹底毀掉的那件事。這對我來說很重要，那時候，我想要注視你的臉，享受你的痛苦。」

他抽了抽鼻子。「另外有消息供你參考，你是走不遠的。琵雅調查過這裡，只要地下室的門關著，你就無法離開此地。而通往一樓的門上了鎖。這也就是說，這裡暫時沒有能讓你出去的路。你可以在走廊上等著我和馬克斯完事，接著，我會讓你看見他的屍體。」

他旋上四角鎖，關閉通氣閥。

碰碰碰……

幾乎同時，有人從箱子內部敲打著玻璃與木製隔板。

「可惜我們的時間不多，否則我還想多跟他做點其他的事情。但你瞧瞧，玻璃現在清晰許多，不再那麼霧氣朦朧了，你可以在他窒息的過程中，好好地看看他。」崔尼茲說。就在此時，提爾用從頭上解下的繃帶扭成的繩子，纏住殺手的脖子。

但徒勞無功。

這個嘗試既可悲又絕望。

僅需一次肘擊，崔尼茲便在提爾的頭蓋骨下引爆一場煙火。火花四射，流動的痛楚從體內湧出，灌滿雙眼間的空洞。

「這算哪門子的禮貌？」崔尼茲問道，而保溫箱內的敲擊聲越來越強、漸趨慌亂。

碰……**碰**……

「喔，這就像是我耳中的音樂。」崔尼茲說著，彎腰靠在保溫箱的上方。提爾不知道該如何阻止這個瘋子，才能拯救馬克斯。

他恐怕再也無法扭轉局勢了。

70

聖格

親愛的聖格女士，妳所拿到的是有史以來第一部並非記述過往，而是描寫未來的日記。妳讀到的一切，都將發生在小馬克斯身上。我的幻想即將成真，可能就在此時此刻。

弗利德醫師覺得，他可以裝腔作勢地說在手術進行時對我下了毒，用以威脅我按照他的計畫行事。

但事實上，他只是隨著我的口哨起舞（雖然我懷疑，妳讀到這封信時，他是否還能跳舞）。

我需要他把特里希（妳會搞清楚那是什麼）帶到我所選擇的地點，如此一來我便可以治療馬克斯；另一方面，他也為我的逃亡助一臂之力。要是我們能再見到彼此，我會向妳解釋原由。

我們勢必再次相見。我很快就會再處於妳的照護之下，但前提是，妳必須先挺過我越獄醜聞公開之後，即將召開的懲戒程序與調查委員會。

我之所以在這裡對妳開誠布公的唯一原因，是因為我完全無意於維持自由之身。

在精神病院戒護、安排妥貼的情況下，我住得十分舒適。置身其中，什麼也不缺：膳食、住所、毒品——甚至是妓女，一切免費到府。更何況醫院也救了我一命，雖然弗利德的心理遊戲有些煩人，但幸運的是，那都將成過往雲煙。

此外，我想再回醫院的主要原因是：第二場官司。

屆時我會凝望著小馬克斯母親的雙眼，她將知道，她的兒子在失蹤一年之後仍然活著。她甚至曾有過解救他的機會，能將他擁入懷中，親吻、撫摸，並看著他長大。接著，在宣讀判決後，我將望著她的眼睛，從中看見憤怒、心痛以及絕望。我會把這個景象留存記憶之中，當我想要享受它時，再將它喚出。

為了實現這個願望，妳只需要稍候片刻。

當一切結束之後，我自會來向妳報到。

懷著歡愉的期特

妳的

古伊多・崔尼茲

「特里希？」

聖格早就忘了眼前這位胖警官的名字（好像是某種動物，如狐、鼬或是鹿之類的），她在辦公室裡把信交給了他，讓他讀完內容。

「妳知道這封信究竟是什麼意思嗎？」他問道，聲音帶著些許疲勞。他的人馬已經展開搜索，醫院周圍也進行了大範圍的封鎖，但他眼中的焦慮清晰可辨，因為四處都找不到逃犯的蹤跡。

「我不清楚。你呢，西蒙？」

他們三人坐在一張小小的討論圓桌旁，平常桌面上堆滿病患的檔案，現在那些檔案全收了下去。

警官要求護理師以證人身分參加訊問，西蒙清了清喉嚨。「我不確定，但報紙上曾經提過此事。我相信崔尼茲以此稱呼那個保溫箱，裡面……」

「哪東西有多大？」聖格打斷了他的敘述，干擾了向來習慣單方面訊問的警官。

「相當大，長約一點五公尺，寬度足夠放進一個人。為什麼這麼問？」

「是啊，這很重要嗎？」警官也問。

他顯得有些憤怒，但聖格卻刻意忽略，只顧著問西蒙其他問題：「弗利德最近有借用救護車或是其他運輸工具嗎？他的保時捷可能無法搬運那個東西。」

警官還在搞不清楚狀況時，西蒙驀地跳了起來。「我去查查車輛名冊。」

他朝門外跑去。

「好的，麻煩你先做這件事。」聖格在他身後喊道：「然後再查查導航系統的路線軌跡，應該會有所發現。」

71

提爾

他走進隔壁房間，即使腎上腺素分泌或驚慌，也無法緩和身體的疼痛。促使他支撐下去的，是馬克斯的拳頭發出的模糊敲打聲。那是死亡在打拍子的節奏聲。

碰……碰……

提爾在客房中尋找著可以作為武器的東西，一個尖銳物、一根棒子，也許是一把美工刀，但這裡什麼也沒有。他打開嵌入式衣櫃，只找到兩小塊肥皂，一定是先前放在衣物裡，但現在卻連香味都沒有了。

碰……

馬克斯的敲擊漸趨無力，間隔時間拉長。

箱裡的空氣還夠他再呼吸多久？

提爾懷著垂死的勇氣，衝回隔壁，這次出人意料的他踢中崔尼茲的下巴，但這一擊並沒有造成太大效果，反而引發殺手更為激烈的反應。他的第一拳砸中提爾的胸膛，揍得他骨頭劈啪作響，所有空氣都被擠出肺部，緊接著又一腳踢向提爾的胯下。

提爾癱倒在地。他想尖叫，肺裡卻沒有任何空氣，雖然因疼痛而嘴巴大張，卻沒辦法吸進新空氣。

碰……碰……

他看見兩個空保特瓶倒在客房床邊，還有不遠處的明亮地毯上，有一塊深色的汗漬。

我忽略了什麼？

瓶內最後盛裝的液體將瓶底染成了棕色。

提爾的鼻間忽然充滿了汽油味，身體發熱，感到一陣無法抑止、想要搔頭的衝動。

我忽略了什麼？

碰……碰……

他兒子發出的信號逐漸失去強度。彷彿提爾在恢復力氣的同時，馬克斯的體力正以相同速度逐漸耗盡。

我……

櫃子？

忽略了……

瓶子？

什麼……

那道汗漬？

或是那個運動包？

運動包！！！！

就放在床下！提爾朝著床下爬過去。慢慢地、極度緩慢地四肢伏地爬行，因為他根本走不動了。

黑色的袋子！

……他越接近，黑色運動包看起來就越大。提爾終於抓住了袋子打開它，這次不是什麼既視感，也不是隱隱約約的預感，而是真正的**預知**！

在扯開拉鍊之前，他就**知道**會在運動包裡找到什麼，還知道該怎麼操作它。

更知道怎麼握住它。

當他真的把那東西握在手裡時，感受到一種超自然的感覺。

「崔尼茲？」提爾大吼著，轉過身來，從床腳處穿過敞開的拉門，朝隔壁房間看去。

「是在鬼叫什麼……」那個畜生說著說著，詫異的眼睛睜得老大。與勻稱俊秀的臉龐相較起來，那一雙湛藍色眼睛實在太過突兀。

即使提爾把從床底運動包裡翻出的整匣子彈都射進崔尼茲的身體，那張臉仍顯得俊秀迷人。

72

「馬克斯？」

四角鎖的鑰匙還卡在氣閥上，轉開四分之一圈後，提爾聽見嘶嘶作響的送氣聲。等他轉開完整的兩圈後，螺絲便鬆脫了。

他從頂蓋的螺栓開始，逐一找到其他凹洞與螺絲，一個接著一個將它鬆開，最後打開頂蓋。

提爾急忙把頂蓋從保溫箱上拆下，丟在地板上。

他做好了緊抱住兒子一動也不動的身軀，試著用心肺復甦術恢復他的心跳，以口對口人工呼吸，將自己的氣息灌入孩子的體內的準備，竭力嘗試搶救。

但馬克斯那張如蠟一般蒼白、扭曲得幾乎面目全非的面孔，阻止了他的行動。那一刻，他心想……**上蒼饒恕**……這麼做沒有意義了，馬克斯死了，無可挽回，就跟停車場上的女律師和地下室裡的弗利德一樣。

或者是崔尼茲。

這麼多死亡、遺憾、悲痛與恐懼，都發生在這裡。

我知道這個地方，我曾在這裡待過，否則我怎麼會知道運動包裡裝了什麼？

「不！」提爾大聲嘶吼，不住親吻親愛的兒子，他的靈魂想必已經與提爾道別了，就像提爾再也感覺不到他的溫熱和愛一樣。

他曾在腦海中演練過無數次當他得知真相時的反應，滿心以為會有如釋重負的感覺，但現在看起來最悲慘的事情還在後頭。

大家都以為早已死去的孩子，原本還有一線生機，到頭來還是留不住了嗎？

誰能忍受這種事情？

他瞧了崔尼茲一眼，確定這個虐待狂再也站不起來。「**……這就是你想要的，不是嗎？**」

在此時此地看著我崩潰。

流著眼淚，滴著口水，**是我一點力氣也沒有了，才沒辦法讓我兒子恢復心跳；是我的呼吸太弱了，才沒辦法把空氣送到他體內。**

突然間，他聽見咳嗽聲。

接著男孩的身體一陣顫抖，男孩清醒過來，驚訝得想要起身，卻因體力不支幾乎倒地，而提爾用手臂撐在他的背後，扶住了他。

「馬克斯？喔，老天，你還活著，馬克斯？」

淚水就像是過去數日所下的傾盆大雨，從他的臉上滴落到男孩臉上。他聽見男孩在他親吻之下發出的嗚咽聲，這是他人生中聽過最美麗的聲音。

男孩甚至口吐單字，一個之後是另一個，直到組成完整的句子為止。這名有著憂傷目光與豐滿雙唇的完美男孩問道：「發……發生了……什麼事？」

提爾緊緊地摟住他，啜泣著、顫抖著，遺忘了所有疼痛。他現在所感受到的，只是喜悅、幸福與希望。

「喔，老天，你還活著，我親愛的兒子。」

但男孩的下個問句摧毀了這一切。

「你是誰？」

馬克斯無力卻堅定地試著從提爾懷中脫身。

提爾眨了眨眼，退開一步，感覺體內某樣東西好似瞬間崩解成千塊碎片。

他感到周身燥熱。

「我、我是……」

環顧四周，他看見塑膠瓶，聞到汽油味。

我忽略了什麼？

「你是誰？」男孩又問了一次。當警笛聲從遠方響起，聲音穿過地窖窗戶傳進室內時，馬克斯・貝克霍夫所問的問題，徹底擊垮了他：

「我爸爸在這屋裡嗎？」

73

崔尼茲沒有說謊，只要關上門，就沒有出口能離開地下室——除非知道備用鑰匙在哪裡。數年前，屋主甫一搬入，就在通往樓上階梯的一塊鬆動樓板下，放了一副備用鑰匙。

以備不時之需。

正如他知道運動包裡裝著什麼，他也知道該怎麼找到鑰匙，打開通往一樓的通道。

他拖著步伐，緩緩穿過半明半暗的走道，摸索著經過廚房。

月光穿過巨大的落地窗，灑落在屋內。

他知道腳下踩的是什麼：因為缺錢，當時沒有打掉那醜陋的棋盤狀鑲木地板；還有瘋狂的前屋主裝在起居室中央，後來被他與琳達用枕頭將其填滿的超音波浴缸。

一張給琳達與孩子們的冒險沙發。

給芙莉妲。

他曾想為約拿在受過雷殛的栗樹上蓋一間樹屋。

還有約拿。

淚水湧上他的眼睛，他覺得臉上一陣灼熱。此時，他清楚記起了先前之所以總在夢中感受到幻痛的原因。他的目光越過荒蕪的花園，望著毗鄰的，百公尺距離的那間幼稚園。閉上眼的同時，人彷彿又身處在夢境之中，夢境裡的他站在位於波茨坦廣場，二十二樓的辦公室中，俯看停車場，他的車就停在烈日之下。

然後他想起了事發當時的情景。

那天他忙得汗流浹背，重新對早產兒的死亡風險進行複雜的計算時——從昨天開始，坐在他身後的保險公司的法務主任就在要這些數字——琳達打電話來找他。

先前他算錯了某個地方，一直無法找出錯誤，這個問題令他徹夜難眠。

這幾天，無論是在購物、忙園藝還是開車，那複雜的計算公式都令他難以心安。他苦思著解答，根本沒有時間接妻子的電話。而這一天，琳達已經嘗試撥打了數通電話，所以他不得不從辦公桌上接起手機。而所有曾經存在於他生命中的幸福，都隨著這通電話結束：

「琳達？」

「他在哪裡？」

「誰？」

「約拿，你該把他送去幼稚園的。他不在那裡。」

這是他頭一次想著自我了斷。

他站起身來，走向窗戶，看著停車場，他的車就停在那裡。

琳達替他在後座加裝了兒童安全座椅。

「破例一次，明天再換我載他，好嗎？」

「好吧。」他說完，思緒又回到重估價的問題。

然後忘記了其他所有的事。

忘了約拿。

在兒童安全座椅上。

在停車場裡。

在那輛黑色轎車中。

在後座上。

在一年最熱的夏日酷暑中。

「哈囉？」

方才陷入回憶裡好一陣子，他被那招呼聲嚇了一跳。身後發出的聲音並非幻覺，而是真的，但他先前從未親眼見過這個孩子。就像他從報紙與電視新聞中得知男孩雙親的消息，一般他也是透過報導才認識這個男孩：馬克斯。他尾隨著走出了地窖，站在起居室裡。

「請問？」男孩說話，張著憂傷的眼睛和豐滿的嘴唇。他時常在尋人啟事裡看到這孩子的照片，而現在男孩就站在眼前，只穿著一件T恤和內褲，右腳脛骨上有一道傷疤。

「我……是你救了我嗎？」

「是的。」在認清他的親生兒子早已經死去之後，他流著眼淚回答。

就像失去自我一般。

先前崔尼茲所指的，便是此事。

「當馬克斯死在這座地下室時，你搞不好能有幸再次感受，把你徹底毀掉的那件事。這對我來說很重要，到那個時候，我想要注視你的臉，享受你的痛苦。」

他望著幼稚園，那棟建築依然亮著燈火，一如當時，他手裡握著武器，站在起居室中，接著卻做了另外一個決定。因為那太懦弱了。也太溫和了。

所以最後他把手槍放進運動包裡，選擇了汽油。

兒子被晒死是他的錯，他想要引火焚身。

「還有……你是誰？」馬克斯詢問的同時，可以聽見汽車輪胎發出的吱喳聲響。

還有警笛聲。

警笛聲越來越近，但他卻完全無視於那聲音。直到馬克斯噙著眼淚再次懇切地問他：

「請問，你是誰？」

他回答男孩的問題。

「我叫派翠克．溫特爾，精神病院裡的病患。我害死了我兒子，然後就心神喪失了。」

74

十天後
聖格

他們穿著得體，有如要與主管共進晚餐。不很正式，但也並不隨意，展現出他們對於這特殊場合的重視。

提爾．貝克霍夫身穿一件棕色的休閒西裝外套，搭配嶄新的亮藍色襯衫，領子磨得他皮膚發癢，令他不時搔著後頸。顯然，壯碩的消防員並不喜歡他的這身打扮，他情願換穿T恤、牛仔褲與運動鞋。或許他穿的是妻子莉卡妲所挑選的衣裝。而她則選了一件樸素的棕綠色連身裙，袖子帶有花邊，還有典雅的耳環與一雙短靴。考慮到前一天剛下過初雪，這裝扮可能有點冷。

看著兩人緊緊依偎狀似親密，以及馬克斯出人意料地生還後，聖格教授不知道她否應該相信媒體所說「怨偶」破鏡重圓的消息。

雖然他倆並沒有雙手交握，但都戴著婚戒，且一同坐在聖格辦公室裡的討論桌旁，相互依偎。

「我不明白。」提爾連說了三次，半點沒有動桌上給客人準備的水與餅乾。「這個派翠克．溫特爾認為他是我？」

聖格真想同時點頭與搖頭。

「說是也對，說不是也行，這很複雜。」

「話是這麼說沒錯啦。」提爾．貝克霍夫對聖格投以靦腆的微笑。「不過也許妳可以用白話解釋給我聽？」

聖格摘下老花眼鏡，盯著刮花的人造材質鏡片，暗自抱怨自己必須遵守醫師保密義務。接著她聳了聳肩。「管他的。」

她猜想調查委員會不久後會把她解職，不過那也不重要了。反正她所透露的一切遲早都會見報。還有誰比馬克斯的父母更有權利知道真正的內幕呢？

「這名病患，派翠克．溫特爾，已經在我們的醫院住兩年了。」聖格說：「他之前在卡爾邦賀夫精神病院接受治療。」

「他患有精神分裂？」

「不，與那種病症無關，他也不是外頭說的多重人格。」

「那麼他是？」

「派翠克．溫特爾是個逃避者，他想要擺脫真實的自己，所以總是給自己套上新的身分。」

「譬如我的身分？」

「沒錯，他上次是套上了你的身分。他覺得自己是你，提爾．貝克霍夫，消防隊小隊長，馬克斯的父親。」

「但是，為什麼呢？他怎麼會有這種想法？」

聖格再次戴上眼鏡。「喔，我們還不能百分之百確定，但猜想是媒體的報導觸發了他。想必是與你有關的電視新聞，或是一則報導令他感動萬分，才產生了『切換』。」

「『切換』？」

「我們是這麼稱呼這種過渡期行為，它通常會以精神徹底崩潰的方式呈現，先從自言自語開始，然後隔絕外在環境，最後自殘。我們必須為他施打鎮靜劑，然後送進隔離病房。等他醒過來時，就替換成其他人的身分。」

「妳剛才說，他是在逃避？」莉卡姐繼續追問。

在先前的對談中，馬克斯的母親告訴聖格說她從未放棄尋找兒子的下落。她聘請了私家偵探、刊登廣告，甚至拜訪算命師。她把全部財產都花在搜尋上。一年後，當錢財散盡，她甚至動念將有關她絕望搜索的『故事』賣給媒體。幸運的是，她拜訪算命師的故事從未對外刊載。

「是的，他在逃避自己。」聖格對兩人解釋。「派翠克・溫特爾因為一個悲慘的錯誤，失去了他兩歲的兒子。他在忙碌於計算工作時，把兒子遺忘在夏日高溫的汽車裡。」

「真是可怕。」

「是的，他從來沒有放下這件事。發生不幸的數個月後，他曾想要了結自己的生命。他在身上澆了汽油，然後在他女兒的幼稚園中引火自焚，同時大吼說想和自己的兒子一樣燃燒。」

「天啊！」

「雖然他幸運的只有頭皮上部燒傷，但遺憾的是，可能因此罹患皮膚癌，但與他的病症相比，這些都微不足道。」

聖格考慮著是否該喝點水，但很快打消了念頭。「他入住精神病院。但即使在這裡，他也無法克服悲痛和自厭。」

「自厭？」提爾問道。

「是的，他痛恨自己，以至於想要壓抑他的真實身分，就像隻蝸牛一般四處尋找新的殼。就算是最微小的刺激——就像剛才所說，一張照片、一段對話、一則廣播報導——都能引發『切換』。」

提爾像學生一般舉手發問。「所以妳說，當他從這間隔離……」

「隔離病房，是的。他上一次走出隔離病房時，他變成了你，貝克霍夫先生。他覺得自己的名字是提爾，是個消防員，兒子被人給擄走了。但他對外卻保留了自己的真名，這使得我們的診斷與治療變得很困難。」現在換聖格撓一撓後頸，雖然剛才有出去透透氣，卻還是汗如雨下。

「我們永遠不知道他會再套用哪個身分，所以我們總是像招呼新病患一般招呼他。就連院內的病患也都已經習慣此事，當然，有一些人會感到困惑，因為當他們向溫特爾攀談，但溫特爾如果套入了新的偽裝身分，就不會再記得他們。」

聖格悲傷的微笑著。「舉例來說，先前一次，他把自己套入了企圖揭發院內虛假申報的偵探身分。因為他的『調查』，」聖格雙手在空中比出引號。「他還真的打亂了院內一名主任醫師的計畫。」

「是卡索夫嗎？」提爾打探著。

聖格點點頭，顯然提爾已經看過了有關卡索夫醫師犯行的報導。

「是的，但就在他快危害到卡索夫之前，派翠克．溫特爾又發生了新的『切換』。」

「然後他變成了我？」提爾再次搔了搔脖子。

「正是如此。因為派翠克．溫特爾無法接受自己身處精神病院的原因，所以才會尋找一個讓他那受盡折磨的靈魂較容易接受的理由。他想像自己是一個完全健康的人，因故偽裝身分，被送進這裡。他是自願的，且身懷祕密任務。」

「而那個祕密任務是去尋找我們的兒子？」

莉卡妲是這期間唯一啜飲過水的人，她也放下了玻璃杯。

「是的，他透過小道消息，得知崔尼茲也在這家醫院。也許就是因為這點，觸發他去切換身分，追查馬克斯．貝克霍夫的案件。」

「我們能看看他嗎？」莉卡妲問道。她的丈夫則滿懷狐疑地望著她。

聖格站起身。「請跟我來。」

75

他們離開辦公室，默然並肩前行，走到一扇大型的玻璃對開門前，精神病院大廳在門後展開。

大廳傳來輕柔的琴聲。不僅只有聖格受到那憂傷旋律的觸動，她的訪客也壓低了聲音，彷彿不想打擾到彈奏樂曲的演奏者。

「就是他嗎？」

聖格只看見黑色鋼琴前的背影。不過，是的，那當然是他。雖然有兩根手指無法使用，但除了他之外，醫院裡沒有任何人能夠如此熱情地彈奏蕭邦。

降E大調夜曲，作品九之二。

她最喜歡的曲子。

「他會彈琴？」

「是的，要是他能記得起來的話。他才華洋溢，若非如此，他無法維持周遭的平行宇宙。」

「妳說的『平行宇宙』是什麼意思？」提爾追問。

「我們也還在黑暗中摸索著。但歸納起來，他有一些絕不改變的事，譬如他妻子琳達的電話號碼。他一再想要打電話給她，但她後來禁止我們這麼做。上一次，派翠克・溫特爾覺得他是在跟妳——莉卡姐——通話，並對他的妻子解釋，他們的兒子有可能還活著。」

「他指的是馬克斯。」

聖格點點頭。「正是如此。另一項不會變的事，是他的妻舅斯卡尼亞——已在許久之前自殺身亡——即使如此，他仍不斷成為派翠克・溫特爾幻想中的一部分，就和《尤里西斯》一樣。」

「那是誰？」提爾問道，而聖格不得不露出微笑。

「不是『誰』，而是『什麼』。那是詹姆斯・喬伊斯的一本書。溫特爾一直覺得這部小說裡藏著一支手機，他可以用它與送他進來的聯絡人保持聯繫。但這本書沒有被挖空，也沒有經過加工，是我們圖書館裡正常的一本書。」

溫特爾偶爾會在他的幻想中，將生活日用品轉換功能，好比是原子筆或是湯匙。十一天前，聖格闖入溫特爾在醫療區的病房時，他正用崔尼茲先前交給他的搖控器打電話。

那個虐待狂想必看穿了溫特爾的幻想，決定跟這個可憐的傢伙玩一場遊戲。不僅將他選作有用的人質，好在他面前將那個男孩折磨至死，更選定在溫特爾的家中進行虐殺——從先前的悲劇發生後，那裡便空無一人。

「我們能和他說話嗎？」莉卡姐問。

「我想這不是個好主意。」

「但是，要不是他……」莉卡妲的欲言又止，讓聖格能享受溫特爾彈奏的複雜且完美的震音。

「沒有他，馬克斯早已不在人世。」提爾贊同他的妻子。「他可能生病了，但他在幻想中救出了我們的兒子。」

聖格悲傷地嘆了口氣，等曲子結束，說：「你說得對，但你瞧。」西蒙繞過耶誕樹，謹慎地碰了溫特爾的手臂，他疑惑地抬頭望著護理師。

「不久前，派翠克．溫特爾才從隔離病房中出來。」聖格解釋。這時她的病患闔上琴蓋，從琴凳上起身。

溫特爾沉醉般地轉過身，朝他們看來，好似發現了玻璃門後的訪客，想和他們揮手一般，抬起手來，但只是把一撮頭髮從臉上撥開。

「他看起來如此失落。」莉卡妲形容，淚水湧上她的雙眼。她想起了在速食店前的公車站，與算命師的對話。

「**那要是我能找到馬克斯呢？**」她問過基甸。「**到時會發生什麼事？**」

「**我清楚看見，妳在一扇上鎖的門後哭泣。在一幢監獄裡。**」

她身旁的聖格沉重地呼吸著。「妳能夠想像一直不斷自我逃避，是多麼悲慘的事嗎？他會一再認識到他無法擺脫自己的靈魂。」聖格拂過頭髮。「他受盡折磨的理智渴望找尋出路，也許他早就找到了。」

大廳裡，西蒙指向領藥處旁的通道，喊了溫特爾的名字。那名病患又一次望著大門，接著目光向上仰望雄偉的耶誕樹。最後他以略帶遲疑的動作，與些微佝僂的姿態，走向護理師。

當他一步步走遠時，聖格一手按在莉卡妲的肩膀上，另一隻手觸碰提爾的上臂，說道：

「我想，你們想要當面致謝的那個派翠克·溫特爾，可能已經再度消失了。」

76

塞妲

液壓系統發出輕嘶聲，提醒了塞妲有新的訪客。那時她正把羅馬旅遊指南放置在固定位置上**（哪一個封閉醫院裡的人會需要旅遊指南？）**。當看見他走上巴士階梯時，她為願望成真而感到欣喜。

這是她在此的最後一天，西蒙信守承諾，將她最喜歡的病患帶到圖書巴士裡來。

「多美好的一天。」塞妲笑著朝派翠克打了招呼，他正站在巴士中央的走道上四處探索著，緩緩向她走來。

他看起來很疲累，雙眼浮腫，即使受傷的頭上慢慢長出短髮，也沒有改善他的外貌。

塞妲向他走近一步，帶著擁抱他的堅定決心。但派翠克突然立定不動，令塞妲暫時打消了這個念頭。

天啊，我好緊張。她想。

好似初次約會。

而非最後告別。

她這麼想的同時，眼中盈滿淚水。但她不想嚎啕大哭，在派翠克面前崩潰，所以能做的只剩下一件事：說話！尤其是口若懸河的說話，這是她所知道唯一，也是最好的方法。必須這樣做她才不會顯得驚慌失措。

「好，我知道你並不想聽到這個，可能你聽了也不會明白，但我必須親口說出來。你熬過來了，是吧？為此，我想要感謝你，真心誠意。謝謝你向西蒙證實了一切。你一定知道，那之後展開了一場調查。但因為你的緣故，卡索夫暫時被停職，人們在他的電腦裡搜出了罪證之類的東西。他很有可能將被起訴，而我則自由了。」

她大笑著，像個心情激動的青少年，但派翠克・溫特爾看起來好像中風一樣，表情僵硬。

好，繼續說下去，不要停，否則在妳說出一切之前，他就會轉身走掉。

「我對卡索夫讓你受的苦感到遺憾，派翠克。你必須知道，訊問筆錄中與你有關的事，以及你蓄意想要殺死約拿——你的兒子——都是謊言。那是一場意外，卡索夫把腦筋動到了烤箱上，只是想激怒阿敏對你不利，好讓那名精神病人把你徹底封口。因為阿敏痛恨蓄意傷害孩子的人。我曾試著警告過你，在咖啡館裡，你還記得嗎？」

她再度開展笑容，這一次有些不自然。「但現在都無所謂了，最重要的事情是：你讓卡索夫成為過去式，而我將會出院。為此我要感謝你。」

塞妲走向派翠克，擁抱著他那過分纖瘦的身體。

而派翠克的反應，與他在塞妲滔滔不絕獨白時所做的一樣。他一動也不動地站著，甚至在塞妲的擁抱下變得更加僵硬。

最後，塞妲放開了毫無反應的派翠克，向後退了一步。就在此時，派翠克說了第一句話。

「我相信，妳是把我錯認成其他人了。」

塞妲再也止不住淚水，她抽抽噎噎，吞聲飲泣，拂開眼前的一綹頭髮，然後說道：「是的，我知道。」

77

派翠克．溫特爾

真是奇怪。

那名有著琥珀色肌膚以及亞洲臉孔的年輕女人，聞起來如此芬芳，但舉動卻如此怪異。她知道他的臥底姓名，這沒什麼，在院內算不上是祕密；可是卡索夫、約拿，還有一場意外是怎麼一回事？

他在巴士中摸索著走向後方的第三個書架，找到第二排的位置。

老天。

他必須立刻打電話給斯卡尼亞，以確認他是否疏忽。他的大舅子應該要把事情安排得更周全些，就算他只有很少的時間準備，但幽靈病患的報導可等不了太久。他們已經在廣播中提到，德國醫院中非法藥物測試盛行。要是他再拖下去，可能會有其他人奪走他的深入報導。對斯卡尼亞這樣的警察來說，能為他這個調查記者弄到合適的偽裝身分已經很厲害了，實在無法要求太多。

派翠克．溫特爾，除了這傢伙曾是保險精算師之外，其他背景細節他幾乎一無所知。幸運的是，這傢伙和他一樣也彈鋼琴，這至少確保了他與數學天才唯一的相似條件。

他看著前方的塞妲，見她不再注意自己，才放膽著手進行。

《尤里西斯》，你藏在哪裡？

雙眼搜索著書背，終於有所斬獲，正放在斯卡尼亞所說的位置。

第三個書櫃的第二排，《聖經》的後方。

「希望你做好了你的工作。」他輕聲自言自語，翻開那本厚重的書冊，除了他之外，這間精神病院裡想來從未有人借閱過這本書。

賓果！

就如斯卡尼亞所承諾的，那支緊急聯絡手機就藏在挖空的書本中間，他可以用它對外與聯絡人保持聯繫。

他把書放回聖經後方，今天的造訪只是為了檢查。一旦確認實情，他才會打電話。

「你找到了你所想要的一切嗎？」塞妲打探著，她懷中放著一本雜誌，坐在駕駛座後方的位子上。

「是的，謝謝。」

他佇立不動，心頭驀地浮上一個奇特的感覺，眼前這個有著黑色頭髮和深色眼睛的女人，他好像在哪裡見過。這不是什麼既視感，而是一種感覺，好像他倆之間曾有過特殊的關係，雖然他們實際上並不認識。

或許這是他癡心妄想，因為在正常生活中，他根本不敢和這樣的美女交談。

但在這裡，他沒有什麼好損失的，所以他對塞妲投以微笑，然後問：「妳馬上就要出院了？」

塞妲害羞地點點頭。

「如果妳願意的話，請把妳的電話號碼留給我。妳可以在妳選定的一本書裡，把它寫給我。」

塞妲咯咯笑著。「然後你會翻遍圖書巴士裡所有的書，直到找到號碼為止？」

他回應了塞妲的微笑。「有可能，但我大概沒有這麼做的時間。」

「啊，沒有嗎？」她的下唇微微顫抖。

「沒有。」他露出微笑，詫異於塞妲臉上顯露的一絲深沉憂傷。先前，在擁抱他之前，她彷彿已經快要哭出來。她的舉動好似他倆是一對情侶，即將永別。

塞妲的下唇繼續顫抖著。而他多麼想將她擁入懷中，把事實告訴她，說他根本不是病患，當他完成了委託，就會離開此地。他不是派翠克．溫特爾，那名保險精算師，而是一名調查記者——但他不能把這件事情告訴她。喔不，他不能拿自己的任務冒險。

塞妲為他打開圖書巴士的門，他下車，沒有再回望那個令他感到莫名親切的奇特美人。

就像一本已經讀過一遍的書。

在許久、許久以前。

在另一段人生之中。

這並非常見的一份謝辭，
而是一個短篇驚悚小說，
帶著富含想像力的標題：

謝辭

白色的房間如切斯菲爾德釘鉚沙發一般鋪滿軟墊，除了驚慌，更令我訝異的是，德國境內似乎沒有這種形式的情緒轉換室（即俗稱的「隔離病房」）。要是有的話，牆壁也不是白色的，而是天藍色或粉紅色——至少不會用強烈的白，讓人不禁害怕是否會因此罹患雪盲。此刻的我，瑟巴斯提昂・費策克，虛弱無力，被綁在某個東西旁邊，感覺像是一張堅硬冰冷的手術桌，頭部的固定器就如同綁住我手腳的繩索一樣牢固。

所以，我可能已經不在德國境內了？難道藉天花板監視器觀察著我的綁架者，把我擄到了國外？

我猜想自己遭人綁架，但在綁架過程中，我一直沉睡不醒。我所能記得的最後一件事，是將《病人》的手稿帶到郵局寄出，好讓德洛瑪出版社製作成書。之後我有如夢遊一般，恍神的從霍恩佐倫大道上的郵局直接踏進了隔離病房，被綁在這裡。就是按照費策克驚悚小說的標準來看，我也覺得這個過程很不合理。

所以，我寧可想像自己是因為作家身分而遭到異乎尋常的對待。不是因為我自豪於個人的職業地位。通常那些從事像樣工作的人在聽到我的職業時，提出的第一個問題經常是：**「啊，人真能夠以此為生？」**但綁架者在等我甦醒後，提出的問題卻非如此。

他的問題簡單明瞭：「是誰？」

從我計算次數開始，他已經重複問了至少十一次。他是透過一套看不見的擴音設備與我交談，那套設備品質非凡，他低沉的嗓音簡直震動我的頭骨。

「沒有人。」我用沙啞的聲音答道，而且非常肯定：時至今日為止，我在謝辭中從沒有忘記過任何人。

每本書結尾的致謝詞裡，我都會從最重要的人開始說起，那就是各位讀者——也就是你！要是綁架者要求我必須逐一列舉所有人名，那可就大糟特糟了。

「喔，但是，瑟巴斯提昂，還有一個名字你沒說。」他說：「你在十七本書的謝辭之中，從沒有提到過他，徹底遺漏了他。但沒有他的幫忙，你就寫不出任何一本暢銷書。」

我皺起眉頭，這是在避免銳利的繩索切進皮膚的情況下，我唯一能做的動作。

他指的人是誰？

綁架我的人曾經說過，包括我的性命在內，事情的嚴重程度必須取決於我的答覆而定。他並沒有威脅我必須面對怎樣的後果，但反正也沒有這個必要。我清醒過來後就發現，頭痛與口乾舌燥（此兩者也許都是麻藥的副作用）並不是令我身體感到不適的唯一原因。除了沒有自由活動的可能之外，這裡還缺少了生存最需要的東西：空氣。我的病房內缺乏氧氣，除此之外，我只有在健身房的跑步機上感受過缺氧。在進一步的訊問時，我越來越感覺呼吸困難。這似乎是一間氣密式的隔離病房，要是我無法想起綁架我的人想聽到的名字，窒息只是時間早晚的事。

嗯。

如果我不是受害者，我簡直會為了這個故事點子，感謝這名陌生人。

「瑟巴斯提昂，你忘記了誰？」那個聲音問道。令人困惑的是，那個聲音對我來說如此親切，我卻想不想起來。我曾向認識較深的朋友坦承，我對名字與人的記性差得嚇人，這並不是什麼新鮮事。而且我還時常搞混。有一次，我在遊樂場上，大喊了前女友（格爾琳德）的名字，當時只是為了想要制止女兒夏洛特停止盪鞦韆。那時，我對同在現場的現任妻子認識甚少。總之就像我能告訴綁架者的一樣，直到目前為止的謝辭之中，從未遺漏了哪一個熱心助人的靈魂（無論如何，絕不可能是我的前女友格爾琳德。我甚至把《摧魂者》一書獻給了她，以感謝她對我眾多心理驚悚小說的啟發）。

我心想，有沒有可能是忘了出版團隊？譬如多莉斯．楊森。確實，我還從未提起過她。但那也只是因為我展望未來的能力有限。我怎麼知道她會從漢斯．彼得．布萊斯手中接過領導出版社的棒子，把出版社推向另一個高峰？

「不是多莉斯。」那個聲音回答了我憂心忡忡的探問。這樣的話，也就排除了德洛瑪出版團隊的其他人，譬如約瑟夫．勒克爾、貝恩哈特．費屈、卡塔莉娜．伊爾根、莫妮卡．諾戴克、貝堤娜．哈爾斯特里克、貝阿特．莉德爾、漢娜．法芬溫默、安特耶．布爾、卡塔莉娜．修爾茨、希布勒．迪策爾、艾倫．海登萊希、丹妮耶菈．麥爾。我已經感謝過他們所有的人，甚至曾多次感謝過一些人。

還有……

史蒂芬．哈澤爾巴赫？我思索著。在我覺得原先擬定的書名《臥底病患》過於笨拙後，他為我貢獻了這個書名。但是，不對啊，我曾在《Flugangst 7A》中提到過他。

「或許海爾穆還在生氣？」我詢問那個從牆中發出的聲音。

「亨肯希夫肯？」它回應道。

「是的。」雖然他負責製作包括《病人》一書在內的所有封面，但我確實忘了他和他的ZERO廣告公司數年。

「不是。」

「那也不太可能是我的審稿人。」我試著表現風趣。卡洛琳・葛萊爾與蕾琴娜・衛斯布羅德在我所有的謝辭中都是主角，我也十分樂意與這兩位世上最好的審稿人合作。無論如何，每次當她們指出我文學上的錯誤，以及當我交出稿件，覺得這是一份一五〇％完美手稿時，她們還是能發現大約一百五十個邏輯不通的地方。或許生氣的人是安德列雅・穆勒，他在二〇〇四年時發掘了我，而我卻在另一家出版社發展。但我也已經提過他許多次。

「水。」我說了個不是名字的東西。我很渴，迫切需要一杯水，杯子最好能和北萊茵——西發利亞一樣大。但我的請求就像接下來的猜測一般都被拒絕。蕾琴娜・齊格勒可能是這場綁架案的幕後主使，但我並不相信德國最成功的電影製作人會設計這種拷問——簡直是電影情節，但蕾琴娜・齊格勒確實是我直至目前為止從未曾提過的人，雖然我理應向她致上最深的謝意，她在近十年間一直相信著我與我的著作，甚至將這些著作與《解剖》（與麥可・索寇斯共筆）搬上了大螢幕。

我大聲地說：

「克里斯蒂安．麥爾，我的巡迴經理，情願在跨越德國的長途車程中，把我拴在高速公路的休息站旁，而不是這間牢房裡；而我的經紀人，無比要好的朋友，曼努耶菈．拉許可大概會抱怨我從不把公司的咖啡杯沖乾淨，但我已經把兩本書獻給了她（理所當然，因為她是最棒的）。她擁有一個由瘋子所組成的完美團隊的支持，那些人忍受著我，包括她的母親芭芭菈、阿辛、莎莉、卡爾．海因茨（畢竟這個運動狂不會把我關在這裡，而是拖進他的地下健身拷問室中，一旦我從斜度百分之十二，時速十六公里的跑步機上摔下來，跑步機就會爆炸），斯托里與最年輕的安格麗娜．施密特。」

「叭叭。」擴音器裡發出聲響，模仿時鐘跳動的聲音。事實上，我胸口的壓力越來越重。

「莎布麗娜．拉波夫不僅是最好的公關人員，還十分善良敏感，光是把我用鎖鏈綁著，就能讓她作惡夢，不是嗎？不是嗎？」

「不是莎布麗娜，」綁架者簡短地說。「不是你的岳母佩特拉，也不是網頁設計師馬庫斯．麥爾，更不是托馬斯．佐爾巴赫。不，你想到了所有人，卻沒想到我。」

想到我？

好吧，我承認，那聲音之所以這麼做，想必有私人理由，這是可以被理解的。但我得說，要是你被綁著，從隔一病房中醒來，帶著一顆像經歷過瓦肯音樂節十天的頭，多多少少你的理解認知能力都會被受限。

好吧。這麼說來，這明顯是個男人。我能聽出這一點。縱使如此，兩位有聲書之神，西蒙．耶格與大衛．納譚也被排除在外。那個聲音聽起來太像門外漢了——聲音聽起來很舒服，但沒有經過專業訓練。

雖然他應該是用假音說話，但對羅曼．荷克來說，這個嗓音過於低沉（這並非不是說我的文學代理人有著尖細的嗓音，但他的嗓音確實不會如一開始的描述一般，震動我的顱骨）。況且羅曼可能已經在交涉釋放我的條件，因為『交易』一詞不僅存在他的名字之中（就跟『小說』一樣[1]），也在他的血液裡頭。不，羅曼是談判天才，能讓我從這棘手的情況中脫身，雖然他會為自己保留百分之十五的贖金。但我也已經以很好的理由，感謝過馬庫斯．米夏雷克。

至於羅曼的在AVA公司的同事們，則因為她們的女性嗓音而被排除在外：克勞蒂雅．馮．霍恩斯坦、安東妮雅．舒爾特斯、柯內麗雅．彼得森．勞克斯、莉莎．布列寧格。

身為柏林人的我，最喜愛的巴伐利亞人、試讀者以及無數注釋的創作者法蘭茨．薩維．里貝爾，雖然毫無疑問是個男人，但他絕不可能因為缺少致謝而做此抱怨——有一次我寫錯了他的名字除外。就跟我的家人，我人生中的摯愛一樣……呃……是的，珊德拉（**氧氣正在消失！**）還有莎賓娜與克雷門斯（感謝提供包括描述手術過程在內的醫學知識。不過現在，一份告訴我該如何切斷繩索，以逃過窒息而死的指南，會比總頸動脈的位置圖更有幫助）。

漸漸地，我開始生氣了。

我不是努力試著不要遺忘任何人嗎？我不總是感謝每一位書店員工與圖書館館員嗎？我的意思是，嘿，其他作者經常在書的最後一頁只寫給愛人一句問候語，或是列出一大串名字，但沒有任何人知道他們到底做了什麼。然而那些作者都沒有被五花大綁地躺在隔離病房裡，而是躺在蔚藍海岸的沙灘上放鬆心情。

「我答不出來。」我說，而那個聲音幸災樂禍地大笑。

「那麼，你只剩下幾秒鐘，你的眼珠子會爆出來，然後你會看到鮮血沿著臉頰流下來。」

句子不錯。我想著，試著記住它。但很快就明白，能使用這個句子的機會越來越少。

「剩下的時間，我會告訴你答案。」

我感覺更糟了。

「到底是誰？」我問，同時懷疑自己是否真想知道答案。

我忘記了誰？

答案既令人出乎意料，又容易理解。

「你的意識。」

你指的是潛意識。我試著反駁，但幸運是，我意識到，想讓這個看不見且準備萬全的綁

1 羅曼・荷克的德語原名為 Roman Höcke，作者取其名字的諧音 hökern 一詞作為這裡的文字遊戲，因為 Roman 即是德語中小說之義，hökern 所指的意義為「交易、買賣」。

架犯注意言語上的不精確，現在一定不是最好的時候。

但接下來我才明白，這個聲音為何無所不在，為何它增加了我頭蓋骨下的壓力，為什麼我過去也時常聽見他的聲音。

「為何你下定決心，在《治療》中借鏡了你的良師兼益友的經驗？」這聲音問道。

因為那是我自己的經驗！

「是誰設法在下意識間，讓你母親的死一再進入小說之中？中風和閉鎖症候群？想起什麼了嗎？」

我點點頭，眼前一片漆黑。

「是誰在《集眼者》中決定以一個不知事情輕重緩急、時常讓孩子落單的父親做為主題？還有《記憶碎片》中的過度敏感，《包裹》裡的壓抑，以及身為父親，害怕失去的情感，是誰決定？」

聲音變大，它尖叫著，在我心中激起渴望，想要找到一個能夠結束這裡一切的開關，就算是讓我轉個方向也好，然後再也沒有光明、溫熱以及生命。

「即使一次也好，你有感謝過我嗎？**哪怕一次？**」

我腦中的聲音，**我自己的聲音**，發出刺耳聲響。

「**你有感謝過你的共同作者嗎？**」我無意識地朝著自身大吼。

「不，」我聽見自己承認。「我很抱歉。」

他，或是它，似乎沒有聽見，或者不肯接受我的道歉，因為他說：「從現在起我將接管一切，獨自一人，沒有你。」

「接管？」我喘息著。

「是的，從現在開始故事只由我來寫，你給我閉上你的嘴。」

隨著話語說完，病房那抹白牆與光線陡然消失，而最後一個問題則耗盡了我肺裡僅剩的空氣。

「嘿，這算好結局嗎？」我大吼。

這個短篇可不能就這樣結束啊！

「說好結局還算是客氣了。」他的聲音在我意識裡的每一個房間迴盪，它們逐漸關上，直到最後一個房間為止。很久以前，我曾穿過那個房間走來。

接著……

—完—

國家圖書館出版品預行編目資料

病人／瑟巴斯提昂．費策克（Sebastian Fitzek）著；許家瑋 譯. -- 初版. -- 臺北市：商周出版：家庭傳媒城邦分公司發行, 民108.07
面：　公分
譯自：Der Insasse
ISBN 978-986-477-685-6（平裝）

875.57　　　　108009647

病人

原著書名／Der Insasse
作　　者／瑟巴斯提昂．費策克（Sebastian Fitzek）
譯　　者／許家瑋
企畫選書／賴芊曄
責任編輯／陳名珉、林宏濤

版　　權／黃淑敏、林心紅
行銷業務／莊英傑、李衍逸、黃崇華
總 編 輯／楊如玉
總 經 理／彭之琬
事業群總經理／黃淑貞
發 行 人／何飛鵬
法律顧問／元禾法律事務所　王子文律師
出　　版／商周出版
城邦文化事業股份有限公司
臺北市中山區民生東路二段141號9樓
電話：(02) 2500-7008 傳眞：(02) 2500-7759
E-mail：bwp.service@cite.com.tw
Blog：http://bwp25007008.pixnet.net/blog
發　　行／英屬蓋曼群島商家庭傳媒股份有限公司城邦分公司
臺北市中山區民生東路二段141號2樓
書虫客服服務專線：(02) 2500-7718．(02) 2500-7719
24小時傳眞服務：(02) 2500-1990．(02) 2500-1991
服務時間：週一至週五09:30-12:00．13:30-17:00
郵撥帳號：19863813　戶名：書虫股份有限公司
讀者服務信箱E-mail：service@readingclub.com.tw
歡迎光臨城邦讀書花園　網址：www.cite.com.tw
香港發行所／城邦（香港）出版集團有限公司
香港灣仔駱克道193號東超商業中心1樓
電話：(852) 2508-6231　傳眞：(852) 2578-9337
馬新發行所／城邦(馬新)出版集團 Cité (M) Sdn. Bhd.
41, Jalan Radin Anum, Bandar Baru Sri Petaling,
57000 Kuala Lumpur, Malaysia
電話：(603) 9057-8822　傳眞：(603) 9057-6622

封面設計／李東記
排　　版／新鑫電腦排版工作室
印　　刷／韋懋實業有限公司
經 銷 商／聯合發行股份有限公司
電話：(02) 2917-8022　傳眞：(02) 2911-0053
地址：新北市231新店區寶橋路235巷6弄6號2樓

■2019年（民108）7月09日初版
■2019年（民108）9月23日初版2.5刷
定價 400元

Printed in Taiwan
城邦讀書花園
www.cite.com.tw

ISBN　978-986-477-685-6

書號：BL5082	**書名：**病人	**編碼：**

請於此處用膠水黏貼

商周出版

讀者回函卡

感謝您購買我們出版的書籍！請費心填寫此回函卡，我們將不定期寄上城邦集團最新的出版訊息。

不定期好禮相贈！
立即加入：商周出版
Facebook 粉絲團

姓名：________________________ 性別：□男 □女

生日：西元________年________月________日

地址：________________________

聯絡電話：____________ 傳真：____________

E-mail ：

學歷：□ 1. 小學 □ 2. 國中 □ 3. 高中 □ 4. 大學 □ 5. 研究所以上

職業：□ 1. 學生 □ 2. 軍公教 □ 3. 服務 □ 4. 金融 □ 5. 製造 □ 6. 資訊
□ 7. 傳播 □ 8. 自由業 □ 9. 農漁牧 □ 10. 家管 □ 11. 退休
□ 12. 其他________

您從何種方式得知本書消息？

□ 1. 書店 □ 2. 網路 □ 3. 報紙 □ 4. 雜誌 □ 5. 廣播 □ 6. 電視
□ 7. 親友推薦 □ 8. 其他________

您通常以何種方式購書？

□ 1. 書店 □ 2. 網路 □ 3. 傳真訂購 □ 4. 郵局劃撥 □ 5. 其他______

您喜歡閱讀那些類別的書籍？

□ 1. 財經商業 □ 2. 自然科學 □ 3. 歷史 □ 4. 法律 □ 5. 文學
□ 6. 休閒旅遊 □ 7. 小說 □ 8. 人物傳記 □ 9. 生活、勵志 □ 10. 其他

對我們的建議：________________________

____

____

請於此處用膠水黏貼